XUN präsentiert:

A. T. Legrand

Crystal
geboren aus Dunkel & Licht

3.
<u>Todesangst in der Berrymoore Street</u>

Horror-Roman

Freie Redaktion XUN

Postfach 3717 – 74027 Heilbronn
Dezember 2014
© dieser Ausgabe bei FRX
© für den Roman bei A. T. Legrand
Titelbild: Lothar Bauer
Titelgestaltung: Stefan Böttcher
Zwischentextgrafiken: Torsten Zentgraf
Redaktionelle Mitarbeit: Peggy Schwarz

XUN präsentiert Nr. 12/03

Redaktion: Bernd Walter
www.fantastischegeschichten.de
www.freie-redaktion-xun.de
E-Mail: webmaster@fantastischegeschichten.de

Originalausgabe – Alle Rechte vorbehalten

Auch als Ebook erhältlich:
ISBN: 9 783734 745102

Druck, Verlag und Herstellung:
BoD-Books on Demand, Norderstedt

Was bisher geschah:
Die junge Engländerin Crystal Blair wurde aus noch immer nicht ganz geklärten Gründen von finsteren Mächten, die ihre Mutter brutal getötet hatten, entführt und auf dem düsteren Landsitz Cadwrigham House gefangen gehalten. Von dort gelang ihr mit Hilfe des Deutschen Versicherungsmaklers Michael Fux, der nach einer Autopanne in die Fänge des düsteren Earls of Cadwrigham geraten war, die gemeinsame Flucht. Dabei fallen die beiden fast einem widerlichen Leichenfresser, einem Ghoul, zum Opfer. Doch auch diesmal können sie das Böse überwinden, und ihre Flucht bis nach London fortsetzen.

Dort studierten Crystal und Michael einige Unterlagen, die Crystal aus Cadwrigham House mitgenommen hatte, weil ihr Name darauf vermerkt war. Überraschenderweise enthielten die Unterlagen einen Brief von Crystals unbekanntem Vater. Nicht nur das: Crystal bekam außerdem die Verfügung über ein stattliches Vermögen und Blair House, einem Anwesen welches, laut Crystals Vater, sichere Unterkunft gegen die Horden des Bösen bieten sollte.

Die Engländerin und der junge Deutsche beschlossen, Blair House schnellstmöglich aufzusuchen. Zu ihrem großen Entsetzen lauerte ihnen dort ein ganzes Rudel geifernder Wolfsbestien auf, die von einer finsteren Gestalt auf die beiden gehetzt wurden. Wäre nicht in letzter Sekunde Hilfe in Form von Rolfhardt Ethelbert Ronan von Schressen, einem weißen Vampir, aufgetaucht, es hätte schlecht für die beiden jungen Leute ausgesehen.

In ihrer ersten Nacht in der sicheren Umgebung von Blair House empfängt Crystal einen mentalen Hilfeschrei. Ein junges Mädchen hat Angst um ihre Großmutter, die überstürzt zu einer dubiosen Kreuzfahrt aufbricht. Der Traum offenbart Crystal außerdem, dass hier finstere Mächte im Spiel sind. Kaum, dass sie die Traumbilder abschütteln konnte und erwacht war, hatte sie für sich den Entschluss gefasst, dem kleinen Mädchen zu helfen und den finsteren Mächten nicht einfach das Spielfeld zu überlassen. So führt sie dieser nächtliche Traum auf eine Fahrt ins Ungewisse, an Bord des

Kreuzfahrtschiffes MS SERPENTIA. Sie finden heraus, dass dort Satyre und Schattennymphen ihr Unwesen treiben. Diese Kreaturen der Finsternis verführen die Menschheit zu bösen Handlungen und verleiten sie zu Todsünden, um sich an der dadurch freigesetzten negativen Energie NEGEM zu laben. Schon gab es erste Tote an Bord des Kreuzfahrtschiffes. Doch die finsteren Wesen haben die Rechnung ohne Crystal, Michael und Rolfhardt gemacht. Allerdings hatten die finsteren Wesen mitbekommen, dass sie Gegenspieler haben. Es kam zum Showdown auf hoher See, den die Protagonisten nur gerade so überlebten.

Doch zurück an Land wartete gleich die nächste Auseinandersetzung mit den Kräften des NEGEM auf das Trio. Denn das Grauen lauerte in London auf sie...

Ein paar Wochen zuvor....

In der Berrymoore Street, einer eher unscheinbaren Straße im Gewerbegebiet von South Croydon, also tief in den südlichen Randbezirken der englischen Megametropole London gelegen, herrschte an diesem sonnigen Apriltag eine regelrechte Volksfeststimmung. Eine Vielzahl bunt geschmückter Buden und Verkaufsstände, Fähnchengirlanden, wehende Fahnen und eine Menge fröhlich gestimmter Menschen bestimmten das Bild. Auf einem extra dafür errichteten Podest saßen die Mitglieder des Orchesters der Universität von Greenwich und gaben ihr Bestes, um die feiernden Menschen mit flotten Rhythmen zu unterhalten.
Der Grund für dieses kleine Volksfest thronte als in der Sonne glitzerndes Gebilde aus Stahl und Glas, dort wo sich bis vor kurzem noch eine seit Menschengedenken unbebaute Brache in der Berrymoore Street befunden hatte: die funkelnagelneue Zentrale von CLAYTON SOFTWARE ENGINEERING INCORPORATED, kurz CSE Inc., ein hoch moderner Bau, der an zwei liegende und stehende, langgezogene und teilweise miteinander verschmolzene Fässer erinnerte. Die Software-Schmiede wurde nicht von ungefähr an dieser Stelle errichtet. Zum einen konnte man sie verkehrstechnisch gut erreichen, befanden sich doch drei Bahnhöfe in relativer Nähe zum Standort. Auch gab es in South Croydon Hochgeschwindigkeits-Datenverbindungen. Und last, but not least, erwies sich die Brache hier im Süden der riesigen Stadt London als unschlagbar günstig. So günstig, dass sich so manch einer in der Firmenleitung und in der Belegschaft fragte, warum dieses 'Schnäppchen' nicht schon lange vorher an den Mann zu bringen war.

Nicht wenige meinten, dass hier doch wohl irgendwo ein Haken bei der Sache zu vermuten wäre. Doch angesichts des problemlos verlaufenden Baus und der fröhlich-feierlichen Einweihung am heutigen Tage hatten sich sämtliche Bedenken im hellen Licht der Aprilsonne in Wohlgefallen aufgelöst. Das Volk, bestehend aus Anwohnern, Leute, die hier im Quartier arbeiteten, CSE Inc.-Mitarbeiter und ihre Familien, amüsierte sich. Man aß Fish'n'Chips, Pies, frittierte Schokoriegel, Steaks und viele andere Köstlichkeiten, und man trank Bier, Stout, Ale, Cider, Lemonade und Soda. Viele kauften Lose der Tombola oder warfen Bälle auf Büchsen und Dartpfeile auf Luftballons. Kurz, es herrschte eine allgemein fröhliche und ausgelassene Stimmung allenthalben.
Eine Gruppe Personen kam aus dem neuen Palast aus glänzendem Aluminium und funkelndem Glas auf den Vorplatz des Gebäudes heraus getreten. Dies war ein Zeichen für das Orchester, das aktuell gespielte Lied zu unterbrechen und stattdessen einen Tusch erklingen zu lassen. Schlagartig wandte sich nun die Aufmerksamkeit aller hier Versammelten dem schlanken, in einem gut geschnittenen, eleganten Anzug gekleideten Enddreißiger entgegen, der ans vorbereitete Rednerpult getreten war. Er holte einige Notizzettel aus der Innentasche seines Sakkos und klopfte anschließend mit der Fingerspitze seines rechten Zeigefingers Probeweise gegen das Mikrophon des Rednerpults. Das dadurch erzeugte Geräusch hallte laut vernehmlich aus mehreren Lautsprechern über die Berrymoore Street. Der elegant gekleidete Mann nickte zufrieden und breitete seine Redenotizen vor sich aus. Anschließend legte er beide Hände rechts und links auf die Pultkante und räusperte sich vernehmlich.

„Liebe Anwohner, lieber Mitarbeiterinnen und Mitarbeiter, verehrte Gäste...", begann er schließlich seine Rede mit einer sonoren, wohltönenden Stimme vorzutragen. „Wie Sie sich bestimmt denken können, gibt es Getränke und Speisen nicht umsonst...Sie müssen sich dafür meine Rede anhören..."
Vereinzeltes Gelächter erklang, und ein paar Leute klatschten.
„Aber seien Sie beruhigt. Ich werde es kurz machen. Zunächst möchte ich mich Ihnen kurz vorstellen. Mein Name ist Jonathan Paul Clayton, und ich bin der Besitzer und Firmenchef von CLAYTON SOFTWARE ENGINEERING INCORPORATED."
Wieder erklang Beifall, und begeisterte Zurufe erklangen.
„Nicht doch...", wehrte Clayton bescheiden ab. „Ich müsste Ihnen applaudieren. Dafür, dass sie mich und meine Firma mit offenen Armen hier so herzlich in Ihrer Gemeinde aufgenommen haben. Bürgermeister Brewster...", Clayton wendete sich halb zur Seite und machte eine freundliche Handgeste in Richtung des im vollen Amtsornats erschienenen Bürgermeisters Croydons, „...Bürgermeister Brewster erklärte mir, wie erfreut er war, dass diese hässliche Baulücke hier in der Berrymoore Street endlich geschlossen werden konnte. Und Ihr zahlreiches Erscheinen, verehrte Eröffnungsgäste, nährt meine Hoffnung, dass die Ansiedlung meiner Firma in Ihrer Gemeinde auch in Ihrem Interesse ist. Jedenfalls haben sich meine Architekten alle Mühe gegeben, ein ebenso modernes, wie ansprechendes Gebäude zu errichten, welches zudem ein Café beherbergt, welches nicht nur unseren Mitarbeitern offen steht, sondern der gesamten Bevölkerung!"
Jonathan Clayton setzte eine kunstvolle Pause, und freundlicher Applaus brandete auf.

„Also, das finde ich ja mal eine tolle Sache, dass die ihr Café auch für unsereins zum Besuch freigeben!", freute sich eine dralle Rothaarige, die, ein gutes Stück vom Rednerpult entfernt, neben einer ältlichen, weißhaarigen Anwohnerin stand und der Festtagsrede lauschte.

„Mary-Ann Brown", stellte die Rothaarige sich dann der älteren Dame vor. „Ich arbeite da hinten in der Spedition!"

„Angenehm", lautete die Antwort der freundlich lächelnden Dame. „Ich bin Mrs. Baxter und wohne schon seit 50 Jahren hier in der Berrymoore Street."

„Oh, so lange schon? Du meine Güte! Ich arbeite erst seit zwei Jahren bei Baker Transports. Aber ich finde es toll, dass man in seiner Pause jetzt auch mal schnell ins Café gehen kann!"

„Das ist in der Tat eine angenehme Überraschung!", stimmte auch Mrs. Baxter der drallen Frau zu. „Und zuerst war ich noch so skeptisch, als sie mit dem Bauen anfingen."

„Aber wieso denn skeptisch?"

„Weil der Platz, so weit ich zurück denken kann, immer unbebaut war. Eine öde, leere Brache. Ich glaube, da wuchs nicht mal Gras."

„Tatsächlich unbebaut, die ganze Zeit?" Mrs. Brown konnte es kaum glauben, was sie da hörte. „Bei den Grundstückspreisen kann ich mir das gar nicht so recht vorstellen."

„Und doch ist es so", beeilte sich ihr Mrs. Baxter zu versichern. „Sogar meine Großmutter hat das schon erzählt. Ab und zu schien jemand versucht zu haben, dort ein Haus zu errichten, doch die Bauarbeiten wurden immer schon nach den ersten Erdarbeiten wieder abgebrochen."

„Das ist aber seltsam!", wunderte sich die Rothaarige. „Und warum hat dort nie jemand gebaut?"

Mrs. Baxter zuckte mit ihren schmalen Schultern. „Das weiß keiner so recht...", sagte sie, und fuhr dann mit leicht gesenkter Stimme fort: „...aber man munkelte immer, dass es dort nicht mit rechten Dingen zugegangen sein soll!" Die alte Dame warf ihrem jüngeren Gegenüber einen bedeutungsvollen Blick über ihre goldumrandete Brille hinweg zu.
Bevor Mary-Ann Brown jedoch antworten konnte, erscholl eine andere Stimme, dunkel, krächzend und von Unheil geschwängert.
„Das nimmt kein gutes Ende...", tönte es grabesschwer, „...kein gutes Ende!"
Die Damen Brown und Baxter wendeten nahezu synchron ihre Köpfe der Quelle dieser düsteren Prophezeiung, und sie erblickten eine kleine, weibliche Gestalt, in zerschlissener, vor Dreck starrender, ärmlich aussehender und ziemlich antiquiert wirkender Kleidung: ein grober, dunkelbrauner, in welken Falten fallender Rock, unter dem noch die abgetretenen Holzpantinen hervor lugten. Über dem Rock trug die Frau mehrere Lagen löchriger Hemden, deren Farben man nicht mal mehr erahnen konnte, und darüber eine zerschlissene Strickjacke, aus dickem, schwarzem Wollgarn. Eine schmutzig-graue Haube bedeckte das grau-weiß melierte, fettig-strähnige Haar. Ein dumpfer, muffiger, unangenehmer Geruch ging von der Frau aus. Es roch nach einer Melange aus ungewaschenem Körper, Urin, Kot und kaltem, altem Schweiß. Und obwohl die seltsame Erscheinung einige Meter von den beiden anderen Frauen entfernt stand, stieg ihnen dieser Brodem stechend in die Nase, so dass sie unwillkürlich noch einen Schritt zurück traten.
„Wo kommt die denn auf einmal her?", wunderte sich Mrs. Baxter.

„Igitt! Wie die stinkt! Und wo hat die bloß diese Uraltklamotten her?" Mary-Ann Brown rümpfte angewidert ihre Nase. „Und was hat sie gesagt?"
Noch bevor Mrs. Baxter der drallen Rothaarigen antworten konnte, hatte die sich schon der seltsamen Erscheinung zugewendet.
„Was haben Sie da gerade gesagt, Gnädigste?", rief sie zu ihr hinüber.
Ruckartig dreht die merkwürdige Gestalt ihr Gesicht in Richtung der beiden Frauen. Es war hager, die Wangenknochen traten kantig hervor. Eine spitze Hakennase schien wie ein Finger in ihre Blickrichtung zu zeigen. Die mit ausgeprägten, dunklen Rändern versehenen Augen lag tief in ihren dunklen Höhlen, und von da heraus schienen sie in einem schwarzen, fiebrigen Feuer zu lodern, was die düstere Erscheinung der antiquiert wirkenden Frau noch um ein vielfaches verstärkte.
Diese hob nun langsam einen ihrer Arme und deutete mit ausgestrecktem Zeigefinger in Richtung des Firmenneubaus.
„Das da hätte nie dort gebaut werden dürfen!", erklang erneut diese dunkle, krächzende Stimme. „Das nimmt kein gutes Ende...kein gutes Ende! Dieser Grund ist verflucht...VERFLUCHT!"
Das letzte Wort hatte sie geradezu heraus geschrien, und die Damen Brown und Baxter dazu gebracht, vor Schreck einen weiteren Schritt zurückzuweichen.
„Na, aber hören sie mal, Gnädigste!", empörte sich die ältliche Mrs. Baxter verärgert. „Was ist denn das für ein Benehmen?"
„Und überhaupt!", ereiferte sich nun auch Mary-Ann Brown. „Dieses seltsame Gefasel von verfluchtem Grund. Haben Sie nicht mehr alle beisammen? Ich würde zu gern..."

Ein Tusch von der Universitätskapelle riss ihr die Worte vom Mund und lenkte ihre, wie auch die Aufmerksamkeit von Mrs. Baxter wieder auf das festliche Geschehen vor dem Gebäudeeingang des CSE-Buildings. Dort hatte der Firmeneigner gerade seine Festrede beendet und erntete nun freundlichen Applaus dafür, in dem auch die beiden Damen mit einstimmten.
„So, meine Liebe, jetzt erklären Sie mir mal, was Sie mit dem Gefasel von 'verflucht' und so eigentlich meinen...", sagte Mrs. Brown, als sich der Applaus wieder gelegt hatte, mit energischem Tonfall, und wandte sich zu der seltsamen Frau um. Doch im nächsten Moment riss sie verblüfft die Augen auf, denn die seltsame Figur war spurlos verschwunden.
„Huch, wo ist die denn so schnell hin?", wunderte sich nun auch Mrs. Baxter. „So flink ist ja nicht mal ein Windhund beim Rennen!" Sie kicherte giggelnd. „Sie müssen wissen, Mrs. Brown, ich gehe manchmal zum Hunderennen..."
„Ah ja...", machte Mary-Ann Brown und kratzte sich nachdenklich am Kopf. Doch so sehr sie auch in die Runde spähte, sie konnte die wunderliche, alte Schachtel mit der düsteren Prophezeiung nirgendwo erblicken.
„Die kann sich doch nicht in Luft aufgelöst haben?", grübelte sie halblaut vor sich hin. „Hier geht weit und breit keine Straße ab. An uns vorbei ist sie nicht, also muss sie die Berrymoore Street zurück gelaufen sein. Und selbst wenn sie in einem der Hauseingänge hätte verschwinden wollen, dann müsste sie gerannt sein, als wenn der Teufel hinter ihr her wäre! Und die alte Schachtel sah weiß Gott nicht so aus, als wäre sie ein olympisches Talent!"

„Seltsam ist das schon, dass muss ich auch zugeben", pflichtete ihr Mrs. Baxter bei. „Es muss doch eine logische..."
Wieder unterbrach ein lauter Tusch das Gespräch der beiden Frauen.
„Oh, jetzt hält der Bürgermeister seine Rede!", rief Mrs. Baxter aus und wandte sich prompt dem neuen Geschehen zu.
Auch Mrs. Brown widmete sich der Rede des Bürgermeisters, wenngleich sie sich noch ein paar mal mit gerunzelter Stirn nach der verschwundenen Pennerin umschaute. Doch nach einigen weiteren Minuten hatte auch sie den ganzen, mysteriösen Vorgang wieder vergessen und strebte zusammen mit Mrs. Baxter den Buden und Verkaufsständen zu. Die Fröhlichkeit der Eröffnungsfeierlichkeiten sorgte dann letztlich dafür, das beide, Mrs. Brown und Mrs. Baxter, keinen Gedanken mehr an das Gesehene und Gehörte verschwendeten.

Einige Tage später lief die Arbeit im neuen Gebäude der Clayton Software Engineering Inc. nach der ersten Eingewöhnungsphase langsam 'rund', was bedeutete, dass sich die Angestellten zunehmend eingewöhnten und sich wohl fühlten. Jonathan Clayton und seine Architekten hatten auch großzügig dafür gesorgt, dass man sich im CSE-Building wohl fühlen konnte. Es gab helle, freundliche Räume, eine ausgezeichnete Klimatisierung mit viel frischer Luft, Ruhezonen mit großzügigem Grünbesatz, eine hervorragende Kantine und ein gemütliches Café. Die Philosophie Claytons war die, dass zufriedene Mitarbeiter motivierte Mitarbeiter sind. Und motivierte Mitarbeiter lieferten nun mal bessere Arbeit ab, als gefrustete. So rechneten sich die Mehrinvestitionen am Schluss doppelt und dreifach.

Millicent Strout arbeitete im Kundencenter der Firma und betreute Interessenten, Neu- und Stammkunden zusammen mit fünf anderen Kolleginnen und Kollegen telefonisch. Das Call-Center lag im vierten Stock des zehnstöckigen, aufrecht stehenden 'Fass' des Gebäudekomplexes. Wie alle Räume vermittelte es durch seine Helligkeit und den verwendeten warmen Farbtönen der Hölzer ein heimeliges Gefühl. Darum arbeitete Millicent gerne hier, und ihren Kollegen ging es ganz genau so wie ihr. An diesem Dienstagmorgen hatte sie ihren Arbeitsplatz besonders früh aufgesucht, schon um 07.00 Uhr, da sie dafür am Nachmittag wegen eines Arzttermins früher gehen wollte. Normalerweise begann die Arbeitszeit erst um 09.00 Uhr.

Millicent wollte die frühe Zeit nutzen, liegen gebliebenen Verwaltungskram zu erledigen und ein paar Berichte abzufassen. Es herrschte eine angenehme Ruhe in den noch Menschenleeren Büros, und so hoffte sie, einiges von dem, was sie sich vorgenommen hatte, in Ruhe erledigen zu können. Der Pförtner Benjamin Fisher, ein etwas übergewichtiger, schwarzhäutiger Mann, mit einem runden, gutmütigen Gesicht, hatte sie freundlich begrüßt und ohne weiteres eingelassen, da Millicent ihren Arbeitsbeginn natürlich vorab hatte genehmigen

lassen. Kurze Zeit später trat sie aus dem Lift in den großen Flur des vierten Stockwerks hinaus und strebte ohne Eile dem Großraumbüro zu, in welchem sie und ihre Kollegen arbeiteten. An den leeren Abteilen von Marc, Lizzi, Mai Lin, Ronaldo und Uta vorbei strebte sie ihrem Schreibtisch zu, ließ sich auf ihrem bequemen Bürostuhl nieder und schaltete dabei gleich ihren Arbeitsplatz-PC ein. Während die Angestellte darauf wartete, dass der Computer hochfuhr, nahm sie bereits einen Stapel von Papieren aus dem Eingangsfach auf ihrem Schreibtisch, und sortierte einige Vorgänge heraus. Plötzlich nahm sie aus den Augenwinkeln heraus eine flüchtige Bewegung auf der anderen Seite des Raumes wahr. Erstaunt hob sie ihren Kopf und schaute in die Richtung, aus der sie gemeint hatte, einen Schatten vorbeilaufen zu sehen, doch da war nichts. Millicent schüttelte verwundert ihren Kopf. Dann stand sie auf, trat zwei Schritte in den Raum hinein und schaute sich noch einmal gründlich um. Doch auch jetzt konnte sie niemand erkennen.
„So was...", murmelte sie leise vor sich hin und setzte sich wieder auf ihren Stuhl. „Halluzinationen am frühen Morgen – na das kann ja heiter werden! Ich scheine wohl nicht ganz ausgeschlafen zu haben. Oder es war ein großer Vogel, der draußen am Fenster vorbei geflogen ist!"
Achselzuckend machte sie sich dann wieder an ihre Arbeit und hatte den Vorfall nach ein paar Augenblicken schon wieder vergessen. Doch dann geschah das Gleiche nochmals. Wieder nahm sie aus den Augenwinkeln einen sich rasch bewegenden Schatten wahr. Dieses mal ruckte ihr Kopf sofort herum, doch so sehr sie den Blick ihrer Augen suchend durch den großen Büroraum wandern ließ, es war niemand außer ihr hier drinnen!

„Hallo?", rief sie laut durch das Callcenter. „Hallo, ist da jemand?"
Doch niemand antwortete.
„Fange ich jetzt an Gespenster zu sehen?" Millicent Strout wunderte sich über sich selbst.
Sie ließ ihren Blick noch einige Male durch den Raum wandern, bevor sie kopfschüttelnd wieder die Computertastatur an sich heran zog, um weiter zu arbeiten. Erneut vergingen etliche ereignislose Minuten. Doch dann lief der 38-jährigen Londonerin mit einem Mal ein kalter Schauer über den Rücken und ließ sie erschaudern. Die Härchen im Nacken und an den Unterarmen stellten sich ihr auf.
„Du lieber Himmel, spinnt jetzt auch noch die Klimaanlage?", schimpfte sie leise vor sich hin.
Sie zog ihr Headset auf den Kopf und öffnete das Wählfenster, um bei Benjamin Fisher, dem Pförtner anzurufen, um dort wegen der Klimaanlage nachzufragen, als sie ein plötzliches, sich wiederholendes, metallisches Klacken, zusammenzucken ließ. Langsam dreht sie ihren Kopf herum, auf der Suche nach der Quelle des unvermuteten Geräusches. Der Blick ihrer Augen blieb dabei am Schreibtisch gegenüber hängen, wo ihr Kollege Marc Rosen arbeitete. Auf seiner Schreibtischplatte hatte er eines von diesen Managerspielen stehen, fünf an Metallfäden, in einem kleinen Gestell hängende Kugeln. Wenn man eine anhob und gegen die nächste fallen ließ, pflanzte sich der Bewegungsimpuls durch alle anderen Kugeln durch und setzte die entgegengesetzte Kugel des anderen Endes in Bewegung.
Und genau dieser Umstand versetzte Millicent Strout in Schrecken!

Die Kugeln klackerten munter hin und her – doch wer hatte sie in Bewegung versetzt? Außer ihr befand sich doch niemand anderes hier im Büro!
Ein unheimliches Gefühl beschlich die ÄSE-Angestellte, und ihr Herz begann unwillkürlich schneller zu schlagen. Und dann, wie von Geisterhand, stoppten die Kugel ihr Spiel abrupt wieder. Millicent zuckte heftig zusammen und stieß vor Schreck einen spitzen Schrei aus. Der plötzliche Stopp erschien ihr noch unheimlicher, wie die unerklärliche Bewegung zuvor. Wieder schien ein Eiskalter Hauch durch das Großraumbüro zu ziehen. Tatsächlich konnte Millicent ihren Atem sehen, und erneut rieselte ihr ein kalter Schauer über die Haut. Langsam bekam sie es mit der Angst zu tun.
„Was geht hier nur vor?", sagte sie zu sich selbst und kaute dabei zunehmend nervöser werdend auf ihrer Unterlippe.
Die Leere in dem Büroraum bekam langsam etwas bedrohliches für die Angestellte.
Unvermittelt klingelte ihr Telefon, und das Geräusch ließ Millicent wie unter einem Stromschlag zusammenzucken. Eigentlich konnte um diese Tageszeit noch gar kein Anruf eingehen, denn bis zur offiziellen Arbeitszeit des kleinen Call-Centers war eine automatische Ansage geschaltet.
Sie streckte den Zeigefinger ihrer zitternden, rechten Hand aus und berührte zögernd das 'Abnehmen'-Symbol auf dem Monitor vor ihr.
„Ha...Hallo?", hauchte sie mit belegter Stimme in das Mikro ihres Headsets. Doch niemand antwortete der Angestellten. Es rauschte und knackte im Ohrhörer, und sie vermeinte eine ferne, krächzende Stimme unverständliche Worte murmeln zu hören. Dann lachte eine heisere Stimme. Ein eiskalter Klumpen schien sich mit einem Male in ihrem Magen gebildet

zu haben, und sie trennte die Verbindung mit einem hastigen Tastendruck. Einen Moment lang verharrte sie regungslos. Ihr Herz schlug ihr bis zum Hals. Millicent Strout bekam es langsam aber sicher mit der Angst zu tun.
Im nächsten Augenblick setzte das klackernde Spiel der Metallkugeln so unvermittelt wieder ein, dass Millicent einen lauten, spitzen Schrei ausstieß, und entgeistert auf das unheimliche Schauspiel starrte. Doch diesmal blieb das Geschehen nicht auf die Kugeln beschränkt. Eine Bewegung am Ausgang des Großraumbüros erregte ihre Aufmerksamkeit. Mit vor wachsender Angst weit aufgerissenen Augen sah sie, wie sich der Schreibtischstuhl ihrer Kollegin Uta Ilsadottir langsam in Bewegung setzte und den Gang zwischen den Arbeitsplätzen hin durch auf sie zurollte. In zunehmender Panik ergriffen, rutschte die Angestellte mit ihrem eigenen Stuhl immer weiter zurück, bis sie an die Fensterfront stieß. Sie biss so fest auf ihre Fingerknöchel, als könnte sie durch den Schmerz den ganzen unwirklichen Spuk vertreiben. Doch der Alptraum schien kein Ende nehmen zu wollen. Auf der Höhe ihres Schreibtisches blieb Utas Stuhl schließlich stehen, drehte sich aber weiterhin fortwährend um seine eigene Achse.
Das war zu viel für die Londonerin. Sie sprang wie von der Tarantel gestochen auf und drückte sich, am ganzen Leib zitternd, an dem sich drehenden Stuhl vorbei, ohne diesen dabei auch nur eine Sekunde aus den Augen zu lassen. Anschließend rannte sie auf die Glastüre zu, um das Call Center so schnell wie möglich zu verlassen. Doch Millicent Strout kam nicht dazu, die rettende Tür zu öffnen. Eiskalte, unsichtbare Hände griffen aus dem Nichts nach ihr und zerrten sie von der Tür weg.

„Noch nicht....", drang eine grobe, harte Stimme an ihr Ohr, während irgendetwas sie unsanft zu Boden warf, um sie dann langsam zu ihrem Arbeitsplatz zurück zu schleifen. Millicent Strout stieß ein panikartiges Kreischen aus und versuchte, sich gegen den unsichtbaren Griff zur Wehr zu setzen. Doch so sehr sie sich auch anstrengte, das, was sie umklammert hielt und auf dem Teppichboden entlang zerrte, war stärker als sie. Ihr Kreischen verwandelte sich in einen Schrei, der sich in immer wahnsinnigere Höhen schraubte und nicht mehr zu enden wollen schien.

Ihre Kollegen fanden die Angestellte vor, als sie wie üblich kurz vor 09.00 Uhr selbst zur Arbeit erschienen. Die 38-jährige Londonerin lag in Embryonalhaltung zusammengekauert unter ihrem Schreibtisch. Sie hatte sich eingenässt, und brabbelte mit leeren Blick unverständliche Worte vor sich hin. Auf Ansprache reagierte sie nur mit einem hysterischen Kichern, bevor sie wieder in diesen apathischen Zustand zurück versank. Dünne Speichelfäden rannen ihr dabei aus dem Mund. Ihre geschockten und entsetzten Kollegen riefen sofort den Notarzt, doch auch dieser vermochte es nicht, Millicent mit seinen Möglichkeiten zu helfen. Offensichtlich hatte ihr Verstand schweren Schaden genommen, wobei sich keiner der Anwesenden erklären konnte, was dazu geführt haben mochte. Und so blieb dem Notarzt nichts weiter übrig, als die Angestellte in die Akut-Psychiatrie einzuweisen, in der Hoffnung, dass man dort etwas für sie tun konnte. Zurück blieben ihre erschütterten Kollegen, die das Geschehene nur schwer begriffen und Tage benötigten, um wieder zu einem halbwegs normalen Arbeitsalltag zurück zu finden.

Neun Tage später hatten die betroffene Gespräche über den seltsamen Vorfall im Zusammenhang mit Millicent Strout merklich nachgelassen. Ihre Kollegen hatten sie ein paar Mal in der Psychiatrie besucht, doch die 38-jährige Frau befand sich nach wie vor in einer Art katatonischem Zustand und reagierte auf keine Außenreize. So nahm die Häufigkeit der Krankenbesuche denn auch relativ rasch ab. Man versuchte, langsam wieder zur Normalität zurückzukehren, da man ihr ohnehin nicht helfen konnte. Schließlich führte man ja auch sein eigenes Leben. Es wusste ja auch niemand, was tatsächlich der Auslöser für den Zusammenbruch der Kollegin gewesen war.
Und tatsächlich ging die Arbeit im CSE-Building nach einigen Tagen wieder in den gewohnten Bahnen vonstatten. Alles schien in bester Ordnung zu sein. Kein Wunder also, dass Alfred Rosenblum an diesem Donnerstag Abend gut gelaunt zum Nachtdienst im CSE-Building erschien.
„Hi Fred", begrüßte er den Kollegen vom Spätdienst im Pförtnerbüro. „Alles klar bei dir?"
„Hallo Alfred", antwortete Fred Dwayne. „Alles in Ordnung. Du bist früh dran!"
„Ich kann ja noch mal gehen und in ein paar Minuten zurück kommen…"
„Unterstehe dich!", protestierte Fred lachend und erhob sich, um seine Kaffeetasse und seine Vesperbox in seine Aktentasche zu packen. „Acht Stunden sind lange genug!"
„Ich habe Mary von ihrem Bridge-Abend bei den Myers abgeholt", berichtete Alfred Rosenblum. „Da hat es sich nicht rentiert, noch einmal mit auszusteigen und mit ihr ins Haus zu gehen. Deswegen bin ich gleich weitergefahren."

„Ein Toast auf Bridge!", rief Dwayne feierlich und hob ein imaginäres Glas in die Luft.
„Scherzkeks! Sag' mir lieber, ob noch jemand im Haus ist!"
„Nein, Alfred", erwiderte Fred Dwayne. „Heute sind alle Vögel schon ausgeflogen. Der Letzte hat das Gebäude gegen 21.00 Uhr verlassen. Du hast CSE heute Nacht ganz für dich allein!"
„Prima, dann kann ich meine Lehrgangsunterlagen durcharbeiten. Ist wieder ein ganzer Packen an neuem Unterrichtsmaterial eingetroffen!"
Rosenblum hob seine Aktentasche und klopfte kurz drauf.
„Dein Informatik-Fernstudium, was?", erkundigte sich Dwayne. Als Rosenblum zur Bestätigung nickte, sagte er: „Also, ich hätte keinen Kopf, ein mehrjähriges Fernstudium durchzuziehen. Dafür würde es mir an Selbstdisziplin und Durchhaltewillen mangeln. Da kann ich dich echt bloß bewundern!"
„Danke dir Fred, für die Blumen", wehrte der Gelobte bescheiden ab. „Aber wenn ich mal auch in einem schicken Büro sitzen möchte, um etliche Pfund am Monatsende mehr in der Tasche zu haben, dann brauche ich einen sehr guten Abschluss des Studiums. Und dann: Nachtwächterdasein Adieu!"
„Adieu ist ein gutes Stichwort! Ich werde mich jetzt vom Acker machen, Herr zukünftiger Softwareentwickler! Ruhige Nacht!"
„Danke, Fred, bis Morgen Abend!"
Die beiden Männer nickten sich noch einmal zu, dann schnappte sich Dwayne seine Tasche und verließ das Pförtnerbüro. Rosenblum betätigte den Türöffner für seinen Kollegen, dann kehrte Ruhe im CSE-Building ein. Anschließend setzte er sich hinter den Schreibtisch, kontrollierte kurz verschiedene Monitore und Alarmlinien, dann packte er seinen Laptop aus

und holte noch ein paar Fachbücher aus seiner Tasche hervor. Nachdem er dann die Kaffeemaschine gestartet hatte, begann er damit, sich intensiv seinem Unterrichtsstoff zu widmen. Die ruhigen Nachtstunden empfand Alfred als ideal. Es war ruhig, kaum mal ein später Arbeiter, drei Innenrunden nur in der Nacht, da ja ansonsten alles über Alarmeinrichtungen und Monitore gesichert wurde. Perfekt, um eine Menge Stoff abzuarbeiten. Deswegen ließ sich Rosenblum auch bevorzugt zum Nachtdienst einteilen.
In den nächsten zwei Stunden verlief sein Dienst denn auch ohne jedes Vorkommnis. Gegen 22.45 machte er seine erste Innenrunde, die er 30 Minuten später beendete. Danach widmete er sich sogleich wieder seinem Lehrstoff. Die nächsten 45 Minuten konnte er ungestört lernen. Doch plötzlich erregte ein undefinierbares Geräusch seine Aufmerksamkeit. Rosenblum hob den Kopf, schaute sich um und lauschte dann angestrengt.
„Das kommt nicht von hier...", sagte er leise zu sich selbst, „...aber woher dann? Und was ist das?"
Wieder lauschte er einen Moment konzentriert, schüttelte dann den Kopf, erhob sich, und schritt daraufhin lauschend vor der Monitorwand der Überwachungsanlage auf und ab. Für einige Momente tat sich nichts, dann war der seltsame Laut wieder da.
„Zum Teufel, was ist das bloß?"
Es hörte sich an, als würde jemand Klagelaute ausstoßen, langgezogen und traurig. Dann wieder schien es sich um einen seltsamen Singsang einer hohen Frauenstimme zu handeln. Diesmal war sich der Wachmann sicher, dass es von einem der Überwachungsmikrophone im Haus aufgezeichnet wurde.

„Aber das kann nicht sein!", brummelte Rosenblum vor sich hin und kratzte sich nachdenklich am Kopf. „Es ist doch niemand mehr im Gebäude! Ob das ein Scherz sein soll, ein Wiedergabegerät, welches sich um Mitternacht selbst eingeschaltet hat?"
Mit einem Male schien ihm diese Erklärung als die plausibelste. Jemand hat sich einen Scherz mit ihm erlaubt! Warum sonst sollte das seltsame Geräusch pünktlich zur Geisterstunde aufgetaucht sein!
„Mich könnt ihr nicht so einfach reinlegen, ihr Schlawiner!", rief er deshalb lachend aus und setzte sich wieder hinter seinen Schreibtisch.
Doch bevor er an seinen Laptop zurückkehren konnte geschah etwas anderes, merkwürdiges. Das seltsame Klagen setzte wieder ein, doch dieses Mal flackerte ein milchiges Schemen über einen der Monitore, der einen langen Gang im obersten Gebäudebereich zeigte. Alfred Rosenblum kniff die Augen zusammen und starrte auf den Bildschirm. Doch zunächst geschah nichts mehr. Er wollte den Blick schon wieder abwenden, als das Schemen erneut erschien. Es huschte in Schrittgeschwindigkeit den Gang entlang, um dann wieder aus dem Erfassungsbereich der Kamera zu verschwinden. Gleich darauf tauchte es auf einem anderen Monitor auf, verharrte dabei längere Zeit in der Bildmitte und schien sich dabei wie ein Grashalm im Wind hin und her zu biegen. Nahezu im gleichen Moment setzte auch wieder der eigenartige Klagegesang ein, wurde lauter, dann wieder leiser, klang im einen Moment wieder wie ein textloses Singen, um dann wieder in ein jammervolles Klagelied überzugehen.
Dem Wachmann lief ein Schauer über den Rücken, und Zweifel kamen in ihm auf, ob dies tatsächlich nur ein Scherz seiner Kollegen sein könnte. Der Aufwand,

den sie dafür hätten treiben müssen, würde enorm gewesen sein.
Rosenblum überlegte, ob er seinen Rundgang vorverlegen sollte, um vor Ort nach dem rechten zu sehen. Obwohl ihm nicht wohl war bei dem Gedanken, so siegte doch sein Pflichtgefühl. Mit Taser, Pfefferspray, Taschenlampe und einem eiskalten Klumpen im Magen verließ er mit einem Seufzer auf den Lippen das Pförtnerbüro. Die dunklen Tiefen des nächtlichen Gebäudes nahmen ihn auf, doch so bedrohlich und beklemmend wie in diesem Moment war ihm das CSE-Building vorher noch nie vorgekommen. Zu dem eiskalten Klumpen im Magen gesellte sich auch noch ein Kribbeln, wie man es verspürt, wenn man auf ein unbestimmtes Ereignis wartete, ein wenig mit Lampenfieber vergleichbar, und doch eindeutig negativ belegt. Es war Angst, die aus den dunklen Schatten der Nacht zu ihm gekrochen kam, ihn zu überwältigen drohte. Und tatsächlich, sein Verstand sagte ihm, dass hier wohl etwas nicht mit rechten Dingen zuging und es vielleicht besser wäre, die Beine in die Hand zu nehmen und davon zu laufen. Doch es gab auch noch sein Pflichtgefühl. Alfred Rosenblum hätte sich selbst nicht mehr in die Augen schauen können, wenn er gleich beim ersten merkwürdigen Vorkommnis, das es gab, seit er diesen Job angetreten hatte, kneifen und den Schwanz einziehen würde. Also kämpfte er sein Unbehagen nieder und drückte entschlossen auf den Rufknopf des Aufzuges. Jetzt, zur Nachtzeit, musste er nicht auf die Kabine warten. Die steuerten nach Büroschluss automatisch das Erdgeschoss an. So öffnete sich die Aufzugtür fast augenblicklich vor ihm, und der Wachmann trat, nach einem letzten Moment des Zögerns, in die hell erleuchtete Kabine, und fuhr

mit ziemlich gemischten Gefühlen nach oben, in das oberste Stockwerk der CSE-Buildings hinauf.
Dort angekommen, trat er zunächst nur unter die Türumrandung des Lifts und spähte vorsichtig erst nach links, dann nach rechts um die Ecke. Zu seiner großen Erleichterung konnte er in beiden Richtungen nichts verdächtiges entdecken. Daher machte er einen entschlossenen Schritt auf den Gang hinaus und lauschte angestrengt nach den Geräuschen, die er vor wenigen Momenten noch über die Lautsprecher der Überwachungsanlage vernommene hatte. Doch es herrschte Totenstille. Als schließlich die Aufzugtür mit leisem Rumpeln wieder zu glitt, zuckte Rosenblum vor lauter Anspannung wie unter einem Stromschlag zusammen.
„Puh!", machte er erleichtert, und wollte sich schon selbst einen Narren schelten, als unvermittelt der geisterhafte Singsang wieder einsetzte. Erneut zuckte er erschrocken zusammen, doch dieses mal würde es wohl keine so einfache Erklärung für die Ursache des Erschreckens geben, wie einen Moment zuvor.
Das seltsame Singen klang hier oben noch unheimlicher und ließ ihm einen kalten Schauer nach dem anderen über den Rücken laufen. Das schauerliche Klagen und Jammern sorgte dafür, dass sich die Härchen auf seinen Unterarmen aufstellten. Der Wachmann stellte fest, dass dieser Singsang eindeutig von Rechts kam, wo Firmengründer Jonathan Clayton und die Mitglieder seines Vorstandes ihre Büros hatten. Zögernd wandte Rosenblum sich in diese Richtung und setzte vorsichtig und leise einen Schritt nach dem anderen. Schritt für Schritt, und mit bis zum Hals klopfendem Herzen, näherte er sich der Glastür, die das Treppenhaus mit den Aufzügen von der Führungsetage trennte. Rosenblum verfluchte den

Umstand, dass man sich bei der Einrichtung des CSE-Buildings dazu entschlossen hatte, für diese Türen mattiertes, undurchsichtiges Glas zu verwenden. So blieb ihm nichts anderes übrig, die Tür zu öffnen, wenn er sehen wollte, was dahinter verborgen lag. Als er den großen, im Taschenlampenlicht glänzenden Messingknauf berührte, stockte der Schauergesang im gleichen Augenblick, was den Wachmann überrascht aufkeuchen ließ. Doch bereits im nächsten Moment ließ der unheimliche Sänger sein Klagelied wieder erklingen, und, wie es schien, lauter als zuvor. Alfred Rosenblum atmete noch einmal tief durch, dann nahm er all seinen Mut zusammen und zog die Tür langsam so weit auf, bis er durch einen Spalt hindurch auf den Gang dahinter spähen konnte. Was er sah, ließ ihm den Atem stocken!
„Zum Teufel, was ist das?"
Etwa in der Mitte des Flures stand, nein, schwebte eine merkwürdige, hell schimmernde Gestalt. Es schien sich um einen Mann zu handeln, in altertümlich wirkende Bekleidung gehüllt. Besonders erschreckend für Rosenblum war, dass die Erscheinung von innen heraus leuchtete, wobei sie flackerte, wie eine Kerze im Wind. Mal erschien sie unscharf und an den Rändern zerfasert, um im nächsten Moment ganz klar zu werden. Dabei schwebte sie hin und her, dann wieder ein Stückchen vor oder zurück, auf und ab. Und alles wurde begleitet von diesem Jammern und Stöhnen, welches ganz unzweifelhaft von diesem Spukbild ausging.
Rosenblum wirkte wie gelähmt. Auf einen Einbrecher wäre er vorbereitet gewesen. Doch das hier? Das überstieg seinen Horizont, hörte man von solchen Ereignissen doch nur in den fragwürdigen Gazetten und Magazinen des Boulevard – oder Sensationsjournalismus. Der Wachmann hätte noch

vor einer Stunde sämtliche Geistergeschichten als Humbug oder Produkt einer überreizten Fantasie abgetan. Nun war er selbst Zeuge eines solchen Ereignisses, und wusste nicht, wie er sich verhalten, oder was er jetzt tun sollte. Nach einigen Momenten des fieberhaften hin- und her Überlegens entschied er sich dafür, das naheliegendste zu tun, nämlich die unheimliche Gestalt anzusprechen.
Er setzte zu sprechen an, bekam aber vor Aufregung nur ein heiseres Krächzen heraus und musste sich erst mal räuspern. Dieses Geräusch genügte jedenfalls schon, um die Aufmerksamkeit der Erscheinung auf sich zu ziehen. In der Luft schwebend, drehte sie sich langsam um ihre eigene Achse, bis sie Rosenblum die Vorderseite und den gesenkten Kopf zuwandte, von dem langes, wirres und geisterhaft silbern schimmerndes Haar strähnig gut einen Unterarm lang herunter hing. Der Wachmann hielt unwillkürlich die Luft an, und wagte kaum weiter zu atmen. Gebannt starrte er die Gestalt an. So nah vor sich konnte er erkennen, dass sie äußerst ärmliche Kleidung zu tragen schien. Eine grob gewebte, dunkle Hose, von einer Kordel gehalten. Darüber ein einfaches, löchriges und vor Schmutz starrendes Leinenhemd. Jedenfalls interpretierte der Wachmann die dunklen Flecken und Schatten darauf als Schmutz. Über dem Hemd schien die Erscheinung eine kurze, derbe Jacke zu tragen, auch diese in einem erbarmungswürdigen Zustand. An den ein gutes Stück über dem Boden des Korridors schwebenden Füßen befanden sich keine Schuhe.
Die Drehung der in unwirklichem Licht flackernden Geistererscheinung kam zu einem Ende, abgesehen von den ständigen Hin- und Her, auf- und ab Bewegungen. Deshalb machte Rosenblum nun einen

erneuten Versuch, mit diesem seltsamen, nächtlichen Besucher in Kontakt zu treten.
„Ähem...", räusperte er sich vernehmlich. „Wer sind Sie und was haben Sie um diese Zeit im CSE-Building verloren? Und wie kommen Sie überhaupt hier herein?"
In dem Moment, wo er seine Fragen aussprach, kamen sie ihm selbst unheimlich blöd vor, doch andererseits fiel ihm in diesem Moment nichts intelligenteres ein. Abgesehen davon zeigten sie durchaus einen Erfolg, denn der unheimliche Besucher reagierte.
In quälender Langsamkeit hob er den bisher gesenkt gehaltenen Kopf an. Seine strähnigen, langen Haare fielen der Gestalt dabei wie ein geisterhafter Vorhang vor sein Gesicht, so dass Rosenblum von diesem im ersten Moment nicht sehr viel zu sehen bekam. Vage konnte er die dunklen Höhlen der Augen, die schmale Nase und den zu dünnen Strichen zusammengepressten Mund ausmachen. Und nur wenige Momente später wünschte er sich, dass es bei diesem Anblick geblieben wäre. Waren die Augen des Unheimlichen zunächst nur finstere, dunkle Schatten, glommen sie zu Rosenblums entsetzen im nächsten Moment in einem blutigen Rot auf. Der Pulsschlag des Wachmanns stieg schlagartig in neue Höhen, und er machte unwillkürlich einen Schritt zurück. Die Szenerie im obersten Stockwerk des CSE-Buildings hatte von einem Moment zum nächsten etwas Bedrohliches bekommen. Doch bei den schauderhaft rot glühenden Augen sollte es nicht bleiben.
Die Erscheinung hob im Zeitlupentempo ihre beiden Arme nach oben. Aus Schreck geweiteten Augen sah Rosenblum, wie die Fingernägel im gleichen Tempo zu messerscharfen Krallen heran wuchsen.

Gleichzeitig riss der Geist seinen Rachen auf und präsentierte dem verschreckten Mann ein grässliches Gebiss voller fingerlangen, nadelspitzen Zähnen. Als die Gestalt auch noch ein furchteinflößendes Knurren ausstieß, entrang sich Rosenblums Brust ein entsetztes Ächzen. Aus dem Ächzen wurde ein Angstschrei, denn nun bewegte sich die grausige Erscheinung wieder – auf Rosenblum zu!
Dieser wich in aufkeimender Panik zurück, strauchelte, fiel mit einem Aufschrei zu Boden und rappelte sich hastig wieder auf. Die Glastür schwang zu und nahm ihm die direkte Sicht auf das Scheusal, bis auf einen vagen Schimmer, der durch das milchige Glas hindurch drang. Für wenige Sekunden atmete der Wachmann auf, doch dann schien ihm das Blut in den Adern gefrieren zu wollen. Voller Grauen sah er, wie sich diese Schreckensgestalt einfach durch das Glas hindurch schob, ganz so, als gäbe es die Tür gar nicht. Mit einem neuerlichen Aufschrei warf sich Rosenblum herum und rannte auf das Treppenhaus zu. Er machte erst gar nicht den Versuch, den Aufzug zu rufen, denn der befand sich, wie um diese Tageszeit programmiert, ja bereits wieder unten im Erdgeschoss. Mit der Angst im wahrsten Sinne des Wortes im Nacken, stolperte er die Stufen des Treppenabganges hinunter. Kurz vor dem ersten Treppenabsatz wagte er einen Blick zurück über die Schulter. Erneut schrie er in stetig wachsender Panik auf, denn das fürchterliche Ding befand sich bereits auf der obersten Stufe. Der neuerliche Schreck, der ihm in die Glieder fuhr, ließ ihn eine Stufe verpassen. Er strauchelte, fiel, und prallte mit voller Wucht gegen die Wand des Absatzes, wo er benommen zu Boden ging. Wie durch einen wogenden Schleier hindurch konnte er erkennen, dass das silbrig schimmernde Wesen die Treppe hinunter und auf ihn zu geschwebt

kam, die Krallen bewehrten Hände fordernd nach im ausgestreckt. Für einen Moment war Rosenblum wie gelähmt, doch ein neuerliches, drohend klingendes Knurren aus dem Rachen der Kreatur löste diese Angststarre. Rosenblum versuchte sich aufzurappeln, kam jedoch in seiner Panik nicht recht hoch und robbte regelrecht auf die weiter abwärts führenden Treppenstufen zu. Dort ließ er sich einfach über den Rand fallen, rollte und polterte die Stufen hinunter, wo er ein gutes Stückchen abwärts unter schmerzhaftem Stöhnen endlich wieder auf die Beine kam. Dann rannte er, ach was, er flog die Stufen förmlich hinunter, die unheimliche Gestalt dabei immer dichter auf seinen Fersen folgend.
Es kam ihm wie eine Ewigkeit vor, bis er endlich im Erdgeschoss ankam. Nervös und fahrig nestelte er an seinem Schlüsselbund, um die Eingangstüre vom Foyer nach draußen zu öffnen. Ganz irreal schoss es ihm durch den Kopf, dass er sich in Horror-Filmen immer darüber amüsierte, wenn die Agierenden dort in bestimmten Szenen ihre Schlüssel nicht finden oder Schlösser mit diesen nicht öffnen konnten. Jetzt musste er feststellen, dass dies gar nicht so weit an der Realität vorbei ging. Der gesuchte Schlüssel schien sich in Luft aufgelöst zu haben.
„Scheiße, das gibt es doch nicht!", fluchte Rosenblum unbeherrscht vor sich hin. „Das Teil kann doch nicht einfach verschwunden sein!"
Im nächsten Moment stieß er einen kleinen Triumphschrei aus, als er den gesuchten Schlüssel endlich fand. Doch der Triumph verwandelte sich sogleich wieder in nackte Angst. Der Geist hatte ebenfalls das Foyer erreicht und drehte sich gerade am unteren Ende der Treppe wie suchend um seine Achse, bis er den panischen Rosenblum entdeckte

und sich wieder in seine Richtung in Bewegung setzte.
Dem fiel vor Schreck und Angst der Schlüsselbund aus der Hand und zu Boden. Hastig bückte sich der Wachmann danach und bekam dabei gleich zu seiner Erleichterung den Schlüssel zufassen, den er so hektisch gesucht hatte. Während die Krallen und Reißzahn bewehrte Spukgestalt langsam immer näher kam, versuchte Rosenblum nun, den Schlüssel mit zitternden Händen ins Schloss zu bekommen. Das gelang ihm erst, als die grauenerregende Erscheinung nur noch eine Armlänge von ihm entfernt stand. Der Nachtwächter warf sich förmlich durch die sich öffnende Tür, strauchelte, fing sich aber wieder, und rannte dann bis an den Straßenrand wo er schwer atmend und am ganzen Leib zitternd stehen blieb. Ein sich auf der Berrymoore Street schnell näherndes Fahrzeug kam ihm in diesem Moment wie ein willkommener Anker zur Realität vor, fast unwirklich, nach dem Erlebten der vergangenen Minuten.
Rosenblum wandte sich um und warf einen Blick hinüber zum Eingangsbereich des CSE-Buildings, wo sich der schreckliche Geist immer noch befand, jedoch, so wie es den Anschein hatte, nicht weiter in seine Richtung vorrückte. Und für einen Moment wiegte sich der Wachmann in trügerischer Sicherheit. Nur einen Sekundenbruchteil später zerplatzte diese Sicherheit wie eine Seifenblase. Der Geist machte einen regelrechten Sprung auf Rosenblum zu und befand sich von einem Augenblick zum nächsten direkt vor seinem Gesicht. Mit seinem unheimlich rot glühenden Augen und einem schrecklichen, kehligen Knurren riss er seinen mit nadelscharfen Zähnen versehenen Kiefer weit auf und griff mit seinen Krallenhänden nach dem Wachmann. Der schrie laut

auf, riss seinen Arme in einer Abwehrbewegung hoch, und taumelte ausweichend rückwärts davon.
Das herannahende Auto konnte dem Mann nicht mehr ausweichen. Reifen kreischten bremsend auf dem Asphalt, dann gab es einen lauten Knall. Rosenblums Körper wurde in die Luft geschleudert, prallte dann auf die Motorhaube, und durchbrach die Windschutzscheibe. Dort blieb er reglos hängen. Beim Aufprall auf das Fahrzeug hatte er sich das Genick gebrochen. Und der geschockte Fahrer des Wagens starrte wimmernd in weit aufgerissene, gebrochene Augen, in denen immer noch die Panik der letzten Sekunden im Leben des Wachmanns geschrieben stand.
Die nebelhafte Gestalt am Straßenrand nahm der Fahrer dagegen nicht wahr. Er hatte auch nicht mehr die Chance, das zu tun. Denn unter einem letzten, leisen Wehklagen löste sie sich auf und verschwand, als hätte es sie nie gegeben.

Crystal Blair räkelte sich wohlig auf ihrem bequemen Liegestuhl, der auf dem kleinen Privatdeck ihre Suite auf der MS SERPENTIA stand. Sie trug nur einen ebenso knappen wie teuren Bikini aus einer der Bord-Shops, der kaum mehr Sonne an ihren makellosen, jungen Körper heran lassen konnte. Die 22-jährige Engländerin genoss die hellen Strahlen des Tagesgestirn, vertrieben sie doch die Schatten der

düsteren und grausamen Geschehnisse, die das Kreuzfahrtschiff noch vor wenigen Tagen heimgesucht hatten. Schattennymphen und Satyre hatten ein Netz aus Falschheit, Neid, Missgunst, Gier, Zügellosigkeit und Hass gewoben und versucht, die Menschen an Bord, Passagiere wie auch Crew, zu verderben und ihre Seelenenergie für die dunkle Seite der Weltordnung, dem NEGEM zu requirieren. Es hatte Tote und Verletzte gegeben. Und das Schicksal von einigen spurlos Verschwundenen würde wohl nie ganz geklärt werden können. Crystal, ihr junger, deutscher Freund Michael Fux, und der österreichische, weiße Vampir Rolfhardt Ethelbert Ronan von Schressen, waren mit vollem Einsatz und hohem Risiko in den Kampf gegen die insgesamt 18 Kreaturen der Finsternis gegangen, und sie hätten beinahe verloren. Dem Tode näher als dem Leben, rettete sie nur das beherzte Eingreifen des irischen Paters Patrick O'Flaherty, der, zusammen mit dem Schiffsgeistlichen, in letzter Sekunde und mit dem massiven Einsatz von Weihwasser die Wende im Kampf gegen die Mächte der Finsternis herbei führen konnte. Die meisten der niederen Dämonen konnten getötet werden, der Rest ergriff Hals über Kopf die Flucht durch das magische Tor in die dunkle Dimension. Die Freunde überlebten, wenn auch nur knapp. Rolfhardt ging so geschwächt aus dem Kampf hervor, dass ihn nur das freiwillig gegebene Blut von Michael und Pater O'Flaherty retten konnte.
Fast genau so schwierig, wie die Monster der Finsternis zu besiegen, erwies es sich hinterher, Kapitän MacBrewster und seine Crew über die wahren Geschehnisse an Bord der MS SERPENTIA aufzuklären. Hier leistete Pater O'Flaherty, im Verbund mit dem immer noch geschockt wirkenden Bordgeistlichen, segensreiche Hilfe. Als MacBrewster

schließlich einsah und zugab, das an Bord seines Schiffes kaum zu glaubende, böse Mächte am Werk gewesen waren, brütete man gemeinsam einige Tage an einer Legende, wie man die Todesfälle und die spurlos verschwundenen Passagiere und Besatzungsmitglieder gegenüber den Menschen an Bord und den englischen Behörden darzustellen gedachte. Man kam überein, dass die meisten Vorgänge geheim bleiben und zudem fast durchweg als Verkettung tragischer Unglücksfälle dargestellt werden konnten. Nichtsdestotrotz zeigten sich MacBrewster und seine Leute zutiefst erschüttert, wurde ihr Weltbild doch von jetzt auf gleich praktisch in Trümmer gelegt. Ein Zustand, den Crystal gut nachempfinden konnte. Vor nicht einmal einem Monat war es ihr nicht viel anders ergangen. Von den Schergen der Finsternis aus ihrer bis dato heilen Welt grausam heraus gerissen, die ihre über alles geliebte Mutter getötet und Crystal selbst ihrer Erinnerung beraubt hatten. Erst der geistige Kontakt mit dem ebenfalls in Cadwrigham House gefangen gehaltenen Michael Fux half ihr, sich aus der magischen Fesselung zu befreien und gemeinsam mit dem jungen, deutschen Versicherungsmakler die Flucht aus dem düsteren Anwesen anzutreten.
Beim Gedanken an den schlanken, braunhaarigen Mann aus der süddeutschen Stadt Stuttgart musste sie lächeln. Es war ein warmes Lächeln, voller Zuneigung. In der kurzen Zeit seit sie sich kannten, war ihr der manchmal etwas hippelige, aufgeregte, aber dennoch sehr mutige und zuverlässige Michael ans Herz gewachsen. Sie empfand für ihn ein liebevolles Gefühl wie für einen Bruder. Und sie wusste, dass sie ihn sehr vermissen würde, sollten sich ihre Wege wieder einmal trennen. Aber danach sah es im Moment nicht aus. Im Gegenteil – die

Ereignisse auf dem Kreuzfahrtschiff schienen ihre Schicksalsgemeinschaft noch enger zusammengeschmiedet zu haben. Sie wussten zwar noch so gut wie nichts über NEGEM, die Welt des Bösen und der Düsternis, doch das wenige, was sie kennengelernt hatten reichte schon aus, um nie wieder ein normales, unbeschwertes Leben führen zu können. Und so schien es ihr Schicksal zu werden, den Kampf gegen das Böse in der Welt aufzunehmen. Zum Glück mussten die beiden das nicht ganz ohne Hilfe tun. Der weiße Vampir Rolfhardt Ethelbert Ronan von Schressen stand auf ihrer Seite und kämpfte mit ihnen zusammen für das Licht, für POSEM. Er war ein wertvoller Verbündeter, der mit seinem Wissen vom Wesen der Dinge sehr zu ihrer aller Vorteil, und, vor allem, ihrer allen Überlebens beitragen konnte. Außerdem stellte er ein Bindeglied zu ihrem Vater dar, von dem Sie bis jetzt außer dem Namen nur wusste, dass er über ein ungeheures Vermögen verfügte, von dem er ihr fast 500 Millionen Pfund zur Verfügung gestellt hatte. Obschon Rachmon dafür gesorgt hatte, dass Rolfhardt sein Wissen über ihn nur zu einem bestimmten, noch unbekannten Zeitpunkt würde preisgeben können, so empfand sie es als ungeheuer tröstlich, dass er von ihrem Vater gebeten worden war, ihr im Kampf gegen die Finsternis beizustehen, weil er dazu aus noch unbekannten Gründen nicht selbst in der Lage zu sein schien.
Ein Schatten fiel auf ihr Gesicht und lenkte sie von ihren Grübeleien ab. Es war Michael, der aus der gemeinsamen Suite auf das kleine Privatdeck heraus gekommen war und jetzt sichtlich nervös neben Crystals Liegestuhl stand. Die junge Frau schob ihre Sonnenbrille ein wenig weiter nach vorne auf ihre Nasenspitze und lugte den schlanken Mann über die oberen Brillenränder hinweg an.

„Nanu, Michael, was gibt es denn?", fragte sie überrascht. „Ich dachte, du wolltest im Pool schwimmen gehen? Und warum machst du so ein gehetztes Gesicht?"
„Hilfe!", lautete die erbarmungswürdig gehauchte Antwort des ehemaligen Versicherungsmaklers, in Verbindung mit einem flehenden Blick seiner braunen Augen.
Jetzt nahm Crystal ihre Brille ganz ab und setzte sich, vom Verhalten des Freundes ein wenig alarmiert, in ihrem Stuhl auf.
„Was ist denn los?", wollte sie dann beunruhigt von Michael wissen. „Sag bloß nicht, es sind schon wieder Schattenkreaturen hinter dir her!"
„Nein ... das nicht", lautete die gepresst klingende Antwort. „Ein liebestoller Vampir trifft es da schon eher!"
Crystal stutzte für einen Moment, dann prustete sie lauthals lachend los. „Hi, hi, hi ...", machte sie. „Rolfhardt ist auf Freiersfüßen hinter dir her?"
„Ich weiß nicht, was daran so komisch ist!", beschwerte sich Michael mit säuerlicher Miene bei der Freundin. „Seit ich ihn an meinem Arm mein Blut nuckeln lassen habe balzt und schmachtet er mich an, dass es einem die Schamesröte ins Gesicht treiben kann! Egal, wo ich hingehe, Rolfhardt ist schon da und macht mir schöne Augen. Ich weiß schon nicht mehr, wie ich ihm entkommen kann ... so viel Aufmerksamkeit kann einem ja Angst einjagen!"
Er setzte sich seufzend neben Crystal auf den Liegestuhl und barg sein Gesicht in seinen Händen. Die legte ihm sogleich fürsorglich ihren Arm um die Schulter. „Na komm, sooo schlimm kann es doch nun wirklich nicht sein."
„Für mich schon!", klang es dumpf hinter den Händen hervor. „Es ... es macht mir Angst!"

„Liegt es daran, dass er ein Vampir ist? Ein sehr gut aussehender, attraktiver Vampir dazu noch ...."
Michael ließ die Hände sinken und warf der Freundin einen indignierten Blick zu. „Das Rolfhardt gut aussieht und einen recht knackigen Körper hat, dass musst du mir nicht erzählen, dass sehe ich selbst. Fang bloß nicht auch noch an, mir den Mann schmackhaft machen zu wollen. Und außerdem liegt es nicht daran, dass er ein Vampir ist ... nicht mehr, jedenfalls ..."
„Nun sag schon, was ist los?"
Der Versicherungsmakler schnaufte noch einmal tief durch, bevor er zu einer Erklärung ansetzte. „Schau, ich bin mir selbst noch nicht sehr lange darüber im Klaren, dass in mein Beuteschema nicht nur Frauen, sondern auch Männer passen. Das war schließlich der Grund, warum es mit meiner Verlobten auseinander ging ..."
„Hat sie herausgefunden, dass du bisexuell bist?"
„Schlimmer – sie hat mich mit ihrem Bruder im Bett erwischt!"
„Autsch – das ist in der Tat herb!"
"Ich war nicht weniger überrascht darüber, als sie selbst, dass kannst du mir glauben!", meinte Michael bekümmert. „Jedenfalls lieferte das den Grund für meine überstürzte Flucht in den Englandurlaub, um auf andere Gedanken zu kommen ..."
„Stattdessen bist du im Kerker vom Cadwrigham House gelandet!"
„Na, wenn das keine anderen Gedanken sind, dann weiß ich auch nicht", versuchte Michael zu witzeln, obwohl ihm eigentlich nicht danach zumute war.
„Jedenfalls, was ich sagen will, es ist schmeichelhaft, dass sich so ein weltgewandter, intelligenter Mann wie Rolfhardt für mich interessiert. Und ich kann ihn ja auch gut leiden ... vielleicht sogar ein bisschen

mehr als dass ... aber es geht mir zu schnell. Für mich ist es ungewohnt, von einem Mann so vehement umworben zu werden. Das ... es erschreckt mich. Und dann gibt es noch etwas, was mich zurückschrecken lässt ..."
„Was wäre ...?"
„Er ist fast zehnmal so alt wie ich! Rolfhardt hat so ungeheuer viel Lebenserfahrung, die mich nervös macht. Er ist seit dem 18. Jahrhundert auf dieser Welt, und ich gerade mal seit 28 Jahren. Wie soll ich da mithalten können?"
Wieder trat ein Ausdruck der Verzweiflung in Michaels hübsches, schmales Gesicht, als er seine Freundin anschaute, und die verstand gut, was den Mann neben ihr auf der Liege umtrieb. Sie konnte sich auch nicht recht vorstellen, wie sie in solch einer Situation reagieren würde.
Wie von dem Gespräch herbeigelockt, betrat das Objekt ihrer Unterhaltung das kleine Promenadendeck der Suite. Er trug eng anliegende, weiße Shorts und ein offenes, weißes Seidenhemd, welches den Blick auf seinen muskulösen, drahtigen Oberkörper frei gab. Sein schulterlanges, blondes Lockenhaar hatte er zu einem Pferdeschwanz gebändigt, die Haut wies einen hellen Bronzeton auf. Wer ihn so sah, dem war kaum zu vermitteln, dass er einen leibhaftigen Vampir vor sich hatte, entsprach der Österreicher doch ganz und gar nicht dem Bild, welches man sich von solchen Kreaturen gemeinhin zu machen pflegte. Man sah nur einen sehr attraktiven Mann mittleren Altes mit geradezu faszinierend wasserblauen Augen.
Michael musste sich bei dem Anblick selbst eingestehen, dass er sich durchaus zu ihm hingezogen fühlte. Angst vor ihm als Vampir hatte er schon längere Zeit nicht mehr. Rolfhardt rettete ihm, seit sie sich zum ersten Mal begegneten, bereits

zweimal das Leben. Und er wusste, dass der Mann aus Wien ein weißer Vampir war, der sich in jungen Jahren in seiner Unerfahrenheit und aus Liebe zu einem Vampir machen ließ, aber in all den Jahrhunderten nie für Blut getötet hatte und nie einen anderen seinerseits zum Vampir hat werden lassen. Dieser Deal mit Gott gestattete ihm ein Leben im Licht, welches er dem Kampf gegen das Böse widmete. Ein Umstand, der ihn letztlich mit Crystal und ihm, Michael Fux aus Stuttgart, zusammenführte.

„Ach hier steckst du, Michael!", rief er nun Freude strahlend aus, als er den Gesuchten neben Crystal auf der Liege sitzend vorfand. „Ich dachte, du wolltest schwimmen gehen. Doch am Pool konnte ich dich nirgendwo finden. Man könnte meinen, du gehst mir absichtlich aus dem Weg, du Schlingel!"

Michael seufzte und verdrehte dabei die Augen, was ihm einen Rippenstoß Crystals einbrachte. Dazu schaute sie ihn aus ihren tiefgrünen Augen auffordernd an.

„Na ja, so ganz unrecht hast du damit nicht, Rolfhardt", nuschelte der Stuttgarter daraufhin undeutlich vor sich hin, während er vermied, den weißen Vampir dabei direkt ins Gesicht zu sehen.

Der hatte ihn dank seiner überirdisch guten Ohren trotz der undeutlich und leise hervorgebrachten Worte ganz genau verstanden. Deshalb nahm seine Miene einen leicht traurigen Zug an. Jetzt war er es, der einen tiefen Seufzer ausstieß.

„Woran liegt es, mein Freund?", fragte er leise und mit bedrückt klingender Stimme. „Gefalle ich dir nicht? Findest du mich abstoßend? Ist es ... weil ich ein Vampir bin?"

„Ach Rolfhardt ...", antwortete Michael nach einen Moment des Schweigens.

Er hob seinen Kopf und schaute dem Wiener nun direkt in die Augen.
„Ob du ein Vampir bist, oder nicht, das spielt dabei überhaupt keine Rolle mehr. Ich habe dich ja schließlich schon an meinem Arm saugen lassen ..."
„Was ist es denn? Los, sag schon, ich möchte wissen, was dich so sehr an mir stört!"
„Na ja ...", druckste der ehemalige Versicherungsmakler herum. „Schau ... du bis Österreicher, ich Deutscher ... das würde doch niemals gut gehen!"
Rolfhardt starrte den jungen Mann vor sich fassungslos an. Offensichtlich hatte es ihm bei dieser Antwort regelrecht die Sprache verschlagen, denn seiner Brust entrang sich nur ein kraftloses Ächzen.
Auch Crystal bedachte ihren Schicksalsgefährten mit einem mehr als nur irritierten Blick. Als Außenstehende konnte sie auch nichts von diesen Animositäten wissen, die es in der Beziehung von „Piefken" und Alpenländlern gab. Deswegen starrte sie Kopfschüttelnd auf den neben ihr sitzenden Michael.
Der bemühte sich unterdessen, einen ernsten Gesichtsausdruck aufrecht zu erhalten, doch um seine Mundwinkel begann es mehr und mehr zu zucken. Dann hielt er es nicht mehr aus und brach explosionsartig in lautes Gelächter aus, was ihm nur noch verständnislosere Blicke seiner beiden Freunde einbrachte.
„Hi, hi, hi. ..", machte der junge Mann, hielt sich den Bauch und japste nach Luft. „Dein Gesichtsausdruck Rolfhardt ... unschlagbar ... hi, hi, hi!"
„Sag mal, was soll denn das?", beschwerte sich dieser konsterniert bei Michael. „Ich stelle dir eine ernste Frage, und du versetzt mir einen solchen Schock? Also, das habe ich wirklich nicht verdient!"

„Das meine ich aber auch!", pflichtete Crystal dem Wiener bei. „Was hast du dir denn dabei gedacht?"
„T... tut mir leid, tuhut mir leid ...", entschuldigte sich der Gescholtene, während er sichtlich bemüht war, seinen Heiterkeitsausbruch wieder unter Kontrolle zu bringen. „Ich woll... wollte ...hi, hi... wollte das eigentlich gar nicht sagen. Aber es war urplötzlich da und wollte heraus, bevor ich überhaupt nachdenken konnte, was ich da sage ...hi ...huh!"
Er schüttelte seinen Kopf und atmete einige Male tief ein und wieder aus. So gelang es ihm schließlich, wieder einigermaßen zu seiner Fassung zurück zu finden.
„Hoffentlich habe ich dich nicht gekränkt, Rolfhardt, denn das täte mir leid", sagte er dann, wobei er sich noch einige Lachtränen aus den Augen wischte.
„Aber das eben tat mir unendlich gut. So viel habe ich schon lange nicht mehr gelacht."
„Na, dann geht es wenigstens dir gut ...", meinte der weiße Vampir mit missmutiger Miene. „Und was ist mir mir?"
„Rolfhardt ...", setzte Michael zu einer Erklärung seines Verhaltens in den letzten Tagen an, wobei er sichtlich bemüht war, die rechten Worte zu finden.
„... du hast recht, ich bin dir aus dem Weg gegangen ...
Der Österreicher setzte zu sprechen an, doch Michael unterbrach ihn sofort mit einer abwehrenden Handbewegung. „Lass mich ausreden! Bitte!"
Rolfhardt zögerte kurz, nickt dann aber zustimmend.
„Ja, ich bin dir ausgewichen ...", begann Michael noch einmal. „Aber das hat wirklich nichts damit zu tun, dass du ein Vampir bist. Nicht mehr, jedenfalls.
Ich muss zugeben, dass ich, als wir uns zum ersten Mal begegneten, wirklich Angst vor dir hatte, und dass du mir eine Zeit lang zumindest noch unheimlich

warst. Aber zwischenzeitlich bist du mir ein guter Freund geworden, jemand, auf den ich mich verlassen kann, etwas, was ich nicht von vielen Menschen behaupten kann. Du bist eloquent, belesen, gebildet, charmant, siehst zudem für dein Alter ...", er zwinkerte spitzbübisch, „... fantastisch aus, und ja ... ja, ich mag dich. Vielleicht auch mehr ... darüber bin ich mir selbst noch nicht im Klaren. Und darum geht es mir bei dir zu schnell. Verstehst du? Mein Leben hat sich in den letzten Wochen mehrfach gedreht und gewendet, und ich muss erst mich selbst wiederfinden, bevor ich zu einem anderen finden kann. Dann hast du mich aber derart mit Zuneigung und Aufmerksamkeit überschüttet, dass ich beim besten Willen nicht mehr wusste, wie ich damit umgehen sollte. Deswegen weiche ich dir seit Tagen aus, wo ich nur kann ..."

Er schenkte dem weiß gekleideten Mann vor sich einen derart treuherzigen Augenaufschlag, dass selbst ein Stein dahingeschmolzen wäre. Ob er es wollte, oder auch nicht – Rolfhardt musste daraufhin unwillkürlich lächeln.

„Hast du gehört, Crystal?", sagte er dann zu ihrer gemeinsamen Freundin. „Er hat gesagt, er mag mich!"

Die quittierte die Bemerkung ihrerseits mit einem breiten Schmunzeln, schwieg aber dazu, weil es ihrer Meinung nach eine Sache war, die nur zwischen Rolfhardt und Michael geklärt werden konnte.

Letzterer warf auf Rolfhardts Bemerkung hin seine Arme theatralisch in die Luft. „War ja klar, das er sich nur *das* aus meiner Ansprache herauspickt!"

„Nun, *das* klang auch am schönsten in meinen Ohren!", verteidigte sich der Vampir. „Aber den Rest habe ich auch verstanden. Und ich versuche, mich

künftig ein wenig zurückzuhalten, wenn es mir auch bei deinem schönen Anblick schwer fallen wird!"
Michael stöhnte auf und verdrehte die Augen, während Crystal glockenhell auflachte. „Ihr seid vielleicht ein verrücktes Paar!", rief sie fröhlich aus. „Los, umarmt Euch, und dann gehen wir alle drei schwimmen!"
Ergeben nickte Michael, erhob sich von der Liege, und ließ sich von Rolfhardt an die von Muskeln durchzogene Brust drücken. Und für einen Moment vergaß er seine Vorbehalte und fühlte sich richtig wohl in den starken Armen des Wieners. Als er jedoch etwas tiefer spürte, wie sehr sich dieser über die unverhoffte Nähe zu freuen begann, löste er sich rasch aus dessen Umarmung und stolperte hastig und mit rotem Kopf der Freundin hinterher, die sich schon ins Innere ihrer Suite begeben hatte, um ihren Badezeug zu holen, wobei ihm ein breit grinsender Rolfhardt dichtauf folgte.

Am 15. Juli kehrten die drei Geisterjäger endgültig nach London zurück. Captain MacBrewster und seine Crew würden Ihre Rolle überzeugend spielen können und den Behörden gegenüber die sorgsam einstudierte Legende von der Verkettung unglücklicher Umstände präsentieren. Natürlich würde es eine Untersuchung geben, aber der Kapitän zeigte sich

zuversichtlich über deren Ausgang, und so konnten die drei Retter der MS SERPENTIA guten Gewissens ihre Koffer packen und abreisen.
Mrs. Kershaw, die Großmutter des kleinen Mädchens Belinda Carlisle aus Crystals Wahrtraum, verabschiedete sich tränenreich. Und Pater O'Flaherty gab das Versprechen ab, sich bei der Engländerin und ihren beiden männlichen Begleitern zu melden, nachdem er in seiner Gemeinde nach dem Rechten gesehen hätte. Crystal lud ihn daraufhin förmlich ein und beschrieb ihm genau, wie er zu Blair House finden könnte. Denn ohne diese 'Vorbereitung' wäre er nicht in der Lage gewesen, das Haus wahrzunehmen. Ein Bannzauber, der auf dem Anwesen lag, hätte dies wirksam verhindert und ihn nur ein brach liegendes Stück Land sehen lassen.
Bald darauf traten Crystal, Michael und Rolfhardt in einem grünen Harrods-Hubschrauber den Rückflug nach London an. Nur wenige Stunden später steuerte Rolfhardt den silberfarbenen Lexus über die Straßen der englischen Megametropole zurück nach Blair House. Als das Fahrzeug dann endlich in den Longfield Drive des Londoner Stadtteils Richmond einbog, kam sogar so etwas wie ein Heimatgefühl auf.
„Zu Hause ...", seufzte Crystal und atmete tief durch.
„... und in Sicherheit!", spann Michael Crystals Satz weiter und leistete sich ebenfalls einen tiefen Seufzer der Erleichterung.
„Bei lieben Freunden ...", vollendete Rolfhardt den Dreiklang der Gefühle. „Das ist das beste: Bei Freunden zu Hause und in Sicherheit sein ..."
Die letzten Worte klangen tief bewegt und lösten bei Michael spontan ein intensives Gefühl der innigen Verbundenheit mit dem schlanken Österreicher aus. Verstohlen musterte er Crystal. Die rothaarige

Engländerin schien auch berührt, aber Michael las in ihrem Gesicht nicht das Gleiche, was ihn umtrieb. Überrascht horchte er deshalb in sich hinein und fragte sich, ob nicht tatsächlich ein Samen in ihm keimte, ein Samen, aus dem heraus sich womöglich doch Gefühle der Liebe für den weißen Vampir entwickelten.
Er konnte den Gedanken nicht weiter verfolgen, denn just in diesem Moment kam der Lexus vor dem gewaltigen, Schmiedeeisernen Portal des Blair'schen Anwesens zum stehen. Es befand sich natürlich in der Mitte der vorderen Zaunfront. Jeder der beiden aus Eisen gearbeiteten Portalhälften war fünf Meter breit. Davor und dahinter, im Boden eingelassen, gab es ein zehn Zentimeter breites, silbrig schimmerndes Band. Es spannte sich Halbkreisförmig von Portalpfeiler zu Portalpfeiler und bildete einen magischen Kreis, der finsteren Kreaturen den Zugang zum Gelände verwehrt und auch als Bannkreis gegen Zauber wirkte. Das Portal selbst besaß keine Klinke oder sichtbares Schloss. Es öffnete und schloss sich bisher nur auf Verlangen Crystals, und zwar alleine dadurch, dass sie gezielt an das Öffnen dachte.
„Versuch du es, Michael!", riss ihn die unvermutete Aufforderung der Hausherrin aus seinen Gedankengängen.
„Äh...wie?", lautete die etwas verwirrt klingende Antwort darauf.
„Na, du sollst das Tor öffnen!"
Michael riss überrascht seine Augen auf.
„Und du meinst, das klappt?", gab er mit zweifelndem Tonfall und Gesichtsausdruck daraufhin von sich.
„Wenn du es nicht versuchst, findest du es nie heraus!"
„Auch wieder wahr! Na gut, versuch ich es halt ..."

Er hob die Hände, spreizte die Finger ab, und vollführte einige kreisende Bewegungen damit. „Uhuhuhuuuuuuu....", machte er in schauriger Weise. „Öffne dich, Sesam.....Uhuhuhuhuuuuuu..."
„Alberner Kerl!", rief Crystal von ihrem Platz auf der ledernen Rückbank des Lexus, während Rolfhardt nur die Augen verdrehte und ein halblautes „So was G'spinnertes...", von sich gab.
„Was denn, man wird doch wohl mal Spaß machen dürfen!", verteidigte sich der Gescholtene.
„Spiel nicht den Captain Sparrow, sondern mach endlich auf!", forderte Crystal ihren Mitkämpfer auf. „Nach dem, was wir erlebt haben, könnte man von dir ein wenig mehr Ernst erwarten!"
„Gerade weil wir erlebt haben, was wir erlebt haben, ist jeder kleine Spaß um so wichtiger!", widersprach ihr der Deutsche. „Aber gut ..."
Er legte die Spitzen seines rechten Zeige- und Mittelfingers an die Schläfe, schloss die Augen und dachte konzentriert daran, wie er das Portal öffnen wollte. Nach einem winzigen Moment verspürte er ein kurzes Kribbeln in seiner Stirn, dann war durch die Windschutzscheibe deutlich ein lautes Klacken zu vernehmen, was ihn veranlasste, überrascht seine Augen aufzureißen. Und tatsächlich. Die beiden schweren Portalhälfte hatten sich geöffnet und schwangen nun leise, auf gut geölten Lagern, nach Innen hin auf.
„Habt ihr das gesehen?", rief Michael daraufhin begeistert aus und schaute Beifall heischend von Crystal zu Rolfhardt und wieder zurück. „Ist das geil, oder ist das geil?"
„Nicht schlecht...", meinte Rolfhardt. „Aber krieg dich wieder ein. Du hast nicht den Mount Everest bestiegen, sondern nur eine Tür auf gemacht!"

„Mir egal, ich find's genial!" Michael grinste selig von einem Ohr zum anderen. „Meine erste aufgedachte Tür! Oh, Mann!"
Schmunzelnd über die kindliche Freude seines jungen Freundes setzte der weiße Vampir den Lexus wieder in Bewegung und steuerte ihn über den feinen, weißen Kiesweg nach links und in die Garagenzufahrt hinunter, die sich ein Stockwerk unterhalb des Einganges befand. Hier probierte sich Rolfhardt darin aus, das Garagentor nur Kraft seiner Gedanken zu öffnen. Auch ihm gelang es mühelos, doch verfiel er, der auf über 200 Jahre Lebenserfahrung zurück blicken konnte, nicht in einen Begeisterungsrausch wie der junge Mann aus Deutschland. Insgeheim fragte er sich jedoch, ob er Michael um seine Begeisterungsfähigkeit nicht tatsächlich beneiden sollte.
Das Rolltor zu der geräumigen Tiefgarage im Untergeschoss des riesigen Blair-Anwesens öffnete sich fast geräuschlos. Rolfhardt steuerte den cremefarbenen Lexus in die geradezu riesige, dreigeteilte Fahrzeughalle. Dort, wo sich eine Etage höher das Basement des Observatoriums befand, war der größte Bereich der Garage. Zwei etwas kleinere fanden sich rechts und links davon, jeweils durch eine Bogen- und Säulenmauer vom Hauptbereich abgetrennt. Dort standen jetzt noch 11 weitere, verschiedene Fahrzeuge. Von der unauffälligen Familienkutsche bis hin zum Rolce Royce war alles vorhanden. Neben jedem Fahrzeug gab es außerdem eine Bodenklappe, die, wie die drei Geisterjäger durch Nachschauen heraus gefunden hatten, verschiedene Kraftstoffzapfhähne enthielt. Bei der Planung des Anwesens schien einfach an alles gedacht worden zu sein.

Nachdem der Lexus geparkt an seinem Platz stand, und die drei Hausbewohner ausgestiegen waren, traten sie durch die Säulenbögen hindurch, welche dieser Teil der Wagenhalle von den restlichen Räumen abtrennte. Anschließend durchquerten sie einen der dreieckig geformten Bereiche, in dem es jede Menge leerer Podeste und Vitrinen gab, um zu einem der beiden Fahrstühle des Hauses zu gelangen.
„Ich weiß nicht, wie es euch geht, Leute...", sagte Rolfhardt zu Crystal und Michael, „..aber ich habe Hunger! Und nein, Michael...", fügte er hinzu, als er das zusammenzucken seines Freundes, Lebensretters und Kampfgefährten bemerkte, „...ich meine nicht Blut damit. Pasta wäre mir lieber. Mit Blutroter Tomatensauce, Basilikum und frisch geriebenem Parmesan."
„Also, dagegen hätte ich auch nichts einzuwenden!", kommentierte der schlanke Deutsche sichtlich erleichtert die Worte des weißen Vampirs.
„Jetzt, wo ihr das sagt, verspüre ich auch ein wenig Appetit!", ließ sich auch Crystal vernehmen. „Dann also ab in die Küche. Rolfhardt kocht!"
„Wieso ich?"
„Bringschuld: du hast es schließlich vorgeschlagen!"
„Das ist ein Argument. Aber ich mache es auch gerne. In über 200 Jahren erwirbt man sich in verschiedenen Bereichen gewisse Fertigkeiten!"
Mit den letzten Worten schenkte er Michael ein anzügliches Grinsen, was diesen dazu brachte, im Gesicht rot anzulaufen, worüber er sich fast noch mehr ärgerte, als über Rolfhardts Wortspiel. Doch er verbiss sich jede Erwiderung, wusste er doch, das der Mann aus Wien mehr als nur freundschaftliche Gefühle für ihn hegte. Er wollte Rolfhardt einerseits nicht noch mehr ermutigen, andererseits aber auch nicht vor den Kopf stoßen. Schließlich mochte er ihn

zwischenzeitlich ja ganz gern. Und so betrat er die Liftkabine schweigend hinter Crystal, während Rolfhardt als letzter folgte.

Einen kurzen Augenblick später und ein Stockwerk höher verließen die drei Freunde den Aufzug auch schon wieder. Direkt rechts neben der Lifttür befand sich die Doppelflügeltür, welche zur Bibliothek von Blair House führte. Vor ihnen verzweigte sich ein Gang, um einmal jeweils schräg nach links und rechts in die Tiefen des riesigen Hause zu führen. Sie wählten den linken Gang, der, an einem Vorratsraum vorbei und eine Gangkreuzung später, direkt zur großen und voll ausgerüsteten Küche führte. Doch etwa vier Meter von der Tür dort hinein entfernt, blieb Rolfhardt plötzlich ruckartig stehen und legte einen Zeigefinger gegen seine Lippen, um seinen Begleitern zu bedeuten, sich ruhig zu verhalten.

„Was ist denn?", erkundigte sich Crystal alarmiert mit gesenkter Stimme.

„Es ist jemand in der Küche!", antwortete Rolfhardt wispernd.

„Woher willst du denn das aus der Entfernung wissen?", meinte Michael ebenso leise, gab sich aber gleich selbst die Antwort: „Oh, ich vergaß, du hast ja ein Supergehör!"

„Und was machen wir jetzt?", fragte Crystal stirnrunzelnd in die Runde. „Erst mal langsam näher", schlug Rolfhardt vor. „Und dann sehen wir weiter."

„Und wenn es irgendwelche schwarzmagischen Biester sind?" Michael wirkte besorgt.

„Na, eigentlich ist Blair House ja gegen solche Auswüchse des NEGEM auf das Beste abgesichert!", erklärte der weiße Vampir. „Von denen dürfte es eigentlich keiner hier herein schaffen!"

„Du meinst also, wenn jemand hier ist, dann kann es nur ein gewöhnlicher Einbrecher sein?" Jetzt klang

die Stimme Michaels schon um einiges erleichterter. „Na wenn das so ist!"
Er stiefelte forsch auf die Küchentür zu, gefolgt von den verblüfft drein schauenden Freunden.
„Was hast du vor?", wollte Crystal flüsternd von dem ehemaligen Versicherungsmakler wissen.
„Den Überraschungsmoment nutzen!", antwortete er entschlossen.
„Wie, den Überraschungsmoment nutzen?", hakte Rolfhardt nach. Doch Michael hatte schon seine Hand nach dem Türgriff ausgestreckt. Rolfhardt rief noch „Nicht! Warte noch!", doch der schlanke Deutsche riss ruckartig die Tür auf, sprang mit einem Satz in die Küche, machte mit seinen beiden Händen die Karikatur einer Karatehaltung und schrie laut „Ha!"
Die Antwort kam sofort, und sie lautete „Hu?", und hörte sich sehr überrascht-erschrocken an.
Crystal und Rolfhardt eilten hinter ihrem etwas vorschnellen Gefährten her. „Oh, mein Gott!", entfuhr es der rothaarigen Engländerin, doch es klang nicht wirklich erschrocken, sondern eher amüsiert.
„Michael, nein...", rief nun auch Rolfhardt übertrieben theatralisch aus. „Er...er ist bewaffnet! Himmel, er wird dich mit einer Salami erschlagen! Wuaha ha ha...eine Salami!" Ein heftiger Lachanfall schüttelte den smarten Österreicher. „Hi, hi, hi...du solltest dich mal sehen!"
Die Szenerie, die sich ihren Augen bot, hatte aber auch etwas surreal-komisches. Hier Michael, mit Angriffslustig vorgestreckten Händen, grimmigem Gesicht und leicht geduckter Haltung, dort ein etwa 30-jähriger, mit dunkler Kutte gekleideter Mönch, der sehr erschrocken den Ankömmlingen entgegenblickte, und dabei hoch über seinem Kopf eine dicke Salami schwang, welche er wohl in dem geöffneten Kühlschrank vor sich hatte einräumen wollen.

„Was gibt es denn da zu lachen?", beschwerte sich Michael beleidigt. Dann richtete er sich langsam auf und machte eine Kopfbewegung in Richtung des Mönches. „Fragt ihn lieber, wie er hier hereinkommt, und was er hier zu suchen hat!"
Da Rolfhardt sich nach wie vor ausschüttete vor Lachen, und somit nicht in der Lage war, eine Frage zu formulieren, übernahm es die breit schmunzelnde Crystal, Michaels Aufforderung nachzukommen. Sie tat dies in dem festen Bewusstsein, dass von dem Mönch in ihrer Küche wohl keine finsteren Absichten zu befürchten sein würden. Die Engländerin räusperte sich kurz und ergriff dann das Wort.
„Wir haben nicht erwartet, nach unserer Rückkehr nach Blair House hier eine fremde Person vorzufinden", formulierte sie dann bedächtig. „Daher ist die Frage von Mr. Fux durchaus berechtigt. Ich darf sie daher bitten, uns zu erklären, wer Sie sind, wie Sie hier Zutritt erlangt haben, und was Sie hier überhaupt tun. Ich meine, außer Salamis durch die Luft zu schwenken!" Ihre letzten Worte endeten dabei in einem unterdrückten Kichern.
Dadurch wurde dem Mönch bewusst, dass er immer noch besagte Hartwurst hoch über seinem Kopf schwang. Daraufhin ließ er langsam seinen Arm sinken, räusperte sich verlegen, und platzierte die geräucherte Spezialität anschließend sorgfältig im Kühlschrank, dessen Tür er danach zudrückte. Dann versenkte er beide Hände gegenläufig vor seinem Körper in den weiten Ärmeln seiner schwarzgrauen Mönchskutte, so dass sie praktisch nicht mehr zu sehen waren. Der Blick seiner grauen Augen wanderte rasch von Michael, dann zu Rolfhardt, um dann wieder auf Crystal zu ruhen. Endlich räusperte er sich kurz und vernehmlich.

„Mein Name ist Bruder Jonathon", stellte er sich sodann mit einer angenehm sonoren Stimme den Dreien vor. „Und sie sind Crystal Blair, nicht wahr?", fügte er dann direkt an die Hausherrin gerichtet hinzu.
„Ja!", entfuhr es dieser verblüfft. „Woher wissen Sie das?"
Der Mönch machte eine ins Hausinnere gerichtete Kopfbewegung. „Die Statue in der großen Eingangshalle ist Ihnen wie aus dem Gesicht geschnitten."
„Na, das hätte jeder erkennen können", nörgelte Michael herum. „Da steht ja schließlich dein Name dick und fett drunter!"
Er stemmte seine Hände in die Hüfte und schaute Bruder Jonathon herausfordernd an. „Aber er hat uns noch immer nicht verraten, was er hier im Haus sucht, und wie er herein gekommen ist! Nuuun?"
„Nun, im allgemeinen verstecke ich mich hinter irgendwelchen Türen und warte darauf, ob ich jemand mit meiner Salami verdreschen kann", lautete die ironische Antwort, woraufhin Rolfhardt erneut losprustete.
„Ha, ha!", machte Michael, und es klang ein bisschen beleidigt.
„Sehe Sie, junger Mann", sagte der Mönch, nun weitaus versöhnlicher. „Als sie Drei das Haus das erste Mal betraten, sollte Ihnen eigentlich etwas aufgefallen sein!"
„Ähem ...ja?", lautete Michael leicht begriffsstutzige Entgegnung. „Bitte entschuldigen Sie, wenn bei mir der Groschen nicht gleich fällt, denn wir hatten eine etwas ...hm, sagen wir, turbulente Ankunft, und haben das Haus gleich am nächsten Morgen schon wieder verlassen, um auf eine ... interessante Kreuzfahrt zu gehen!"

„Hm, ich glaube, das kann ich als Entschuldigung durchgehen lassen!"
Der Mönch zwinkerte Michael, der schon wieder aufbrausen wollte, lächelnd zu. Der hielt kurz inne, erkannte den freundlich gemeinten Humor, und beruhigte sich sogleich wieder.
„Was ich meinte, ist, ...", fuhr Bruder Jonathon dann fort, „... dass Sie das Haus sauber vorfanden, und außerdem gut mit Lebensmitteln und Vorräten bestückt. Richtig?"
„Stimmt!", gab Michael verblüfft zu, und auch Rolfhardt und Crystal nickten simultan dazu. „Wir haben uns zwar kurz darüber gewundert, waren aber so geplättet und müde, dass wir dann keine weiteren Gedanken mehr darauf verschwendeten. Sie halten das Haus also in Schuss und versorgen es?"
Bruder Jonathon nickte. „Ja, meine Brüder und ich sorgen für Blair House."
„Ist das nicht eine eher unübliche Beschäftigung für einen Mönchsorden?", stellte Crystal eine Zwischenfrage.
„Im allgemeinen schon", lautete die unumwundene Antwort. „Jedoch wurde unsere Londoner Zelle vom Mutterhaus in Buckfast für besondere Aufgaben freigestellt."
„Besondere Aufgabe?" Michael musste unwillkürlich grinsen. „Putzen und einkaufen?"
„Wenn es dazu dient, diejenigen zu unterstützen, welche sich den Kampf gegen die Mächte des NEGEM auf die Fahnen geschrieben haben, ja, dann zählt auch putzen und einkaufen zu unseren Aufgaben."
Michaels Grinsen wich einem verblüfften Gesichtsausdruck, während Crystal überrascht ihre grünen Augen weit aufgerissen hatte, und Rolfhardts

Augenbrauen erstaunt ein ganzes Stück nach oben gerutscht waren.
„Ein Eingeweihter!", entfuhr es ihm unwillkürlich.
„Ist das so verwunderlich?", erkundigte sich der Mönch bei dem im Jahr 1732 geborenen Österreicher. „Wer, wenn nicht wir sollten in das Wesen der Dinge eingeweiht sein? Bei Ihnen überrascht mich das allerdings nicht: Sie sind ein Vampir, nicht wahr?"
Jetzt schauten sich die drei Freunde gegenseitig völlig konsterniert an.
„Wo... woher wissen Sie das, Bruder Jonathon?"
„Unser Auftraggeber hat uns von Ihnen erzählt", antwortete der Gefragte freimütig. „Und auch, dass wir sie hier wahrscheinlich antreffen werden."
„Ihr Auftraggeber ... um wen handelt es sich dabei?"
Crystal stellte diese Frage nicht von ungefähr, denn natürlich hegte sie eine gewisse Vermutung, um wen es sich bei dem Auftraggeber handeln mochte. Deshalb erwartete sie die Antwort auch voll innerer Anspannung.
Der Blick aus Bruder Jonathons grauen Augen ruhte für einen langen Moment auf der rothaarigen Engländerin, bevor er schließlich auf ihre Frage antwortete.
„Unser Auftraggeber ist der Planer und Erbauer dieser Festung gegen die finsteren Mächte. Er ist auch derjenige, der uns den Zugang ermöglichte, denn wie ihr gemerkt haben dürftet, lässt das Haus nicht jeden hinein."
„Seinen Namen ... nenn mir seinen Namen!", drängte Crystal.
„Es war Rachmon ..."
„Rachmon ... Blair? Mein Vater?"
„Eigentlich nur Rachmon. Er nahm lediglich den Nachnamen deiner Mutter an."

Bei seinen letzten Worte war Bruder Jonathon unwillkürlich in einen vertraulicheren Ton verfallen, doch niemand der drei Gefährten störte sich daran. Vor allem Crystal zeigte sich sehr aufgeregt über diese Eröffnung.
„Was weißt du über meinen Vater?", stieß sie atemlos hervor.
Wieder ließ der Mönch seinen Blick einen Moment lang auf der schlanken Gestalt der Frau vor ihm ruhen, ehe er antwortete.
„Ziemlich viel ...", lautete dann seine ausweichende Antwort.
„Erzähl mir von ihm!", forderte Crystal ihn auf.
„Ich weiß nicht, ob du für dieses Wissen schon bereit bist! Dein Vater hat uns unmissverständliche Anweisungen gegeben, dir erst dann mehr über ihn zu erzählen, wenn wir sicher sein können, dass du das alles auch verkraftest! Und dafür kenne ich dich noch zu wenig, um das einschätzen zu können. Nein ...!", er hob abwehrend seine Hände, als Crystal zu einer Erwiderung ansetzte. „Nein, Crystal ... es gibt keine Diskussion. Wir allein entscheiden, wann wir dir die gewünschten Informationen geben. Respektiere bitte den Wunsch deines Vaters!"
Man sah der jungen Frau an, wie heftig es in ihr arbeitete. Ein ganzes Kaleidoskop an verschiedenen Gefühlen konnte von ihrem Gesicht abgelesen werden: Wut, Unsicherheit, Aufbegehren, Resignation, Zustimmung und Ablehnung.
Rolfhardt legte ihr mitfühlend die Hand auf ihre Schulter. „Akzeptiere es für den Moment, Crystal", sagte er leise zu ihr. „Bedenke, dass er mich mit einem Bann versehen hat, damit ich dir nicht vorzeitig von ihm erzählen kann."
Als wäre das ein Stichwort gewesen, wandte der Wiener sein Gesicht dem abwartend dastehenden

Mönch zu. „Moment mal ... wieso hat er euch nicht einfach mit einem Bann versehen, so wie mich?"
Jonathon lachte leise. „Rachmon vermag zwar viel, aber das stand nicht in seiner Macht. Er musste mir und meinen Brüdern einfach vertrauen!"
„Nun ...", meldete sich da Crystal zu Wort, und sie gab sich Mühe, beherrscht zu klingen, „... wenn mein Vater euch vertraut, Jonathon, dann werde ich es auch. Es fällt mir zwar unendlich schwer, doch ich will meine Neugierde bezwingen, und darauf bauen, von Euch die Wahrheit zu erfahren, wenn es an der Zeit ist!"
„Das verspreche ich dir, Crystal!", antwortete Bruder Jonathon feierlich. „Und wahrscheinlich wird das schneller geschehen, als wir alle glauben!"
„Dein Wort in Gottes Ohr ...", murmelte Michael, und kicherte anschließend, weil ihm seine Bemerkung im Zusammenhang mit dem Mönch albern vorkam. „Nachdem wir uns jetzt alle kennen und lieb haben, können wir dann bitte was essen? Mein Magen hängt in den Kniekehlen! Also Rolfhardt: du wolltest kochen! Zaubere uns was schönes!"
„Ein Vampir, der kocht?", staunte Bruder Jonathon.
„Und gar nicht mal schlecht!", rief der Bestaunte lachend aus. „Das ist der Vorteil, ein weißer Vampir zu sein: die Sonne und die Genüsse der Erde genießen zu können. Wollt ihr mit uns essen? Ich mache Pasta mit blutroter Sauce Bolognese! Dazu einen trockenen, französischen Rosé."
„Na, das hört sich doch lecker an. Wenn Crystal und Michael einverstanden sind, nehme ich die Einladung gerne an. Ich wollte schon immer mal die Bewohner von Blair House kennen lernen!"
„Du bist herzlich willkommen, Jonathon ...", sagte Crystal lächelnd, dann erst fiel ihr auf, dass sie die

vertrauliche Anrede gewählt hatte. „Oh... ist das 'Du' überhaupt OK?"
Jonathon nickte. „Völlig! Ich bin das im Umgang mit meinen Mitbrüdern so gewöhnt, dass ich selbst immer wieder andere Personen duze."
„Na dann ..." Michael gab Jonathon einen freundlichen Schlag auf die Schulter. „Es ist das erste Mal, dass ich mit einem Mönch esse. Ich wusste gar nicht, dass es in England aktive Klöster gibt. Welchem Orden gehörst du an?"
„Den Benediktinern. Und ja – viele Orden gibt es seit der Einführung der anglikanischen Kirche auf englischem Boden nicht mehr. Wir sind einer der wenigen existierenden."
„Ist euer Motto nicht 'Ora et labora', oder so ähnlich?", wollte Michael wissen, während er zusammen mit Jonathon Geschirr aus einem Regal holte und auf dem riesigen Küchentisch verteilte.
„Fast richtig: 'Ora et labora et lege' – arbeite und bete und lies, so lautet der gesamte Grundsatz unseres Ordens. Außerdem leben die Benediktiner auch nach der Regel *Ut in omnibus glorificetur Deus – Auf dass Gott in allem verherrlicht werde.* Und wir streben nach Stabilitas und Gehorsam in unserem klösterlichen Lebenswandel."
„Passt irgendwie nicht mit der Aufgabe eurer speziellen Londoner Zelle zusammen, oder?", hakte Crystal nach. Sie stellte eine Flasche gekühlten Rosé-Weins aus Frankreich auf den Tisch.
„Warum nicht?", lautete Jonathons Gegenfrage. „Den Auftrag Gott in allem zu verherrlichen kann man durchaus als Aufforderung betrachten, aktiv den Umtrieben der finsteren Mächte entgegen zu wirken. Und allein das ist ja auch schon ein Grundauftrag kirchlicher Einrichtungen."

„Entschuldige, wenn ich skeptisch klinge ...", ließ sich Michael vernehmen, „... aber geschichtlich betrachtet denke ich, dass Kirchenmänner und Frauen über die Jahrhunderte hinweg dem NEGEM scharenweise Opfer in die Arme getrieben haben. Ich erinnere an das viele Leid im Namen Christi oder Allahs, an Religionskriege, Verfolgung Andersgläubiger, Misshandlungen und Missbrauch von Kindern in Heimen ... alles aufzuzählen, was da passiert ist, würde Stunden brauchen!"
„Du hast recht, Michael!"
Diese einfache, unumwundene Zustimmung zur Argumentation des ehemaligen Versicherungsmaklers verblüffte diesen geradezu. Und auch Rolfhardt hielt einen Moment inne, mit Töpfen und Kochzutaten zu hantieren, und warf einen interessierten Blick zur Dreiergruppe am Tisch.
„Du... du stimmst mir da so einfach zu?", erwiderte Michael mit erstauntem Blick. „Ohne irgendwelche Gegenargumentation und Rechtfertigungsversuche?"
„Warum sollte ich?", antwortete der Mönch lapidar. „Deine Argumente treffen in ihrer vereinfachten Form doch auch völlig zu. Allerdings gibt es ein 'Aber' ..."
„Aha!", rief der junge Deutsche triumphierend aus. „Wusste ich's doch! Und?"
„Bedenke in deiner Skepsis bitte, dass es ja nicht nur Kämpfer und Streiter auf Seiten des POSEM gibt, die für die Sache des Lichts eintreten. Auch auf der Seite der Dunkelheit sind unablässig Mächte am Werk, die versuchen, Menschen an ihrer Schwachstelle zu packen, um sie für ihre finsteren Pläne einzusetzen, ohne, dass sie es merken. Und gerade Menschen, die von einer Mission erfüllt sind, bieten allzu oft Angriffsflächen für solche Eingriffe des Bösen. Ohne, dass sie es bemerken, wird ihre positive Energie in

schädliche Bahnen gelenkt, und sie selbst in ihrem Wesen verändert."

„Ist das nicht eine billige Entschuldigung für alles, was schief läuft? Das das NEGEM an allem Schuld ist?", warf Crystal nachdenklich ein.

„Oh nein, ganz und gar nicht!", widersprach Jonathon. „Jeder Mensch trägt Licht und Finsternis in sich. Letztendlich entscheidet darum der Einzelne, welchen Weg er einschlägt. Charakterlich labile Menschen erliegen jedoch erwiesener Maßen eher den verlockenden Einflüsterungen der Finsternis. Und die haben es in dieser Hinsicht echt drauf!"

„Stimmt, du hast recht! Das haben wir an Bord der MS SERPENTIA am eigenen Leib erfahren!" Michael rieb sich den Nacken, als in ihm die Erinnerung an die bedrohlichen Tage an Bord des Kreuzfahrtschiffes wieder hoch kam.

„Erzählt ihr mir davon?", bat Jonathon die Freunde.

Crystal, Michael und Rolfhardt taten ihm den Gefallen. Und so berichteten sie abwechselnd, was ihnen auf der MS SERPENTIA widerfahren war, wie sie die Schattennymphen und Satyre enttarnt, gejagt und schließlich im letzten Moment unter Mithilfe von Pater O'Flaherty und dem katholischen Schiffsgeistlichen besiegen konnten. Ihre Schilderungen wurden nur kurz unterbrochen, als Rolfhardt das Essen auftrug, und als Bruder Jonathon zwischendrin mit seinem Mobiltelefon bei seinen Mitbrüdern anrief, um zum einen zu melden, dass er sich etwas verspäten würde, und zum anderen seine Abholung zu organisieren.

„Herr im Himmel – da war ja ganz schön was geboten, auf diesem Schiff!", rief Jonathon aus, als die drei Freunde zu Ende berichtet hatten.

„Worauf du einen lassen kannst!", rief Michael, hob sein Glas, prostete der Runde zu, und trank einen

großen Schluck von dem köstlichen Rosé. „Oh – Verzeihung, Jonathon...", fügte er sodann mit rotem Kopf hinzu.
Der Mönch lachte. „So zart besaitet bin ich nun auch wieder nicht, Michael", beruhigte er den jungen Mann. „Aber etwas anderes: was habt ihr nun vor? Ich meine jetzt, nach dem die Kreuzfahrt des Schreckens ausgestanden ist?"
„Eigentlich haben wir keine Ahnung, wie es nun weitergeht", gab Crystal zu.
Und Rolfhardt ergänzte: „Wir werden sehen müssen, was sich ergibt."
„Ja...", gab Michael bestätigend von sich. „Wir sind uns im Grunde einig, das wir weiterhin gegen das Böse kämpfen werden. Am Besten, wir stürzen uns wieder Hals über Kopf und ohne zu überlegen in ein neues Abenteuer! Was denn...?" Die letzten Worte fügte er hinzu, weil ihn Rolfhardt und Crystal vorwurfsvolle und fragende Blicke zuwarfen.
„Haben wir doch beim letzten Abenteuer auch so gemacht!", verteidigte sich Michael. „Und wenn ich vorher lang darüber nachdenke, wird mir eher zum weglaufen zumute sein, als erneut gegen die finsteren Mächte anzutreten!"
„Die Argumentation hat was!", sagte Rolfhardt lachend, und auch Jonathon und Crystal mussten unwillkürlich schmunzeln. „Aber da wir gerade beim Thema sind: ich hätte da vielleicht was für Euch..." Die letzten Worte unterstrich er mit einem vielsagenden Blick in die Runde, deren ungeteilte Aufmerksamkeit er damit schlagartig sicher hatte.
„Und? Mach es nicht so spannend, Jonathon!", drängelte Michael.
„Unsere Zelle hat von gewissen Vorkommnissen bei einer Firma in South Croydon erfahren", begann der Mönch zu berichten.

„Um was für Vorkommnisse handelt es sich?", wollte Crystal wissen, woraufhin Rolfhardt bemerkte: „Nun, es wird sich bestimmt nicht um Tratsch von der letzten Firmenparty handeln!"
„Zweifellos hat unser Meisterkoch recht!" Jonathon nickte bestätigend und senkte dann verschwörerisch seine Stimme. „Man sagt, dass im neuen Bürogebäude von CLAYTON SOFTWARE ENGENEERING mysteriöse, unheimliche Dinge vor sich gehen!"
„Ach was...", machte Michael spöttisch. „Das hätte ich jetzt nicht erwartet!"
Crystal knuffte ihn daraufhin in die Seite. „Lass ihn doch ausreden!"
„Er hat nicht unrecht", meinte Jonathan daraufhin freundlich lächelnd. „Ich habe ein wenig ungeschickt angefangen. Also, kurz, nachdem das neue Firmengebäude eingeweiht wurde, begann es. Eines Morgens fand man eine Angestellte, die an diesem Tag früher mit ihrer Arbeit begonnen hatte, geistig völlig umnachtet im Call-Center vor. Irgend etwas musste ihr so zugesetzt haben, dass sie den Verstand verlor!"
„Oh, wie furchtbar!", entfuhr es Crystal mitfühlend. „Die arme Frau!"
„Es kommt aber noch schlimmer: nur wenige Wochen später rannte der Wachmann Nachts in völliger Panik aus dem Gebäude hinaus auf die Straße und direkt vor ein Auto. Er hat es nicht überlebt!"
„Du Scheiße!", entfuhr es Michael betroffen. „Weiß man, was ihn denn so in Panik versetzt hat?"
Jonathon schüttelte mit dem Kopf. „Leider nein. Außer ihm befand sich ja niemand im Gebäude. Und die Aufzeichnungen der Überwachungskameras der besagten Nacht waren völlig leer!"

„Du meinst, man konnte nichts außergewöhnliches darauf entdecken?", fragte Rolfhardt genauer nach.
„Man konnte gar nichts darauf entdecken. Alle Aufzeichnungen waren gelöscht worden!"
„Vielleicht ein technischer Defekt?", stellte Crystal eine Mutmaßung an.
Doch auch das verneinte der Mönch.
„Wurde alles überprüft. Außerdem ist das Equipment ja noch praktisch brandneu gewesen. Es lagen keine Fehler vor."
„Und wer hat das dann gelöscht? Seltsame Sache!" ;Michael machte ein nachdenkliches Gesicht.
„Wirklich seltsam!", stimmte Jonathon ihm zu. „Vor allem, weil seit dem immer mehr Mitarbeiter dort gekündigt haben. Man sagt, es gehe in dem Haus nicht mit rechten Dingen zu. Hinter vorgehaltener Hand munkelt man etwas von Spuk und bösen Geistern! Man sollte sich der Sache vielleicht einmal widmen!"
„Hm...", machte Crystal, während sie sich Jonathons Schilderungen noch einmal durch den Kopf gehen ließ. „Es würde mich interessieren. Was meint ihr?"
Michael und Rolfhardt, die sie mit der letzten Bemerkung meinte, brauchten nicht lange zu überlegen. „Geister hatte ich noch nicht auf meiner Liste", feixte Michael. „Kann ja kaum schlimmer sein als Vampire, Ghouls, Satyre und Schattennymphen!"
„Täusch dich da mal nicht, mein Lieber!", bremste Rolfhardt den jugendlichen Enthusiasmus seines Freundes. „Du hast doch mitbekommen, dass dort schon jemand in den Wahnsinn und in den Tod getrieben wurde!"
Michael warf seufzend die Hände in die Luft. „Och Mann! Du solltest doch wissen, dass ich mir mit solchen flapsigen Sprüchen selbst Mut mache!", beschwerte er sich bei dem Wiener Vampir.

„Verzeihung, mein Lieber", entschuldigte sich der bei dem ehemaligen Versicherungsmakler. „Ich vergesse immer wieder, wie jung du noch bist!"

„Der junge Mann stellt die Frage, wie wir an Clayton und seine Firma heran, beziehungsweise rein kommen, um unsere Ermittlungen anzustellen?"

„Berechtigte Frage!", kommentierte Crystal die Worte Michaels. „Darüber denke ich auch schon nach."

„Gebt euch doch als so eine Art Privatdetektive aus!", schlug Jonathon vor. „Spezialermittler in Sachen Parapsychologie, oder so! Aber bevor ihr in die Diskussion eurer Möglichkeiten einsteigt, möchte ich mich verabschieden. Bruder Zakarias muss jeden Moment kommen, um mich abzuholen. Wenn irgendetwas sein sollte, könnt ihr mich anrufen. Jederzeit!"

„Wie erreichen wir dich denn?", wollte Michael wissen. „Ich habe hier im Haus noch kein Telefon entdeckt. Nur den Computer im Computerraum. Der hat eine Webcam, und damit auch Skype."

„In den Ausrüstungsräumen liegen Spezial-Mobiltelefone!", erwiderte Bruder Jonathon. „Die sind mit silbernen Bann- und Schutzzeichen gesichert. Ein Festnetzanschluss lässt sich dagegen kaum sichern, weswegen es hier keinen gibt. Das wäre eine Einladung für die Finstermächte. Der Computer ist sicher, auch über den könnt ihr unsere Zelle erreichen. Die Server sind ebenfalls magisch gegen die Kräfte des NEGEM geschützt. Unsere Nummer ist unter CBFL zu finden. Für 'Cell Buckfast London'. Aber jetzt muss ich wirklich …"

„Ich bring dich zur Tür!", bot Michael spontan an und sprang von seinem Stuhl auf.

„Das ist nett, Michael. Ich komme gleich, ich möchte mich nur noch kurz verabschieden!"

Während der braunhaarige Deutsche nickte und schon vorging, wandte sich Jonathon Rolfhardt zu.
„Meine Mitbrüder werden staunen, wenn ich erzähle, dass ich heute -äußerst vorzüglich- von einem sehr sympathischen Vampir bekocht worden bin. Ich danke dir sehr, und es ist mir eine Freude gewesen, dich mal persönlich kennenzulernen!", bedankte er sich für das leckere Abendessen.
„Nichts zu danken!", antwortete der sichtlich erfreute Rolfhardt und schüttelte Bruder Jonathon die Hand. „Es war auch toll, dich kennen zu lernen. Ich erweitere gerne meinen Horizont. Und bei Gelegenheit würde ich mich auch mal gerne mit dir und deinen Mitbrüdern über ...nun ja, über Gott und die Welt unterhalten!"
„Gerne doch, Rolfhardt. Du wirst in unserer Zelle immer willkommen sein!"
Jonathon nickte dem blonden Wiener noch einmal freundlich zu, und wendete sich dann an Crystal, um sich auch von ihr zu verabschieden.
„Vielen Dank für den unterhaltsamen Abend ..." sagte er freundlich lächelnd.
„Es war nett, dich hier zu haben. Noch schöner wäre es gewesen ..." Sie stockte, doch Jonathon erriet ihre Gedanken. Er nahm daraufhin ihre Hände in die seinen, und fuhr mit leiser, aber eindringlicher Stimme zu reden fort: „Ich verstehe Dich gut, Crystal. Und ich weiß, es ist kein Trost, wenn ich dir sage, dass der Zeitpunkt, an dem du die volle Wahrheit erfährst nicht mehr weit ist. Doch was immer du auch denkst: Rachmon liebt dich so sehr, wie er deine Mutter geliebt hat! Und aus dieser Lieber heraus musste er euch verlassen, um die Kräfte der Finsternis nicht vorzeitig auf dich aufmerksam werden zu lassen!"
„Vorzeitig auch mich aufmerksam? Ich verstehe nicht ...?"

„Bevor du selbst stark genug warst, den Kräften des NEGEM zu widerstehen. Und in all der Zeit sorgte er für den Tag vor, da du den Kampf aufnehmen würdest!"
„Du meinst ...das Haus hier? Und das viele Geld?"
Jonathon nickte zur Bestätigung.
„Sein Vermächtnis zu Lebzeiten an dich. Übe dich nur noch ein wenig in Geduld!"
„Das werde ich, Jonathon. Ich verspreche es!"
Sie hauchte ihm rasch noch einen Abschiedskuss auf die Wange. Der Mönch nickte ihr noch einmal zu, und folgte dann Michael zur Haustür, dem großen Eichenholzportal, das langsam und leise vor ihnen wie von Geisterhand bewegt aufschwang. Die beiden unterschiedlichen Männer schüttelten sich zum Abschied die Hände. Doch bevor Jonathon endgültig Blair House verließ, wandte er sich noch einmal dem jungen Deutschen zu.
„Rolfhardt ...er liebt dich! Ist dir das bewusst?"
Als Antwort lief Michael Gesicht Puterrot an.
„Merkt man das denn so deutlich?", nuschelte er verlegen.
„Mit jedem Blick, und mit jeder Geste, und mit jedem Wort, das er an dich richtet, oder über dich spricht", bestätigte der Benediktiner. „Und du fühlst dich unwohl dabei, wie mir scheint?"
„Gut beobachtet. Ich mag ihn ja auch sehr. Aber es geht mir einfach zu schnell, und ich weiß nicht recht, wie ich reagieren soll!"
„Du wirst es wissen, wenn du bereits bist", munterte Jonathon Michael auf. „Und dann greife zu und halte die Liebe fest. Denn wahre Liebe ist ein wahres Gut!"
„Und dich stört als Mönch nicht, das er ...das ich ...das wir beide Männer sind?"
Jonathon lachte herzhaft. „Mein Junge – ihr wurdet so geschaffen, wie ihr seid! Und wenn Gott euch so

gemacht hat, dass ihr Männer liebt, dann hat er das so gewollt. Die ganzen Glaubenskongregationen haben nicht umsonst über die Jahrhunderte immer wieder festgestellt, dass Gottes wirken unfehlbar ist. Nur schade, dass viele sich nicht daran halten, was sie eigentlich predigen! Und nun – bis bald wieder mal. Da kommt gerade unsere alte Kutsche angeschnauft. Und Bruder Zakarias ist kein angenehmer Reisebegleiter, wenn man ihn warten lässt!"
In der Tat hielt unter grässlichem Gequietsche ein altersschwacher Pickup vor dem riesigen, schmiedeeisernen Grundstückstor an. Jonathon nickte Michael zum Abschied noch einmal zu, und schritt dann die geschwungene Einfahrt hinab, wo sich vor ihm die mit magischen Abwehr- und Schutzsymbolen versehenen Portalhälften öffneten und hinter ihm wieder schlossen. Michael winkte Jonathon und seinem Mitbruder noch einmal kurz hinterher, dann schloss er die Eichentür und begab sich zurück in die Küche, wo Crystal und Rolfhardt auf ihn warteten.
„Also Leute ...", rief er ihnen entgegen, wobei er seine Faust geräuschvoll in seine geöffnete Hand klatschen ließ, „ ...wie gehen wir an die Sache ran?"

Einige Tage später war in Blair House einiges in Bewegung geraten. Zuerst hatte sich Crystal auf Anraten und unter Vermittlung Rolfhardts mit dem

bisherigen Verwalter des Vermögens von immerhin gut 490 Millionen Pfund in Verbindung gesetzt. Sie ließ sich umfassend über ihre wirtschaftlichen Verhältnisse informieren, darüber, wie das Geld angelegt war, und darüber, wie viel ihr tatsächlich bar zur Verfügung stand. Was man ihr eröffnete, ließ sie förmlich schwindeln! Insgesamt konnte sie sofort auf gute 79 Millionen Pfund zugreifen, der Rest des Geldes war als Anlagevermögen gebunden. Ein Anlagevermögen, welches pro Jahr nach Steuern rund 10 Millionen Pfund erwirtschaftete, die somit dem Barvermögen zuflossen. Diese Dimensionen konnte die junge Engländerin kaum verarbeiten. Wie dem auch sei, sie und ihre beiden Freunde waren damit mehr als finanziell abgesichert.
Solchermaßen beruhigt hatte man den nächsten Schritt in Angriff genommen. Man meldete ein Gewerbe an: „ESP-Investigation Ltd." - also eine Detektei für übersinnliche Phänomene. Alle drei zeichneten darin als gleichberechtigte Partner und Ermittler. Ein von Rolfhardt vermitteltes Werbeteam verpasste der jungen Firma Visitenkarten, Brief- und Mailköpfe sowie einen ansprechenden Internetauftritt. Damit hatten die Freunde den Grundstein gelegt, mit dem sich ihr Interesse an übernatürlichen Vorkommnissen glaubhaft erklären ließ. Nun konnten sie endlich auch an CLAYTON SOFTWARE ENGENEERING herantreten, um der von Bruder Jonathon ausgelegten Spur übernatürlicher Aktivität nachzugehen.
Zehn Tage, nachdem ihnen Bruder Jonathon von den Ereignissen bei CSE Incorporated berichtet hatte, fühlten sich die neu ernannten PSI-Ermittler für ihren Auftritt gerüstet. Nun standen sie in einem der Ausrüstungsräume von Blair House, wo vor allem Crystal und Michael ein wenig ratlos auf das

säuberlich in Regalschränken verstaute und beschriftete Equipment starrten.

„Hat schon mal einer einen Geist gejagt, und weiß, was wir von dem ganzen Zeugs mitnehmen sollen?", stellte Michael eine etwas hilflos wirkende Frage in den Raum.

„Schöne Geisterjäger sind wir ...", fügte Crystal seufzend hinzu.

„Vielleicht lachen sich die Gespenster tot, wenn wir kommen!", versuchte es Rolfhardt mit Galgenhumor.

„Na ja ...", sagte Michael gedehnt und schaute dem Mann aus Wien in die Abgrundtief blauen Augen. „Wir hatten eigentlich gehofft, du als Vampir würdest dich da ein wenig auskennen ...?"

Rolfhardt verdrehte die Augen.

„Ich habe die wenigste Zeit meines Lebens damit verbracht, Finsterwesen zu *jagen* ...", erklärte er mit säuerlicher Miene. „Meist war ich damit beschäftigt, mich gegen Angriffe zu *verteidigen*. Ein kleiner Unterschied. Und in all den Jahren bekommt man es nicht mit dem ganzen Spektrum des NEGEM zu tun, weißt du, mein kleiner Versicherungsmakler!"

„Immerhin bist du derjenige von uns dreien, der am meisten Erfahrung mit dem ganzen Brimborium hat", sprang Crystal ihrem deutschen Freund zur Seite. „Vielleicht eine ganz kleine Idee? Eine winzig kleine?"

Sie schaute so bittend drein, das der Österreicher unwillkürlich lachen musste.

„Meine Güte, du kannst einen ja so traurig wie die Katze aus diesen Shrek-Filmen anschauen!"

Er trat näher an die Regale.

„Na, dann lass mich mal sehen, was hier so alles geboten ist!"

Langsam schritt er die gestapelten Gegenstände ab und studierte deren Beschriftungen.

„Hier!", rief er dann und deutete auf einige rechteckige Geräte, die im oberen Teil eine Mess-Skala besaßen, während es in der unteren Hälfte einige Knöpfe und Regler gab. „Das sind EMF-Meter, mit denen misst man niederfrequente elektrische und magnetische Felder. Die Dinger könnten nützlich sein!"

„Gut, nehmen wir drei davon mit", meinte Crystal. „Sonst noch was?"

„Ich habe mal gehört, dass bei Geistererscheinungen die Temperatur im Raum sinken soll, und es Luftzüge gibt, wo es keine geben dürfte", überlegte Michael laut.

„Temperaturmessgeräte hat es hier", meldete Rolfhardt, der sich weiter in den Regalen umsah. „Und da drüben liegen Anemometer!"

„Ane..was?", fragte Michael verständnislos nach.

„Anemometer ...Wind- oder Luftzugmessgeräte", erklärte der weiße Vampir. „Klimatechniker messen damit zum Beispiel, ob die Lüftungsanlage in einem Haus exakt eingestellt ist. Ich denke, das ist genau das Richtige für unsere Zwecke!"

„Dann schlage ich noch Ton-Aufzeichnungsgeräte und Videokameras vor." Crystal griff sich ein paar Memosticks aus dem Regal vor ihr. „Da gab es mal so eine Geisterjägersendung im Fernsehen. Da hatten sie auch immer so was dabei. Kann zumindest nicht schaden, oder?"

„Damit hätten wir ja schon mal einiges zusammen, um Geister und Spukgestalten aufzuspüren", ließ sich Michael vernehmen. „Jetzt brauchen wir nur noch was, um sie auch wieder los zu werden!"

„Stichhaltiges Argument, Michael", sagte Crystal. „Das dürfen wir auf keinen Fall vergessen!"

„Mit Steinsalz hatten wir doch schon gute Erfahrungen gemacht, oder?", schlug Michael vor.

Rolfhardt nickte. „Ja, Salz kann Geister vertreiben. In der Ecke da drüben stehen ein paar Säcke. Wir können uns reichlich eindecken. Und wenn ich richtig sehe, liegen daneben im Regal Steinsalzpistolen. Die Dinger, die ein wenig wie Notsignalpistolen von Schiffen aussehen."
Michael ging zu dem Regal hinüber und griff sich drei von den besagten Gegenständen. „Die hier, richtig?"
„Richtig!"
„Wie sieht es mit Weihwasser aus?" Crystal betrachtete eine der Flakons, den sie in die Hand genommen hatte.
„Nicht jeder Geist kann mit Weihwasser vertrieben werden ...glaube ich zumindest", antwortete Rolfhardt und kratzte sich im Nacken. „Aber zumindest mögen sie es nicht besonders. Nehmen wir also auch mit. Und natürlich Anhänger und Medaillons mit Schutzzeichen, Pentagramme und Sator-Quadrate. Rote Tonerde soll auch helfen, dass Geister einen Raum nicht betreten können. Feuer ist nicht schlecht. Also sollten wir Feuerzeuge und Brandbeschleuniger dabei haben. Weihrauch zum läutern von Räumen. Bibelsprüche, um einen Geist zu zwingen, zu verschwinden ..." Die Vorschläge sprudelten nur so aus dem Mund des weißen Vampirs hervor.
„Wow wow wow ...", bremste Michael den Elan des Wieners. „Wenn du so weiter machst, müssen wir mit einem Pickup oder Lasteseln aufbrechen! Vergiss nicht, dass wir das meiste auch tragen können sollten!"
„Ich habe nur an dich und dein hübsches Gesicht gedacht!", rechtfertigte Rolfhardt sich freundlich grinsend. „Du tendierst doch eher zur Übervorsicht. Wenn ich daran denke, dass du auf der MS

SERPENTIA wie ein Weihnachtsbaum mit Amuletten und Schutzzeichen behängt warst ..."
„Vorsicht ist die Mutter der Porzellankiste! Immerhin haben wir das Schiffsabenteuer überlebt ...wenn auch gerade so! In das Firmengebäude können wir doch aber nicht bis an die Zähne mit allem möglichen Dingen eingedeckt hinein marschieren!"
„Keine Sorge, wir bunkern alles, was wir meinen zu brauchen, im Auto", beruhigte ihn Rolfhardt. „Wir kommen ganz seriös daher. Apropos seriös – welches Auto sollten wir deiner Meinung nach nehmen, Crystal? Im Fuhrpark stehen ja schließlich einige zur Auswahl. Wieder den Lexus?"
Die Hausherrin überlegte kurz. „Ich denke, wir gehen es eine Nummer größer und seriöser an", meinte sie dann. „Dieser Bentley Mulsanne Executive Interiour in Silbergrau-Metallic ...ich denke, der verschafft uns ein gewisses, weltmännisches Auftreten!"
"Wow, du bist nur zweimal durch die Wagenhalle gelaufen und konntest dir diesen Wagen unter insgesamt 12 verschiedenen so einfach merken?", staunte Michael.
"Ich habe es in meinen Erinnerungen gefunden ...", sagte Crystal, nach dem sie einen Moment nachgedacht hatte. "Ich glaube, ich bin kurz vor meiner Entführung auf einer Ausstellung eines Bentley-Händlers gewesen. Oder war es eine Jubiläumsfeier ...? Na, jedenfalls meine ich mich zu erinnern, in einem Wagen dieser Modellreihe gesessen zu haben. Da ist ein Nachhall von totaler Begeisterung ...und Trauer, dass ich mir nie so was würde leisten können!"
"So ändern sich die Zeiten!", lachte Michael fröhlich.
Und Crystal fügte ein wenig ernster und nachdenklicher hinzu: "Ja, so ändern sich die Zeiten!"

Michael hörte schlagartig auf zu lachen, denn er wusste, was seine englische Freundin und Schicksalsgefährtin im Kerker des schwarzen Earls umtrieb. Ihr Mutter war erst vor kurzem durch die Horden der Finsternis getötet, und Crystal selbst zu dunklen Zwecken entführt worden. Für die junge Frau, deren Leben praktisch von jetzt auf nachher auf den Kopf gestellt wurde, hatten sich die Zeiten geradezu dramatisch geändert. Als ihm diese Dinge durch den Kopf gingen, fühlte sich Michael beschämt über seine flapsige Bemerkung. Doch er wusste auch, dass Crystal ihm die Sache nicht übel nahm. Sie kannte mittlerweile seine zuweilen jungenhafte Impulsivität.
"Nun, meine Herren – haben wir dann alles beieinander?", erkundigte sie sich dann auch im nächsten Moment bei Michael und Rolfhardt, wobei der Schatten, der sich kurz über ihr anziehendes Gesicht mit den hinreißend mandelförmigen Augen gelegt hatte, bereits wieder verschwunden war. "Können wir los legen? Sind wir bereit?"
Rolfhardt nickte bestätigend und griff sich die großen Taschen, in denen er das ausgesuchte Equipment verstaut hatte.
Michael konnte sich jedoch einen kleinen, mit bekümmerter Miene vorgetragenen Kommentar nicht verkneifen.
"Nein, ich bin NICHT bereit! Ich möchte davon laufen! Schließlich könnten wir Geistern begegnen!", rief er. Und als er die erstaunt-vorwurfsvollen Blicke seiner beiden Freunde bemerkte, füge er entschuldigend hinzu: "Was denn? Ich muss solche Sprüche abdrücken! Ich habe eine Scheiß-Angst, und das hilft mir, alles ein wenig zu kanalisieren, wenn ihr versteht, was ich meine! Ich bin schließlich nicht Dorian Hunter, Professor Zamorra oder der Geisterjäger John

Sinclair! Und ich sehe, ihr wisst überhaupt nicht, wovon ich rede, weil ihr beide wahrscheinlich noch keinen einzigen Roman über die drei Herren gelesen habt!"

"Na komm, du Geisterjäger!", lachte Rolfhardt, und drückte dem einstigen Versicherungsmakler eine der Ausrüstungstaschen in die Hand. "Ich verstehe dich besser, als du glaubst. Und ich passe wieder auf dich und Crystal auf. Natürlich kann ich nicht versprechen, dass euch nichts geschieht, aber ich tue alles dafür, dass es so ist!"

Statt einer Antwort umarmte Michael den Wiener Vampir spontan, was dieser verblüfft und erfreut zur Kenntnis nahm.

"Also, dann lasst uns den Geistern den Marsch blasen!", rief Michael aus, als er sich wieder von Rolfhardt gelöst hatte.

"Da kann man nur hoffen, dass die auch auf Marschmusik stehen!", konnte sich Crystal einen kleinen Scherz nicht verkneifen, und was für entspanntes Gelächter sorgte.

Und so begaben sich die drei Geisterjäger der frisch gegründeten 'ESP-INVESTIGATION Ltd.' in den Keller von Blair House, wo sich die Garage befand, und von wo aus sie zu ihrem ersten 'offiziellen' Einsatz aufbrachen. Noch wussten sie nicht, was sie an ihrem Ziel, der Berrymoore Street im Londoner Stadtteil South Croydon erwarten würde.

Selbst als der silbergrau-metallicfarbene Bentley aus dem Wagenpark von Blair House den Londoner Stadtteil South Croydon erreicht hatte und in die

Berrymoore Street einbog, konnte Michael seine Begeisterung über diese Luxuslimousine kaum bremsen. Schon beim Einsteigen rissen seine „Wow!" und „Geil!" und „Hammer!" - Rufe nicht mehr ab und kommentierten jedes neu entdeckte Detail. Seien es die luxuriösen Ledersitze und das Interieur, welches einen an eine Segelyacht erinnerte: edel, hellbeige und mit wertvollen Holz-Applikationen. Oder die in die Rückenlehne der Vordersitze integrierten Tablet-PCs mit ausklappbarer Tastatur und WLAN-Anschluss. Und der Bildschirm für Videos, der Flaschenkühler ...man kam gar nicht mehr aus dem Staunen heraus. Nun verstanden die beiden Männer, warum Crystal dieses Detail in ihren ansonsten weitgehend verschütteten Erinnerungen behalten hatte. Weil das Auto einfach nur schön war!
„Nun ist aber gut, Michael!", rief Rolfhardt den jungen Deutschen nach einem neuerlichen Begeisterungsausbruch zur Ordnung. „Noch ein 'WOW', und ich schwöre, ich beiße dich in die Halsschlagader! Wir wissen nun zur Genüge, dass dir dieser Bentley gefällt. Aber nun ist es Zeit, sich auf die vor uns liegende Aufgabe zu konzentrieren!"
Michael starrte den weißen Vampir kurz irritiert an, und gab dann nur ein kurzes „OK" von sich und konzentrierte sich sofort auf die Straße vor dem Auto, auf der der Bentley nun langsam voran rollte.
Rolfhardt schüttelte lächelnd seinen Kopf. Die spontane Unbekümmertheit des 29-jährigen Stuttgarters, die er sich trotz seiner Erlebnisse in den letzten Wochen bewahrt hatte, faszinierte ihn immer wieder, und war mit ein Grund dafür, warum er, der selbst schon weit über 200 Jahre auf dieser Welt weilte, sich so sehr zu dem jungen Mann hingezogen fühlte.

„Scheint mir eine normale Gewerbe-Gegend zu sein", merkte dieser nun an. „Kleine und mittelständische Betriebe, und ein sehr überschaubares Aufkommen an Fußgängern."

„Kommt es nur mir so vor, als werden es immer weniger Passanten, je weiter wir uns die Straße entlang bewegen?"

Crystal, die auf dem Beifahrersitz des von Rolfhardt gesteuerten Bentleys saß, musterte stirnrunzelnd die Umgebung des Wagens.

„Jetzt, wo du es sagst, fällt mir das auch auf!", bestätigte Rolfhardt die Beobachtung seiner Beifahrerin. „Bis zu der Spedition vorne rechts kann man ja noch von normaler Betriebsamkeit sprechen, doch danach ... es scheint fast, als würden die Leute das sich anschließende Gebiet unbewusst oder bewusst meiden! Seht doch – manche wechseln tatsächlich die Straßenseite, bevor sie ihren Weg fortsetzen!"

„Nun, dann scheinen wir uns ja unserem Ziel zu nähern!", meldete sich Michael von der Rückbank. „Wenn das Navi nicht lügt, muss unser Ziel nur noch hundert Meter vor uns liegen. Und da Straße und Gehweg dort wie ausgestorben vor uns liegen, scheint an Jonathons Information tatsächlich was dran zu sein. Außerdem stellen sich mir gerade die Nackenhaare auf!"

„Ist das ein sicheres Indiz?", wollte Rolfhardt von Michael wissen und musterte ihn dabei über den Rückspiegel.

„Das mit dem Navi auf alle Fälle", antwortete der einstige Versicherungsmakler grinsend. „Meine Nackenhaare eher nicht. Die stellen sich bei allen möglichen Gelegenheiten auf. Vor allem, wenn ich ahne, was uns *möglicherweise* erwartet!"

„Wir sind da!", unterbrach Crystal die kleine Unterhaltung der beiden Männer. „Dem Schild nach ist das da draußen das Firmengebäude der CSE Incorporated."
Rolfhardt steuerte den Wagen auf einen kleinen Besucherparkplatz vor dem Firmengebäude und brachte ihn dort zum stehen.
„Schicker Bau!", merkte er an, während er den Motor mittels Knopfdruck ausschaltete. „Diese stehende und liegende, fassartige Konstruktion ... würde ohne Probleme zu Bauten wie „the Gerkin" und „the Shard" in der Innenstadt passen. Moderne, ansprechende Architektur."
„Ja, in der alte, modrige Gespenster ihr Unwesen treiben", kommentierte Michael die Ausführungen des Wieners.
„Noch wissen wir das nicht mit Sicherheit", erwiderte dieser.
„Das nicht ... aber ich spüre etwas ...", meldete sich Crystal zu Wort. Sie hatte Zeige- und Mittelfinger der rechten Hand gegen ihre rechte Schläfe gelegt, und starrte konzentriert auf die Fassade aus Glas und Stahl, die draußen vor ihrem Auto aufragte. „Etwas geht in diesem Gebäude vor sich!"
„Huh, mach nicht wieder so einen auf Kassandra, wie an dem Tag, als wir an Bord der MS SERPENTIA gehen wollten!", beklagte sich Michael prompt. „Davon kriege ich Gänsehaut!"
„Ist es so, wie vor dem Schiff?", hakte sich Rolfhardt in Michaels Bemerkung ein.
Crystal wiegte bedächtig ihren Kopf hin und her.
„Ja ...", antwortete sie zögernd. „Und ... nein ..."
„Öh ... was denn nun?", fragte Michael verwirrt. „Ja oder Nein?"
Die rothaarige Engländerin seufzte tief.

„Das ist schwierig zu beantworten", sagte sie dann, nach einer plausiblen Erklärung suchend. „Einerseits ist das Gefühl ähnlich wie jenes, welches ich hatte, als ich das Kreuzfahrtschiff erblickte ... aber anderseits ist es nicht genau *gleich*, wenn ihr versteht, was ich ausdrücken will."
„Also, wenn ich dich richtig verstehe, dann heißt das, dort drinnen erwartet uns tatsächlich irgend was schauriges, aber nicht das Gleiche wie auf dem Schiff?"
„Nun, ich denke, dass trifft es in etwa", antwortete Crystal.
„Gut! Nochmal Schattennymphen und Satyre hätte ich so dicht hintereinander nicht verkraftet!"
„Dann lasst uns mal aussteigen und den Laden entern!", rief Rolfhardt, öffnete die Fahrertür und schwang sich aus dem Bentley.
Crystal und Michael taten es ihm gleich, und so marschierte die Dreiergruppe gleich darauf mit entschlossenem Schritt auf den Haupteingang zu.
Außer ihnen hielt sich kein weiterer Mensch außerhalb des Gebäudes in ihrer Nähe auf. Michael schaute an dem aufrecht stehenden 'Fass' nach oben, dessen Stahl- und Glasfassade in der Sonne blinkte. Und obwohl es recht warm war, schlich sich ein Frösteln über den Rücken des Stuttgarters. Gleich darauf lenkte jedoch die sich automatisch vor ihnen öffnende Glastür des Gebäudes seine Aufmerksamkeit auf sich. Dicht hinter seinen beiden Freunden und Gefährten betrat er das Empfangsatrium von CSE Inc.
Drinnen herrschte eine bedrückende Stille und eine gähnende Leere, sah man einmal von der einsamen Angestellten ab, die hinter dem Schalter des Empfangs saß und durch ihre modische Brille konzentriert auf einen Bildschirm vor sich schaute. Sie

schien das eintreten der drei Geisterjäger nicht bemerkt zu haben.
Crystal schaute ihre beiden Begleiter fragend an, die mit einem ratlosen Schulterzucken reagierten. Auf eine Kopfbewegung der Engländerin hin begaben sich die drei dann direkt vor den Empfangsschalter.
„Guten Tag, meine Dame", grüßte Crystal höflich.
Die Wirkung eines Pistolenschusses hätte nicht schlimmer ausfallen können. Die Empfangsdame zuckte heftigst zusammen und stieß einen leisen, spitzen Schrei aus. Ein bleiches Gesicht wandte sich ruckartig den Ankömmlingen zu, und vor Schreck weit aufgerissene Augen starrten die Geisterjäger an, wobei sie ununterbrochen nervös zuckten.
„Ach du liebe Güte, wir wollten Sie nicht erschrecken, meine Gute!", flötete Crystal liebenswürdig. „Allerdings scheinen Sie mir ein bisschen über Gebühr nervös zu sein. Habe ich nicht recht?"
Die nervöse Mitvierzigerin mit dem bleichen Gesicht musterte die beiden Männer und die Frau, die vor ihrem Schalter standen, mit argwöhnischem Blick. Sie sah ein gut gekleidetes, seriös wirkendes Trio vor sich.
Crystal trug ein hellgraues, tailliert geschnittenes Kostüm aus feiner Kaschmir-Wolle, welches ihr bis knapp über die Knie ihrer wohlgeformten Beine reichte. Um ihren Hals hatte sie ein smaragdgrünes Tuch arrangiert, welches einen reizvollen Kontrast zu ihrem kastanienroten Haar und den ebenfalls smaragdgrünen Augen bot. Ihre bis auf die Schultern fallende Lockenmähne vervollständigte den aparten Eindruck.
Michael hatte sich für eine schwarze Jeans entschieden. Sein Oberkörper steckte in einem für seine schlanke Statur perfekt geschnittenem, bordeauxroten Marken-Poloshirt. Er schaute der CSE-

Angestellten aus seinen warmen, braunen Augen und mit einem freundlichen Lächeln von seinen Lippen entgegen.
Rolfhardt sah absolut blendend aus. Sein sehnig-muskulöser Körper war mit einer makellos weißen Bundfaltenhose, einem hellgrauen T-Shirt und einem ebenfalls weißen Blazer bekleidet. Sein wallendes, blondes Lockenhaar trug er zu einem Pferdeschwanz gebändigt. Die Angestellte hinter ihrem Schreibtisch schien sich in seinen faszinierend-blauen Augen verlieren zu wollen, die ihr wohlwollend zublinzelten.
Alles in allem schien der Anblick der drei Geisterjäger zufriedenstellend ausgefallen zu sein, denn die Frau entspannte sich merklich und brachte sogar so etwas wie ein Lächeln in ihrem ansonsten abgespannt wirkenden Gesicht zu Stande.
„Guten Tag, meine Herrschaften", erwiderte sie nun zur Begrüßung. „Was kann ich denn für sie tun?"
„Wir würden gerne mit Mr. Clayton sprechen", trug Crystal ihr Anliegen vor.
„Haben Sie denn einen Termin bei Mr. Clayton?", erkundigte sich die Empfangsdame freundlich, während ihre Finger wie nebenbei über die Tastatur ihres Computerterminals huschten, um einen Kalender auf den Bildschirm zu rufen, in dem sich wohl die Termine des heutigen Tages eingetragen fanden.
„Einen Termin haben wir nicht", antwortete Crystal wahrheitsgemäß. „Aber Mr. Clayton hat ein Problem, bei dem wir ihm vielleicht helfen können."
„Keinen Termin?" Ein paar Stirnfalten erschienen im Gesicht der Empfangsdame. „Ich fürchte, da kann ich Ihnen für den Moment nicht weiterhelfen. Aber wenn Sie mir sagen, um was es geht, vereinbare ich gerne einen Termin für die nächsten Tage."

„Nun, wir denken, Mr. Clayton kann nicht mehr so lange warten", erwiderte Crystal mit großer Bestimmtheit in ihrer vollen Alt-Stimme. Auf ein Kopfnicken von ihr zog Michael eine ihrer Visitenkarten aus seiner Blazer-Innentasche, legte sie auf den Empfangsschalter und schob sie in Richtung der Angestellten, welche die Karte etwas unschlüssig aufhob und deren Aufdruck studierte.
„ESP-Investigation"? Was soll das sein?" Die Endvierzigerin hob ihren Kopf und schauten den Geisterjägern verwirrt entgegen.
Crystal beugte sich etwas zu der Frau vor. „Wir ermitteln in Fällen, in denen es nicht mit rechten Dingen zuzugehen scheint", sagte sie dann in leisem, etwas verschwörerischen Ton zu ihr. „Und wenn wir uns nicht sehr irren, geht es hier im CSE-Building nicht mit rechten Dingen zu! Habe ich nicht recht? Schauen Sie nur ihr Spiegelbild an! Sie sind ein Schatten ihrer selbst, und zudem hypernervös! Normal ist das nicht!" Die rothaarige Engländerin richtete sich wieder auf, und blinzelte der überraschten Frau vertraulich zu.
„Wo... woher wissen Sie das?", wollte diese daraufhin verblüfft von Crystal wissen.
„Nun, wir arbeiten in einem Business, wo man das Unerwartete erwarten muss, und deswegen natürlich so seine Quellen hat", lautete Crystals ausweichende Antwort. „Fragen Sie nun bitte bei Mr. Clayton nach, ob er nicht doch ein wenig Zeit für uns erübrigen kann?"
So ganz war die dunkelhaarige Frau hinter ihrem Schreibtisch noch nicht überzeugt. Und während Crystal sie mit Charme und bestimmtem Auftreten zu überzeugen versuchte, standen Rolfhardt und Michael abwartend daneben und übten sich darin, freundliche

Entschlossenheit und eine gewisse Souveränität auszustrahlen.

Besonders Michael schien noch nicht das richtige professionelle Maß bei seinem zur Schau gestellten „Geschäftsgesicht" gefunden zu haben, denn er änderte fortwährend seine Mimik und wünschte sich verzweifelt einen Spiegel zur Kontrolle. Dabei schaute er Rolfhardt immer mal wieder von der Seite an, der seine Rolle perfekt beherrschte. „Kunststück ...", brummelte Michael deshalb betrübt vor sich hin. „...mit ein paar Hundert Jahren Erfahrung könnte ich das auch!"

Der junge Deutsche war überzeugt, dass außer ihm diese Worte niemand vernommen haben konnte, doch er hatte die Rechnung natürlich ohne Rolfhardts übernatürlich gut ausgeprägtes Gehör gemacht. Prompt drehte der Alt-Wiener Aristokrat sein Gesicht in Michaels Richtung und schenkte ihm ein breites, spitzbübisches Lächeln. Schon setzte er zu einem ironischen Kommentar an, da geschah es! Plötzlich stellten sich dem ehemaligen Versicherungsmakler die Nackenhaare auf, als ihn wie aus dem Nichts ein kalter Hauch streifte, und ihm einen Schauer über den Körper jagte.

Er hatte das Gefühl, jemand stünde unmittelbar neben ihm, doch da war außer Rolfhardt und Crystal niemand. Gleich darauf schienen kalte Finger nach seiner rechten Hand zu greifen, die er in lockerer Haltung neben dem Körper hatte hängen lassen. Michael zuckte erschrocken zusammen, riss seine Hand vor die Augen und starrte abwechselnd Vorder- und Rückseite davon an.

„Michael ...", rief Rolfhardt alarmiert aus, dem das Geschehen natürlich nicht entgangen war. „Was ist ...?"

Auch Crystal wurde auf das Geschehen neben ihr aufmerksam und blickte ihren deutschen Freund forschend an.
Dieser zeigte ein leicht verwirrt wirkendes Mienenspiel, während er geistesabwesend seine rechte Hand rieb.
„Es ... es ist schwer zu beschreiben ...", antwortete er dann zögerlich.
„Versuch es!", munterte Crystal den jungen Mann auf.
„Gut ...", meinte dieser kopfnickend. „Gut ... also, zuerst fühlte ich so etwas wie einen kalten Lufthauch, so, wie wenn von irgendwoher ein Strahl Zugluft auf einen trifft. Doch dann ..." Er stockte kurz.
„He, nicht aufhören! Berichte weiter!", forderte Rolfhardt daraufhin prompt.
„Mach ich ja, ich suche nur nach der richtigen Formulierung. Noch mal ... wo war ich? Ach ja: plötzlich hatte ich das Gefühl einer *Präsenz*. Als befände sich eine Person unmittelbar in meiner Nähe. Ich habe diese Nähe fast körperlich gespürt! Diese Präsenz strahlte etwas bedrohliches aus. Zorn, grenzenloser Zorn. Da war Wut und Hass! Und dann ... dann hat irgendetwas meine rechte Hand ergriffen. Seltsam ..."
„Oh Mann, du schaffst mich!", beschwerte sich der Wiener Vampir, als Michaels Schilderung von neuem stockte. „Was hat dich berührt, und was ist seltsam?"
„Diese Präsenz, die ich spürte, die schien von einer großen Person zu stammen. Doch das, was mich anschließend berührte, fühlte sich an wie eine *Kinderhand*!"
„Eine Kinderhand?", wunderte sich Crystal. „Tatsächlich?"
Michael nickte bestätigend. „Ja, und das fand ich dann schon sehr erstaunlich. Und das seltsame, was

ich vorhin meinte, war, dass mit dieser Berührung Gefühle über mich herein fluteten!"

„Gefühle?", hakte Crystal nach. „Welcher Art?"

„Ich spürte eine große Traurigkeit, Einsamkeit, Angst und Verwirrung. Spontan würde ich sagen, da war ein verängstigtes, allein gelassenes, trauriges Kind. Völlig andere Emotionen, wie bei dieser anderen Präsenz. Und dann war schlagartig alles wieder verschwunden!"

Crystal nickte ihm zufrieden zu und wandte sich wieder an die dunkelhaarige Angestellte, welche die Unterhaltung mit großen Augen verfolgte.

„Wie sie sehen, hat mein sensitiv veranlagter Kollege gespürt, dass hier im Gebäude Dinge passieren, die auf einer anderen Ebene angesiedelt sind", sagte Crystal nicht ganz ohne Triumph zu der Dame. „Und wie ich Eingangs schon erwähnte, können wir Mr. Clayton möglicherweise Hilfe bei seinen Problemen anbieten, die, wie wir eben feststellten, sicherlich handfester und paranormaler Natur sind. Meinen Sie nicht auch, dass er uns wenigstens anhören sollte?"

Die merklich erbleichte Angestellte erwiderte nichts, nickte aber fahrig. Dann wandte sie sich ihrer Telefonanlage zu, um sogleich aufgeregt auf den Teilnehmer am anderen Ende der Leitung einzureden. Die drei Geisterjäger hielten sich währenddessen diskret zurück, um nicht einen unseriösen Eindruck zu vermitteln.

Das Gespräch dauerte nicht sehr lange und nach seinem Ende verkündete die Empfangsdame, auf deren Wangen sich nun wieder ein Anflug von Farbe abzeichnete: „Ich habe mich für sie Drei verwendet ... Mr. Clayton hat zugestimmt, Sie zu empfangen!"

„Vielen Dank! Sie sind eine Perle!", bedankte sich Crystal im Namen ihrer kleinen Gruppe. „Damit haben Sie nicht nur uns, sondern auch sich selbst einen

großen Gefallen getan. Ich bin sehr zuversichtlich, dass wir eine Lösung für ihr Problem finden werden!"
„Oh, da wäre ich aber froh!", entfuhr es der Frau gegenüber erleichtert. „Niemand arbeitet mehr gerne hier. Es ist ... unheimlich!"
Sie senkte rasch ihren Blick. Es wirkte schuldbewusst, so, als hätte sie zu viel preisgegeben. Doch das gesagte ließ sich nun nicht mehr zurücknehmen. Daher beeilte sie sich, dem „ESP Investgators"-Team den Weg zum Büro des Firmenchefs zu weisen.
Kurz darauf betraten die drei Freunde den Lift zur obersten Etage des CSE-Buildings.
„Sag mal ...", sagte Michael gedehnt zu Crystal, als er den Knopf zum 'Administration-Level' drückte, und die Fahrstuhltüren sich schlossen, „... hast du dich da nicht ein bisschen weit aus dem Fenster gelehnt? Dass du zuversichtlich bist, dass wir eine Lösung finden?"
„Nun, mit Tiefstapelei kommen wir nicht weiter und würden wohl noch immer da unten mit der nervösen Dame verhandeln", meinte Crystal lapidar. „Wir geben uns immerhin als Geschäftsleute aus, und das in einem Business, wo man tunlichst jede Zauderei vermeiden sollte. Stimmst du da nicht auch zu?"
Michael legte den Kopf schief und überlegte kurz. Schließlich zuckte er mit den Schultern. „Wahrscheinlich hast du Recht. Man verkauft ja schließlich auch keine Versicherungen, wenn man sein Produkt nicht überzeugend vertreten kann!"
„Wohl gesprochen, junger Freund!", kommentierte Rolfhardt diese treffende Aussage, und klopfte Michael freundschaftlich auf den Rücken. „Aber sag mal ... seit wann bist du denn so sensitiv für übernatürliche Phänomene? Was da unten im Foyer abging ... wenn ich nicht ein alter Vampir wäre, der in

seinem langen Leben schon so einiges gesehen und erlebt hat, dann wäre mir glatt ein Schauer über den Rücken gelaufen! Das war ja phänomenal!"
„Uh ... hör auf!", wehrte Michael schaudernd ab. „Glaube mir – es ist mir ein eiskalter Schauer über den Rücken gelaufen! Und die Nackenhaare haben sich mir aufgestellt. Diese Erscheinungen ... die eine machte mir eine Höllenangst, und die andere ... sie machte mich ... traurig!"
„Traurig?", echote Rolfhardt überrascht.
Und selbst Crystal hob erstaunt ihre Augenbrauen. „Also, das verblüfft mich dann jetzt doch!"
„Na, was meint ihr, wie verblüfft ich war!" Michael verzog seinen Mund zu einem verdrießlichen Strich. „Zumal ich bisher der Meinung gewesen bin, dass du hier unsere Empfangsantenne für übernatürliche Erscheinungen bist, liebe Crystal!", fügte er dann noch nachdenklich hinzu.
„Offensichtlich stehen die Geister hier im Haus mehr auf junge Männer wie dich", meinte Rolfhardt lakonisch. „Kann ich im übrigen gut verstehen!"
Michael verdrehte die Augen, doch bevor er dazu kam, auf die feixende Bemerkung des blonden Wieners einzugehen, öffnete sich mit einem 'PING' die Aufzugtür und beendete die kurze Unterhaltung der drei Freunde.
Ein kurzer Gang führte zu einem breiten Glasportal, welches Zutritt zum Vorzimmer des Chefbüros hier im obersten Stockwerk des aufrecht stehen „Fasses" gewährte. In dem mit angenehm hellen Hölzern und einem unaufdringlichem Teppich in dazu passenden Sandfarben ausgestatteten Raum wurden sie schon von einer freundlichen Sekretärin erwartet.
„Guten Tag, meine Herrschaften – Sie können gleich ins Büro von Mr. Clayton durchgehen. Er erwartet Sie bereits."

Sie deutete auf eine große Holztür, die als Türgriff ein fein herausgearbeitetes, ebenfalls hölzernes „C" besaß. Es wirkte nicht protzig oder gar schnörkelhaft. Vielmehr bestach die Arbeit durch ihre schlichte Eleganz und fügte sich damit harmonisch in das Gesamtbild des CSE-Buildings ein. Jedenfalls in den Teil, den Crystal und ihre beiden Gefährten bisher zu Gesicht bekommen hatten.
Das positive Ambiente fand hinter der Tür seine angenehme Fortsetzung. Die drei Geisterjäger fanden sich in einem großen, aber nicht überdimensionierten Büro wieder, dessen dominierende Einrichtung von einem großen, hellen Holz-Schreibtisch und einer cremefarbenen Ledersitzgruppe gegenüber gebildet wurde.
Hinter dem Schreibtisch erhob sich ein Mann, ohne Zweifel der Firmengründer- und Chef Jonathan Paul Clayton.
Die Freunde erblickten einen Mann von 38 Jahren, mit gebräuntem Teint, grauen Augen und mittelbraunem Haar.
Das jugendlich wirkende Gesicht zeigte markante, männliche Gesichtszüge, mit einem ausgeprägten Kinn, und leichtem Bartschatten. Clayton wirkte sehr gepflegt. Er war etwa 1,85 Meter groß, mit einem Körperbau, der einerseits massig wirkte, zugleich aber eine athletische Dynamik, Spannkraft und Tatendrang vermittelte.
Der Chef von CSE trug einen eleganten, hellgrauen Designer-Anzug, augenscheinlich maßgeschneidert, dazu edle Schuhe.
„Ah, da sind Sie ja ...", begrüßte er die Ankömmlinge mit klarer, kräftiger Stimme, die ein angenehmes Timbre besaß. „Die Herrschaften von ... wie war das noch gleich ... ah ja: 'ESP-Investigation', richtig?"

Während er sprach, hatte er seinen Schreibtisch umrundet, und reichte nun nacheinander Crystal, Michael und Rolfhardt zur Begrüßung die Hand, die sich dabei namentlich vorstellten, um sie anschließend zur Sitzgruppe hinüber zu bitten, wo sich alle niederließen.

„Meine Empfangschefin hat sich ja mächtig für Sie ins Zeug gelegt", führte er dann das Gespräch sogleich fort. „Sie müssen da unten ja eine mächtige Show geboten haben!" Seine Worte sollten selbstsicher klingen, und es war auch Spott daraus zu entnehmen. Und doch schwang da eine gehörige Portion Verunsicherung mit.

„Mr. Clayton ...", ergriff Crystal in ihrer Eigenschaft als 'Chefin' von ESP-Investigation das Wort, „... meine Leute und ich pflegen niemals eine 'Show' darzubieten, wie Sie es so schön süffisant zu formulieren pflegten." Sie gab sich keinerlei Mühe, ihre Missbilligung für die zuvor getätigte Äußerung des Firmenchefs zu kaschieren.

„Oh, ich wollte Ihnen nicht zu nahe treten ...", versuchte der Geschäftsmann sich mit Allgemeinsätzen zu rechtfertigen.

„Doch, wollten Sie!", fuhr ihm Crystal jedoch so unverblümt in die Parade, dass sie nicht nur von Clayton verblüfft angestarrt wurde, sondern auch erstaunte Blicke ihrer beiden Freunde erntete. Und bevor irgendeiner der Männer etwas dazu anmerken konnte, fuhr sie fort: „Sehen Sie, Mr. Clayton – ich kann es Ihnen noch nicht mal verübeln. Meine Kollegen und ich sind in einem Geschäftsfeld tätig, welches von den meisten Menschen nur belächelt und als Scharlatanerie abgetan wird. Ich denke, Sie können sich auch nicht ganz davon ausnehmen. Oder sehe ich das falsch?"

Ihr Gegenüber fühlte sich ob der Geradlinigkeit der hübschen Britin sichtlich unwohl und rang mühsam nach passenden Worten.
„Nun ja, ... ganz unrecht habe Sie da wohl nicht ..."
„Tja, dann kann ich Sie beruhigen, Mr. Clayton: wir lassen uns unsere Arbeit gut bezahlen, keine Frage. Aber diese Bezahlung wird nur dann fällig, wenn wir eine Lösung für Ihr Problem gefunden haben. Sie gehen also keinerlei Risiko ein, wenn Sie uns engagieren!"
„Ja ...gut, aber ... ich weiß ja noch nicht einmal, worin genau mein Problem hier im CSE-Building besteht! Es gibt einfach keine rationalen Gründe!", erwiderte Clayton mit einem verzweifelten Unterton.
„Darum kommen wir ins Spiel. Wo es keine rationalen Gründe gibt, liegt es nahe, nach irrationalen Gründen zu suchen!"
„Irrational? Sie meinen damit Geister und Spuk, nicht wahr?"
„Da sind sie wieder: die Zweifel!" Crystal seufzte tief, und wie Michael und Rolfhardt fanden, fast einen Tick zu theatralisch.
„Mr. Clayton, ich glaube Sie sind ein Mann mit hohem Intellekt bei ebenfalls hoher Intelligenz. Ein Ingenieur und Informatiker, Fachbereich System- und Anwendungssoftware für Firmennetzwerke. Grundsätzlich aufgeschlossen, aber mit der vorherrschenden Situation überfordert. Sie haben ein Problem, dass Sie selbst weder einordnen noch lösen können. Ist es nicht so?" Die smaragdgrünen Augen Crystals richteten sich fragen auf den smarten Geschäftsmann.
„Was können Sie schon von meinen Problemen wissen? War die Show ... ähm, ich meine, das Ereignis im Foyer nicht nur ein Schuss ins Dunkle?"

„Nun ...", antwortete die Engländerin gedehnt. „Eine Mitarbeiterin von Ihnen wurde geistig umnachtet in einem Büro vorgefunden. Ein anderer rannte offenbar in panischer Angst aus dem Gebäude, auf die Straße hinaus, direkt vor ein Auto, was ihm tragischer Weise das Leben kostete. Immer mehr Mitarbeiter kündigen, weil sie Angst haben, aber nicht wissen, vor was sie sich fürchten, und sich zunehmend unwohl fühlen. Niemand möchte mehr im Nachtdienst arbeiten, so dass das Gebäude dann unbeaufsichtigt ist. Die Leistungsfähigkeit der Belegschaft ist stark gesunken, was sich auch auf die Auftragsentwicklung und den guten Ruf der Firma auswirkt. All das wächst sich mehr und mehr zu einer Bedrohung ihres Lebenswerkes aus. War das auch nur ein Schuss im Dunkeln, oder liege ich in etwa richtig?"
Clayton schwieg einen Moment, wobei er versuchte, sich seine Überraschung über das soeben gehörte nicht allzu deutlich anmerken zu lassen. Lediglich die nach oben rutschenden Augenbrauen zeigten an, wie sehr es hinter der Stirn des Enddreißigers arbeitete.
„Sie sind bemerkenswert gut informiert!", kommentierte er dann Crystals Worte. „Darf man nach der Quelle Ihres Wissens fragen?"
„Sie dürfen, werden aber keine Antwort bekommen!", lautete die schlagfertige Erwiderung der Geisterjägerin. „Informationen sind in unserem Metier das A und O. Und ich müsste verrückt sein, wenn ich meine Informationsquellen riskiere. Sehen Sie: es gibt da die Skeptiker, so wie Sie einer sind – und die Spaßvögel, die versuchen, uns aufs Kreuz zu legen. Nur lassen wir uns nicht gerne an der Nase herum führen, denn wir betreiben ein ernsthaftes Geschäft. In einem solchen Fall helfen uns dann fundierte Informationen. Auf ihnen bauen wir unsere Ermittlungen auf. Und jetzt stelle ich Ihnen ein letztes

Mal die Frage: Wollen Sie unsere Dienste in Anspruch nehmen? Wenn Nein, so verlassen wir auf der Stelle Ihr Büro, und Sie hören nie wieder von uns. Wenn Ja, dann machen wir uns umgehend an die Arbeit, für die wir volle Handlungsfreiheit von Ihnen benötigen. Eine einfache Entscheidung ist jetzt gefragt!"
Der Chef von CSE faltete seine Hände und legte die Spitzen der Zeigefinger an sein Kinn. In dieser Position verharrte er für einige Momente, und es war ihm anzusehen, wie sehr es in ihm arbeitete. Crystal, Michael und Rolfhardt warteten geduldig ab, wie seine Entscheidung ausfallen würde.
„Sehen Sie, Mrs. Blair ... CSE ist mein Lebensprojekt", ergriff er dann bedächtig das Wort. „Es hat mich viel Geld, Kraft und Enthusiasmus gekostet, diese Firma aus dem Nichts auszubauen und daraus das zu machen, was sie heute ist. Das neue Firmengebäude sollte der wahr gewordene Ausdruck meines Traums sein ..."
„Stattdessen hat es sich zu einem wahren Alptraum entwickelt, richtig?", warf Michael ein.
Clayton nickte mit düsterem Gesicht. „Hier im Gebäude herrscht eine Atmosphäre der Angst. Und niemand weiß, wieso! Meine Mitarbeiter hören Stimmen, haben das Gefühl beobachtet, ja bedroht zu werden! Gegenstände verschwinden und tauchen an den unmöglichsten Stellen wieder auf. Manche behaupten sogar, gesehen zu haben, wie sich Dinge selbstständig bewegten, ohne das irgendwer in der Nähe war. Manchmal sinkt die Raumtemperatur ohne Grund um etliche Grade ab. Lichter flackern, Telefone klingeln, ohne das sich jemand meldet. Ich könnte die Liste noch ein gutes Stück weit fortsetzen ..."
Der breit gebaute Mann wirkte in diesem Moment wie ein Häufchen Elend, als er zusammengesackt und mit hängenden Schultern vor den drei selbst ernannten

ESP-Ermittlern saß. Und als er seinen Kopf wieder hob, konnte man durchaus eine beginnende Resignation aus seinem Mienenspiel herauslesen.

„Natürlich haben wir alles versucht, den Ursachen für die Misere auf die Spur zu kommen, aber da ist nichts: technisch ist alles in Ordnung! Wie also soll man Missstände beseitigen, wenn man deren Grund nicht kennt? Vielleicht hätte ich damals, als ich nach einem passenden Grundstück für das CSE-Building suchte, mehr auf das Getuschel und die Gerüchte hören sollen. Doch was gibt ein so genannter aufgeklärter Technikfreak wie ich schon auf solches Gerede?" Die letzten beiden Sätze des Softwareentwicklers hatte Crystal und die beiden Männer aufhorchen lassen.

„Es wäre interessant, zu erfahren, was man so tuschelte und um welcher Art Gerüchte es sich dabei handelte", hakte Rolfhardt darum auch bei dem Firmenchef nach.

Der grauäugige Blick Claytons heftete sich auf die Gestalt des Wiener Vampirs. Erst nach einigen Momenten erfolgte eine Antwort auf Rolfhardts Einwurf.

„Ich habe lange nach einem geeigneten Baugrundstück für meine Firmenzentrale Ausschau gehalten. Ein Maklerbüro bot dann diese Fläche hier an der Berrymoore Street an. Perfekt eingebunden in eine ausgezeichnete Infrastruktur und geradezu obszön preisgünstig …"

„Und das machte Sie stutzig?", stellte Michael eine Zwischenfrage.

„Natürlich … jedenfalls bis zu einem gewissen Grad", antwortete Clayton. „Meine Nachfragen ergaben, dass dieses Grundstück schon seit hunderten von Jahren immer unbebaut geblieben war. Für eine Stadt wie London ein schon fast als außergewöhnlich zu

bezeichnender Umstand. Aber da es keinerlei Erkenntnisse darüber gab, warum dies der Fall gewesen ist, kamen meine Berater und ich irgendwann zu dem Punkt, an dem wir das alles als unglaublichen Zufall einstuften."
„Und was hatte es mit dem von Ihnen erwähnten Getuschel und Gerede auf sich", wollte Crystal wissen.
„Tja...", meinte der CSE-Gründer schulterzuckend. „Einige ältere Einwohner in der Umgebung warnten uns, als die Baumaschinen anrückten. Sie behaupteten, unser Baugrund sei verflucht. Dort 'gehe etwas um', und wir müssten mit 'schlimmen Dingen' rechnen, sollten wir tatsächlich anfangen, dort zu bauen. Da mir jedoch keiner einen vernünftigen Grund für all diese Behauptungen liefern konnte, habe ich nur gelacht, die Warnungen als Aberglaube abgetan und die Bauarbeiten beginnen lassen. Doch jetzt ... ich fange tatsächlich an, meinen Entschluss von damals zu bereuen!"
„Immerhin wäre das ein Ansatzpunkt für unsere Arbeit!", sagte Crystal mit einem zuversichtlichen Lächeln auf ihren Lippen. „Das heißt, wenn Sie sich entschließen sollten, uns mit der Lösung ihres Problems zu beauftragen ..."
„Sie sind immer noch fest davon überzeugt, dass es hier mit 'paranormalen' Dingen zugeht?" Clayton hatte seine Skepsis noch nicht völlig überwunden.
„Wir *wissen* es!", antwortete Crystal ernst. „Mein Mitarbeiter hat es bereits zu spüren bekommen. Nun müssen wir nur noch herausfinden, um welche Art von Störungen es sich handelt. Danach können wir Gegenmaßnahmen ergreifen. Wie dem auch sei: Sie sind auf der sicheren Seite. Haben wir keinen Erfolg, verlieren Sie nichts, haben wir Erfolg, sind Sie Ihr

Problem los. Also, wie entscheiden Sie sich, Mr. Clayton?"
Dieses Mal zögerte der Geschäftsmann nicht. „Also gut, meinen Segen haben Sie. Versuchen Sie ihr Glück!"
„Und wir haben völlige Handlungsfreiheit?"
„Die werde ich Ihnen wohl einräumen müssen, wenn ihre Unternehmung Erfolg haben soll", lautete die freimütige Antwort.
„Gut, dann machen wir jetzt einen Vertrag und besprechen die für unsere Arbeit notwendigen Einzelheiten …"

Am nächsten Morgen bereits rückten die drei Freunde wieder bei CSE Inc. an und nahmen am Empfang ihre Codekarten und VIP-Ausweise entgegen, welche ihnen Zutritt zu allen Bereichen des CSE-Buildings gewährten. In diesem Punkt hielt der Firmenchef voll und ganz Wort. Den Mitarbeitern von CSE hatte man die drei ESP-Ermittler als Angestellte eines Spezial-Ingenieursbüro avisiert, die unter anderem Messungen durchführen sollte, welche im Zusammenhang mit den 'jüngst aufgetretenen, baulichen Unzulänglichkeiten' standen. Eine Umschreibung, die im Prinzip gar nichts aussagte, jedoch ausreichend war, um keine gesteigerte Unruhe im Betrieb aufkommen zu lassen. Und die die Verwendung diverser Messgeräte und Apparaturen erklärte.
Lediglich Mr. Clayton, seine Sekretärin und die bleiche Empfangsdame, die sie bei ihrem ersten Besuch an Clayton weitergeleitet hatte, wussten um ihre eigentliche Identität Bescheid.
„Was unternehmen wir als erstes?", fragte Michael seine beiden 'Kollegen', während sie sich ihre ID-Karten an die Kleidung hefteten.

„Also, ich würde den Vorschlag machen, dass du und ich uns erst einmal ein wenig das Gelände und die Umgebung des CSE-Buildings ansehen", sagte Crystal.
„Und was mache ich?", wollte Rolfhardt wissen.
„Dich wollte ich bitten, ins Grundbuchamt zu gehen, und Erkundigungen über dieses Grundstück hier einzuholen. Es würde mich interessieren, wie lange es tatsächlich schon unbebaut ist. Du lebst schon *sehr* lange in London und kennst dich vermutlich am besten mit Ämtern und Behörden hier aus. Um 12.00 Uhr könnten wir uns hier in der Cafeteria zum Lunch treffen."
„Vernünftiger Vorschlag!", meinte der weiße Vampir zustimmend. „Können wir machen. Braucht ihr noch was aus unserem Fundus, bevor ich mit dem Bentley davon düse?"
„Hm ...", überlegte Crystal. „Ich denke, ein Voicerekorder wäre nicht schlecht. Und eine kleine Videokamera. Was meinst du, Michael?"
„Vielleicht noch eines dieser EMF-Meter. Es könnte nicht schaden, wenn wir damit auf dem Gelände rund um das Gebäude einige Messungen anstellen", schlug der ehemalige Versicherungsmakler vor. „Ich weiß, dass es hier draußen jeden Menge Störquellen gibt, wie zum Beispiel Handys, Funkanlagen und ähnliches. Aber wir bekommen möglicherweise auch erste Anhaltspunkte darüber, ob es auf dem Gelände hier signifikante Änderungen der EMF-Werte gegenüber der Umgebung gibt."
„Du meine Güte – hast du ein Fachlexikon verschluckt?", staunte Rolfhardt mit großen Augen. „Du klingst ja fast, als hättest du plötzlich Ahnung von dem, was du da tust!"

„Lästere ruhig. Schließlich bist du blond, und ich nicht!", lachte Michael und zwinkerte dem Freund schalkhaft zu.

„Autsch – das saß!", gab Rolfhardt mit säuerlichem Gesichtsausdruck zu. „Aber wer dumme Sprüche klopft, muss mit einem Echo rechnen. Ich düse dann mal ab. Bis später, ihr beiden!"

„Bis später, Rolfhardt", riefen Crystal und Michael dem Wiener zu.

Der winkte noch einmal, und schwang sich dann in den silbergrauen Bentley Mulsanne, setzte rückwärts aus der Parklücke und fuhr dann, zum Abschied kurz hupend, über die Berrymoore Street Richtung Zentrum davon.

„Da steh'n wir zwei hübschen zu zweit vor dem Tor und sind so klug, als wie zuvor ...", murmelte Michael vor sich hin, während er der davon brausenden Luxuskarosse nachschaute.

„Immerhin drückst du unseren Wissensstand sehr poetisch aus", merkte Crystal an, die die gemurmelten Worte wohl verstanden hatte.

„Ja, nach dem Motto: 'Reim dich oder ich fress dich' – oder so ähnlich", kommentierte Michael sich selbst.

„Aber ganz so ohne Wissen sind wir ja nicht", warf Crystal ein. „Immerhin ist klar, dass es hier schon mysteriöse Vorfälle gegeben hat. Und durch dich wurde schließlich bestätigt, dass wir es hier mit einer wie auch immer gearteten Präsenz zu tun haben."

„Uh ... erinnere mich bloß nicht daran. Das war schaurig genug!"

„Glaube ich dir. Also – wo wollen wir loslegen?"

„Hm, ich denke, wir schalten dieses EMF-Messgerät ein und wandern einmal im Zickzack rund um das gesamte CSE-Building. Und dabei notieren wir uns, wo es erhebliche Abweichungen bei den Messergebnissen gibt. Wenn wir anschließend einige

Störquellen ermitteln und eliminieren können, bekommen wir vielleicht erste Hinweise, wo möglicherweise paranormale Vorgänge ablaufen."

„Hey!", staunte Crystal über die Ausführungen ihres jugendlich wirkenden Freundes. „Rolfhardt hat recht! Du redest ja tatsächlich fast wie ein Fachmann daher!"

„Nun, ich habe versucht, in den letzten 10 Tagen unserer Vorbereitung das eine oder andere im Internet zu recherchieren", erklärte der braunhaarige Deutsche sein plötzliches Wissen. „Ist aber gar nicht so einfach. Es gibt abertausende von Seiten. Wie soll man da wissen, was ernsthafte Informationen bietet, und was einfach nur Mummpitz oder esoterisches Geschwafel ist!"

„Ich weiß, ich weiß ... seufzte die rotmähnige Britin. „Ich hab es auch schon auf diesem Weg versucht. Wirklich nicht einfach, das alles. Doch jetzt lass uns loslegen, damit wir was vorweisen können, bis Rolfhardt aus dem Liegenschaftsamt zurück ist!"

„OK", stimmte Michael zu, und hob das kleine, rechteckige Gerät in seiner Hand etwas höher. „Mal sehen ... da steht 'Power'. Wird also der Einschaltknopf sein. Ich mach das Ding mal an."

Nachdem er den besagten Knopf gedrückt hatte, gab das Messgerät einen Piepston von sich, und eine grüne Signal-LED leuchtete auf.

„So, funktioniren tut es. Welche Maßeinheit soll ich denn verwenden? Das Ding hat zwei verschiedene zur Auswahl."

„Welche denn?"

„Milligauß und Mikrotesla."

„Und welches ist die bessere?"

Michael zuckte ein wenig hilflos mit den Schultern. „Ich war eine Niete in Physik. Ich weiß bloß noch, dass man mit beiden Werten die magnetische Flussdichte misst."

„Aha!, machte Crystal, und fügte kleinlaut hinzu: „Und was sagt mir das?"

„Na ja ... grob gesagt, messen wir damit das Auftreten elektromagnetischer Kräfte. Jedes mit Strom betriebene Gerät, Stromleitungen, Magnete – alles verbreitet ein Magnetfeld um sich herum. Und auch mit paranormalen Geschehnissen geht eine Veränderung des EMF-Wertes einher. Jedenfalls, so weit ich das gelesen habe. Vereinfacht gesagt: wenn wir irgendwo eine Veränderung des Ausschlags feststellen, wo es eigentlich keinen geben dürfte, weil sich keine entsprechend strahlende Quelle in der Nähe befindet ..."

„... haben wir eine Lokalisation geortet!", vervollständigte Crystal Michaels Ausführungen. „Ich denke, das habe ich so weit verstanden. Was zeigt das Ding denn aktuell an?"

„Lass mal sehen ... ich stelle es auf den Niederfrequenzbereich ein, wo sich Lokalisationen üblicherweise abspielen. Und jetzt zeigt es 0,05 Mikrotesla an. Ist also nicht viel los, hier, wo wir gerade stehen."

„Dann werde ich mir das mal als Basiswert notieren, und dann laufen wir los. Am besten im Uhrzeigersinn. Wir laufen dabei immer wieder ein Stückchen auf das Gebäude zu, und dann wieder weg."

„Mein vorhin erwähnter Zickzackkurs."

„Genau, Michael! Du machst die Messungen, und ich mir die Notizen. Lass uns loslegen!"

Nach diesem Plan marschierten die beiden selbst ernannten Geisterjäger los, vom Parkplatz weg zum Haupteingang, und von da aus nach links herum im Uhrzeigersinn und im Zickzackkurs um das stehende und liegende 'Fass' des CSE-Building herum. Aus so

manchem Büro des Erdgeschosses und des ersten Stocks wurden den beiden der eine oder andere verwunderte, bisweilen auch argwöhnische Blick zugeworfen. Doch davon ließen sich Crystal und Michael nicht beirren. Konzentriert und gewissenhaft stellten sie ihre Messungen an und notierten sich jede noch so scheinbar belanglose Kleinigkeit.
Als sie sich an dem Punkt befanden, der dem Haupteingang gegenüberlag, also gewissermaßen die 12-Uhr-Position ihres Rundganges darstellte, schlug die Nadel des EMF-Meters plötzlich signifikant aus und erreichte einen Spitzenwert von fast 15 Mikrotesla. „He hoppla!", rief Michael überrascht aus und hob den Kopf. Aus den Augenwinkeln gewahrte er dabei die dunkel und altertümlich gekleidete Gestalt einer älteren, recht kleinen Frau, die eine Art schmutzige Haube über ihrem wirren, grauen Haar trug. Er blinzelte und wandte den Kopf, um die Erscheinung genauer zu betrachten. Doch im gleichen Augenblick verschwand die Gestalt. Gleichzeitig sank die Nadel des Messgerätes wieder auf den Ursprungswert zurück.
„Hast du sie gesehen, hast du sie gesehen?", bestürmte Michael daraufhin aufgeregt seine Freundin.
Doch Crystal, die bis dahin einige Eintragungen in ihrem Notizblock angefertigt hatte, schaute den braunhaarigen Deutschen nur verständnislos an.
„Wen gesehen?", wollte sie wissen.
„Die Frau! Die grauhaarige, dunkel gekleidete, alte Frau!", rief Michael gestikulierend. „Dort drüben hat sie für einen Moment gestanden, gerade, als das Messgerät ausgeschlagen hat. Im nächsten Augenblick verschwand sie wieder!"
„Oh verflixt – nein! Ich habe sie nicht gesehen ...", sagte Crystal frustriert. „Ich habe gerade die Skizze

vervollständigt. Und es gab einen Ausschlag bei der Messung, sagst du?"
Michael nickte eifrig. „Ja, einen großen sogar. 15 auf der Skala! Ich fresse den Bentley, wenn das keine Lokalisation war!"
„Auf alle Fälle ein weiterer Beweis übernatürlicher Vorgänge hier auf dem Gelände. Lass uns weitermachen!"
Eifrig setzten die beiden ihre Messreihe fort, und näherten sich so langsam wieder dem Ausgangspunkt vor dem Haupteingang. Michael starrte voll konzentriert auf die Skala des EMF-Meters, doch konnte er keinen weiteren, stärkeren Ausschlag beobachten. Bei all den gemischten Gefühlen, welche die Konfrontation mit Mächten der Finsternis bei ihm hervor rief, machte sich fast so etwas wie leichte Enttäuschung in ihm breit.
Plötzlich stupste Crystal ihn an.
„Du ... da ist 'Sie' wieder!", flüsterte ihm seine Schicksalsgefährtin seit den Ereignissen im Cadwrigham House aufgeregt ins Ohr.
„Wer ist wo?", fragte er ebenso leise, aber ein wenig irritiert zurück.
„Na, die alte, grauhaarige Frau!", lautete die gewisperte Antwort. Die Londonerin machte dazu eine kaum merkliche, verstohlene Geste in Richtung Bürgersteig.
Michaels Puls rauschte nach oben, und er drehte ruckartig seinen Kopf suchend in die gezeigte Richtung. Dort stand eine ältlich wirkende Dame, die zwar tatsächlich einen grauen Lockenkopf aufwies, ansonsten aber keine Ähnlichkeit mit Michaels Erscheinung hatte. Die Dame trug ein etwas aus der Mode gekommenes Blümchenkostüm, eine weiße Strickjacke und eine kleine Korbhandtasche, und schaute durch eine runde Nickelbrille neugierig zu ihm

und Crystal herüber. Bei diesem Anblick beruhigte sich Michaels Puls sofort wieder.
„Aber nein, dass ist ganz bestimmt keine Lokalisation. Ich tippe eher auf eine lokale Einwohnerin ...", sagte er dann schmunzelnd zu seiner Kollegin.
Die 'Erscheinung' schien in diesem Moment auch den Mut gefasst zu haben, die beiden ihr fremden Personen anzusprechen.
„Kann ich ihnen helfen?", rief sie freundlich-neugierig zu den Geisterjägern hinüber. „Was suchen sie denn da?"
„Wir sind nur vom Amt für Elektroinstallationen ...", gab Michael als spontane Antwort zurück. „Wir überprüfen nur, ob alle Elektroinstallationen den Vorschriften entsprechend genug abgeschirmt sind!"
„Wieso das denn? Gab es irgendwelche Probleme?"
„Warten Sie, wir kommen zu Ihnen, dann brauchen wir nicht so zu schreien!"
Michael winkte kurz und schaute Crystal fragend an, die nickend ihr Einverständnis gab. Gemeinsam setzten sie sich in Bewegung.
„Sag mal ...", sagte Crystal leise zu ihrem Begleiter, „... 'Amt für Elektroinstallationen' – was Besseres ist dir nicht eingefallen?"
„Ich musste improvisieren", verteidigte sich der schlanke Deutsche. „Hätte ich etwa sagen sollen, das wir Geister jagen?"
„Auch wieder wahr!"
Ihr Getuschel endete, als die Beiden die grauhaarige Dame erreicht hatten. Crystal reichte ihr freundlich lächelnd die Hand.
„Guten Tag! Ich bin Mrs. Blair", stellte sie sich kurz vor. „Das ist mein Kollege, Mr. Fux. Und mit wem haben wir das Vergnügen?"
„Ich bin Mrs. Baxter", antwortete die ältere Frau angenehm angetan von Crystals freundlicher Art. „Ich

wohne da drüben, auf der anderen Seite, direkt über dem Copyshop. Bitte entschuldigen Sie meine Neugierde. Aber ich sah sie schon eine ganze Weile im Zickzack um das CSE-Building herumlaufen. Da fragt man sich schon, was da vorgeht. Nach allem, was ..." Mrs. Baxter brach mitten im Satz ab und biss sich mit schuldbewusster Miene auf die Lippen.
Michael und Crystal warfen sich einen kurzen, vielsagenden Blick zu.
„Nach allem, was ...?", hakte die rothaarige Engländerin dann bei Mrs. Baxter nach.
Oh... hm... na ja ...", druckste diese ein wenig herum. „Wissen Sie, ich möchte nicht als Klatschbase dastehen ..."
„Aber wir würden nie im Leben auf die Idee kommen, Sie als Klatschbase zu sehen!", lautete Crystals freundlich-direkte Antwort. „Wir machen hier Messungen, weil uns von CSE gemeldet wurde, dass möglicherweise mit etlichen elektrischen Geräten etwas nicht stimmt. Wenn Sie also irgendetwas beobachtet haben, hilft uns das eventuell in unseren Ermittlungen weiter!"
„Ach ...wenn das so ist?" Mrs. Baxter wirkte erleichtert. „Aber kommen sie doch mit zu mir hinüber. Ich wollte mir gerade eine Tasse Tee zubereiten!"
„Tee wäre jetzt wirklich herrlich!", stimmte Crystal zu, bevor Michael irgendetwas anderes dazu anmerken konnte. Als waschechte Britin wusste sie natürlich um die englische Vorliebe für das aromatische Gebräu, und natürlich auch, dass es sich dabei wesentlich lockerer reden ließ.
Und so saßen die Geisterjäger und Mrs. Baxter nur wenige Minuten später in einem kleinen, aber sehr gemütlich eingerichteten Wohnzimmer und rührten eifrig in ihren geblümten Teetassen. Dazu aßen sie

noch ofenwarme, selbst gebackene Scones mit fester Sahne und Marmelade.

„Dasch ischt köschtlich", ließ sich Michael mit vollem Mund vernehmen, was ihm einen tadelnden Seitenblick Crystals einbrachte. Doch Mrs. Baxter schenkte ihm ein erfreutes Lächeln ob diesem ehrlich gemeinten Lobes.

Nach einigen belanglos gewechselten Sätzen lenkte Crystal die Unterhaltung mit der alten Dame wieder in Richtung CSE-Building.

„Sie haben uns natürlich neugierig gemacht, nach ihrer Bemerkung vorhin auf der Straße ...", sagte die Geisterjägerin. „Für unsere Messungen und Nachforschungen könnte es wichtig sein, zu wissen, ob es im Zusammenhang mit dem CSE-Building schon einmal irgendwelche Vorkommnisse gab!"

Mrs. Baxter nickte eifrig. „Oh, die gab es, meine Liebe. Die gab es! Im Grunde wundert es mich heute noch, dass auf dem Grundstück dort drüben überhaupt etwas gebaut wurde!"

„Ach tatsächlich? Und warum, wenn ich fragen darf?" Crystal gab sich Mühe, ehrlich verwundert und überrascht zu klingen.

„Wissen sie, junge Dame, ich wohne schon mein ganzes Leben hier in der Berrymoore Street. Sogar meine Großeltern haben schon hier in South Croydon gelebt. Und so lange ich mich zurückerinnern kann, und auch von den Erzählungen meiner Eltern und Großeltern her, weiß ich, dass dieses Grundstück, wo Mr. Clayton sein schmuckes Firmengebäude errichten ließ, schon immer unbebaut gewesen ist."

„Das wundert mich aber sehr", meldete sich Michael zu Wort. „Das muss doch für viele Firmen geradezu ein Filetstück an Baugrund gewesen sein. Ohne Grund bleibt doch so ein Stück Land nicht unbebaut?"

„Gab es denn einen Grund dafür, dass hier bis vor kurzem nie gebaut wurde?", schlug Crystal sogleich in dieselbe Kerbe.
Ihre Gastgeberin wiegte bedächtig ihren weiß behaarten Kopf hin und her. „Einen Grund kannte eigentlich niemand", beantwortete sie dann die Fragen der beiden jungen Leute. „Man mied das Stückchen Land, weil ...", sie suchte nach Worten, „... weil es dort einfach *nicht gut* war. Sehen Sie, als Kinder war es eine unserer Mutproben, darüber hinweg zu laufen. Es verursachte Gänsehaut. Manchmal schien die Luft dort kälter zu sein, wie sonstwo in der Straße. Hielt man sich darauf länger auf, konnte es einem passieren, dass man ohne ersichtlichen Grund in Panik geriet. Manche behaupteten auch, in nebligen Nächten schimmernde Gestalten umher wandeln gesehen zu haben. Einmal zelteten Zigeuner dort ...es war grauenhaft!"
„Was ist denn geschehen?", fragten Michael und Crystal gespannt fast gleichzeitig.
„Am nächsten Morgen hatten sich die Erwachsenen gegenseitig die Kehle aufgeschlitzt, und die Kinder befanden sich in so einer ...na, wie hieß das noch? In einer katholischen Starre!"
Die alte Damme hatte unwillkürlich ihre Stimme gesenkt und warf den vor ihr sitzenden jungen Leuten einen bedeutungsschweren Blick zu.
„Eine katholische Starre?" Michael hatte ein fragendes Gesicht aufgesetzt. „Was soll das denn sein? Habe ich ja noch nie gehört! Meinen Sie vielleicht eine katatonische Starre?"
„Ja genau, das war's!", freute sich Mrs. Baxter. „In meinem Alter kann man sich einfach nicht mehr so viel merken. Nein, so was – katholische Starre ... das wäre ja komisch, wenn es diese Tragödie dazu nicht gegeben hätte. Na, jedenfalls sprachen die Kinder von

da an niemals mehr ein Wort. Sie starrten nur noch blicklos vor sich hin und mussten in ein Irrenhaus eingeliefert werden. Seit dem Zeitpunkt wurde das Stück Land von allen Anwohnern absolut gemieden. Um so überraschender war es für uns, als dann die Bauarbeiten begannen."

„Und während dieser Bauarbeiten ... ist da irgendetwas vorgefallen?", stellte Crystal eine Zwischenfrage.

Mrs. Baxter überlegte kurz, schüttelte dann aber ihren weiß behaarten Kopf. „So weit ich weiß, verliefen die Bauarbeiten ohne Zwischenfälle. Wir freuten uns schon, dass der unheimliche Bann dadurch möglicherweise gebrochen worden ist. Doch am Tag der Eröffnungsfeier tauchte dann wie aus dem Nichts diese seltsame, schwarz gekleidete Frau auf und faselte was von einem Fluch und von Verderben. Das konnte doch nichts Gutes bedeuten, oder?"

Michael horchte auf und warf Crystal einen überraschten Blick zu.

„Eine schwarz gekleidete Frau?", rief er aufgeregt. „Können Sie sie beschreiben?"

Mrs. Baxter überlegte kurz. „Sie war recht klein...", antwortete sie dann, ganz auf die Beschreibung konzentriert, „... wirkte ziemlich verhärmt und trug auf dem Kopf eine altertümliche Haube über ihrem grauen Haar. Ihr bodenlanger Rock war schwarz, wie ihre Weste oder Leibchen ... oder beides, sie schien mehrere Schichten davon angehabt zu haben. Alles starrte vor Dreck, und sie rocht *höchst unangenehm*, wenn Sie verstehen, was ich meine. Und... ach ja! Ihr Englisch klang so antiquiert, wie in einem Theaterstück über Henry VIII, welches ich mal vor längerer Zeit gesehen hatte. Kennen sie die Dame vielleicht, junger Mann?"

Michael schüttelte rasch mit dem Kopf. „Nein, Mrs. Baxter. Ich habe zwar heute auch schon eine schwarz gekleidete Frau in der Nähe des CSE-Buildings gesehen, aber die sah ganz anders aus!"
Das war eine glatte Lüge, die dem Deutschen da ohne zu zögern über die Lippen kam, und die Blicke, die er Crystal zuwarf, sprachen Bände dazu. Doch er wollte die alte, freundliche Dame nicht beunruhigen.
Crystal nahm das zum Anlass, um wie beiläufig auf ihre Armbanduhr zu schauen.
„Oh, so spät schon?", rief sie mit gespielter Überraschung aus. „Ich fürchte, wir können Ihre Gastfreundschaft nicht länger beanspruchen, Mrs. Baxter. Wir müssen wieder zurück an die Arbeit, denn wir haben gleich ein Meeting."
„Aber ja doch, meine Gute!", antwortete die alte Dame liebenswürdig. „Es hat mich gefreut, mit ihnen zu plaudern. Habe ich Ihnen wenigstens ein bisschen weiterhelfen können bei ihrer …ihrer Ursachensuche?"
„Bestimmt", sagte Michael Kopf nickend. „Ich habe mir jede Menge Notizen gemacht. Dann können wir das gleich in unserem Meeting ansprechen und auswerten. Vielen Dank, dass Sie uns Ihre Zeit geschenkt haben!"
„Nicht doch, nicht doch …", winkte Mrs. Baxter bescheiden ab. „Ich habe viel zu selten Besuch. Wenn Sie mit ihrer Arbeit da drüben fertig sind, dann können Sie mich gerne noch einmal zum Tee besuchen. Es wäre mir eine Freude!"
„Vielleicht kommen wir darauf zurück, Mrs. Baxter", erwiderte Crystal unverbindlich. „Ja, vielleicht kommen wir darauf zurück. Wir werden sehen."
Sie und Michael erhoben sich vom mit Häkeldeckchen geschmückten Sofa, und verabschiedeten sich herzlich von ihrer Gastgeberin. Kurz darauf schlenderten sie langsam über die Straße zurück,

wobei sie sich noch einmal umdrehten, um Mrs. Baxter kurz zuzuwinken.
„Sag mal, deinem wilden Mienenspiel von vorhin entnahm ich, dass die von Mrs. Baxter beschriebene 'schwarze Frau' wohl derjenigen nahe kam, die du vorhin beim Ausschlag des Messgerätes gesehen hast. Richtig?", wollte Crystal dann von ihrem Begleiter wissen, während sie langsam auf den Haupteingang des CSE-Gebäudes zugingen.
Michael nickte lebhaft. „Und wie!", sprudelte er aufgeregt hervor. „Ich sah sie zwar nur sehr kurz, aber als Mrs. Baxter ihre Beobachtung beschrieb, wusste ich sofort: Das war sie!"
„Hm …", machte Crystal, wobei sie ein sorgenvolles Gesicht aufgesetzt hatte.
„Irgendwie will mir dein 'Hm' gar nicht gefallen …", kommentierte Michael die Lautäußerung.
„Wenn ich ehrlich bin – mir auch nicht!", gab Crystal unumwunden zu. „Aber wenn es hier schon am helllichten Tag zu Manifestationen kommt, dann muss hier mehr im Argen liegen, als wir uns vorstelle können!"
„Oder möchten …", fügte Michael seufzend hinzu.
„Dir wäre es jetzt bestimmt lieber, auf irgendeinem Sofa zu sitzen und jemandem eine Versicherungspolice aufzuschwatzen, was?", spöttelte Crystal Augen zwinkernd.
„Ach du liebe Güte – Nein!", widersprach der junge Mann aus Deutschland entschieden. „Du weißt, dass Angst mein zweiter Vorname ist. Doch mittlerweile bin ich auch neugierig genug geworden, um herausfinden zu wollen, was hinter dem ganzen Spuk hier steckt!"
„Dann wird wohl doch noch ein richtiger Geisterjäger aus dir – und mir, was?", lachte die Besitzerin von Blair House herzlich.

Bevor Michael und sie ihr Gespräch fortsetzen konnten, bog ein Auto von der Berrymoore Street auf die Zufahrt zum Parkplatz des Firmengebäudes ein. Es war der Bentley Mulsanne mit Rolfhardt am Steuer. Er parkte das silbergraue Fahrzeug und kam gleich darauf zu seinen wartenden Gefährten geschlendert.

„Na, erfolgreich gewesen?", rief Michael dem ankommenden Freund entgegen.

Der wiegte den Kopf und machte mit der Hand eine relativierende Geste. „Wie man's nimmt. Kann man so und so sehen. Und ihr?"

„Michael hat einen Geist gesehen!", berichtete Crystal.

„Tatsächlich? Und wirklich gesehen, nicht nur gespürt, wie vorhin?"

Rolfhardt richtete einen fragenden Blick aus seinen faszinierend tiefblauen Augen auf den braunhaarigen Ex-Versicherungsvertreter.

„Nein wirklich!", beeilte der sich zu versichern. „Es war eine schwarz gekleidete, altertümlich wirkende Frau. Und die hat hier nicht zum ersten Mal herum gespukt!"

In raschen Worten berichteten er und Crystal von den Ergebnissen ihrer Messungen, Michaels Sichtung und dem Gespräch mit der alten Mrs. Baxter. Rolfhardt hörte aufmerksam zu, nickte mehrmals zwischendurch, und kratzte sich, als die beiden Freunde wieder verstummten, nachdenklich am Hinterkopf.

„Das deckt sich mit dem, was ich im Grundbuchamt erfahren habe", sagte er dann. „Aber können wir das beim Essen besprechen? Ich sterbe vor Hunger!"

„Also, wenn du so was sagst, hat das einen ganz besonderen Klang, findest du nicht auch, Crystal?", frotzelte Michael den weißen Vampir breit grinsend.

„Abgesehen davon habe ich auch Hunger. Die Begegnung mit Geistern macht mir immer Appetit!"

„Das ist ja ganz was Neues!", lachte Crystal, dann folgte sie den beiden Männern in die Cafeteria des CSE-Buildings, wo es, obwohl die Mittagspause bereits angebrochen sein musste, und das Restaurant auch dem Normalbürger offenstand, noch reichlich Platz gab.

Michael und Rolfhardt entschieden sich für Hackbraten mit Kartoffelbrei und Erbsengemüse, Crystal wählte eine Gemüselasagne mit Salat. Und während sie ihr Mittagessen zu sich nahmen, berichtete Rolfhardt, was er in der Stadtteilverwaltung über die Berrymoore Street herausgefunden hatte.

„Also, was hast du denn nun den Akten über die Berrymoore Street entnehmen können?", wollte Michael kauend vom ihm gegenüber sitzenden Rolfhardt wissen.

„Das auf diesem Bereich, auf dem heute das CSE-Building steht, in der Vergangenheit nie zuvor ein Gebäude errichtet worden ist", lautete die knappe, aber trotzdem vielsagende Antwort des Österreichers.

„Tatsächlich nie?" Crystal zeigte sich wirklich verblüfft über diese Aussage. „Das ist kaum vorstellbar, schon gar nicht in einer Stadt wie London!"

„Und doch ist es so!", wiederholte Rolfhardt seine Aussage. „Über einen sehr langen Zeitraum wurde hier nie etwas gebaut. Sicher, es gab hin und wieder Versuche, das Grundstück zu nutzen. Doch jedes Mal schien eine solche Unternehmung vom Pech verfolgt zu sein. Es liegen verschiedene Berichte über unerklärliche Vorgänge und Todesfälle vor, die im Zusammenhang mit dem jeweiligen Bau- oder Nutzungsvorhaben standen und immer zum Abbruch des Projektes führten."

„Über was für einen Zeitraum reden wir da eigentlich?", hakte Michael nach, der zwischenzeitlich sein Mittagsmahl beendet und den Teller von sich geschoben hatte.
„Die erste, urkundliche Erwähnung datiert auf Freitag, den 13. März des Jahres 1500."
„Das Jahr 1500 meinst du?", rief Michael baff aus. „Das war ja ... Moment ... ja, das war in der Zeit der Regentschaft Heinrichs VIII! Das ist ja irre!"
„He, du bist ja gar nicht dumm, mein Freund", meinte Rolfhardt anerkennend.
„Was war denn der Grund für die urkundliche Erwähnung?", wollte Crystal von Rolfhardt wissen.
„Nun, einige Länderreihen südlich von London, die zu der damaligen Zeit noch unbebaut waren und als Felder genutzt wurden, oder die man im Urzustand belassen hatte, wurden von einem Adligen, einem Peer, der sich Lord Aldenthorpe nannte, erworben. Und ab diesem Zeitpunkt wurde nie ein Gebäude auf diesem Grundstück hier errichtet."
„Aber das hier ist nur ein Teil des ehemaligen Aldenthorpschen Besitzes, richtig?"
„In der Tat", bestätigte der weiße Vampir. „Die anderen Grundstücke wurden völlig normal entwickelt und sind heute bebauter, Londoner Grund. Lediglich das CSE-Grundstück blieb von da an unbebaut, und zwar so lange, bis Mr. Clayton seine schmucke Firmenzentrale errichten ließ."
„Dann müsste der Grund für die heutigen Vorkommnisse also im Jahr 1500 zu suchen sein, sehe ich das richtig?" Michaels Stimme klang skeptisch, als er diese Frage an seine Freunde richtete.
„Ich fürchte – ja."
„Das habe ich befürchtet!" Der ehemalige Versicherungsvertreter klang bekümmert. „Unsere

Nachforschungen dürften dadurch nicht unbedingt einfacher werden. Den 'Time Tunnel' gab es leider nur im Fernsehen."
Crystal und Rolfhardt mussten dem Stuttgarter beipflichten. Die drei Geisterjäger sinnierten danach einen Moment lang still vor sich hin, wobei jeder seinen eigenen Gedanken zu dem Thema nachhing.
„Jonathon!" Es war Crystal, die mit diesem plötzlichen Ausruf die Aufmerksamkeit ihrer beiden männlichen Freunde auf sich zog. Die horchten auch prompt auf und warfen sich einen kurzen, überraschten Blick zu.
„Mich deucht, unsere rothaarige Kollegin hatte eine Eingebung!", meinte Rolfhardt zu Michael. Und der forderte seine Freundin auf: „Los – lass uns an deinen Überlegungen teilhaben!"
„Wenn uns jemand weiterhelfen kann, dann Jonathon und seine Brüder!", erläuterte Crystal ihre Gedankengänge. „Kloster oder geistliche Orden haben oft uralte Archive, die Jahrhunderte weit zurückreichen. Vielleicht haben wir Glück, und die Benediktiner finden etwas in ihren Aufzeichnungen. Einen ungefähren Zeitrahmen können wir ja schon vorgeben!"
Sie blickte fragend von einem zum anderen, doch die beiden Männer mussten nicht lange überlegen.
„Die Idee hat was!", meinte Rolfhardt zustimmend, und Michael nickte dazu.
„Dann schlage ich vor, du rufst Jonathon an, Rolfhardt", sagte Crystal daraufhin. „Du warst im Archiv und kannst am besten schildern, was du erfahren hast, und was wir von ihm wollen. Michael und ich werden so lange schon mal unsere Ausrüstung aus dem Bentley holen und ins Büro des Sicherheitsdienstes bringen. Dann können wir

nachher gleich dran gehen und unsere Gerätschaften aufbauen!"
Da alle einverstanden waren, wurde es so gemacht, wie Crystal es vorgeschlagen hatte. Etwa dreißig Minuten später versammelten sie sich in der Sicherheitsdienst-Zentrale des CSE-Buildings, wo sie unter den erstaunten Blicken zweier Sicherheits-Mitarbeiter ihr Equipment aufgetürmt hatten. Die beiden Männer, die sich freiwillig zur Zusammenarbeit mit dem Ermittler-Team bereit erklärt hatten, machten besonders große Augen, als sie die Repetiergewehre und die großkalibrigen Pistolen erblickten.
„Meine Güte, Leute!", rief Harrison Steerling, ein pausbäckiger Mitdreißiger mit karottenrotem Haar bestürzt aus. „Wollt ihr in einen Krieg ziehen?"
„Korrekt!", bestätigte Rolfhardt trocken. „Ein Krieg gegen Mächte, von denen die meisten glauben, dass es sie nur in Schauermärchen gibt. Allerdings besteht unsere Munition aus Steinsalz und Weihwasser."
„Hä?" Das Gesicht Malcolm McDearmitts, dem zweiten Wachmann, glich einem einzigen Fragezeichen. „Wollt ihr uns verscheißern? Steinsalz ist doch keine Munition!?!"
„Doch – genau die richtige sogar, für das Wild, welches wir jagen wollen!", widersprach der Vampir.
„Also, Mr. Clayton hat uns zwar gesagt, dass hier irgendwelche Spezialermittler auftauchen werden, aber von Verrückten hat er nicht gesprochen!", entfuhr es Steerling, noch bevor er darüber nachgedacht hatte, was er sagte. Doch im gleichen Moment schien es ihm zu Bewusstsein gekommen zu sein, denn er lief rot an.
„Ihre Gesichtsfarbe kontrastiert fabelhaft mit der von ihren Haaren", konnte sich Michael daraufhin eine ironische Bemerkung nicht verkneifen, woraufhin sich Steerlings Gesichtsfarbe noch ein bisschen vertiefte.

„Es mag auf Sie verrückt wirken ...", schaltete sich Crystal ein, um aufkommenden Dissonanzen entgegenzuwirken, „... und ja, ich gebe zu, was wir tun, mag auf viele Leute seltsam wirken. Aber hier im Gebäude gehen auch seltsame, wahrscheinlich sogar gefährliche Dinge vor sich. Dinge, die sich jenseits dessen abspielen, was im allgemeinen für Normal angesehen wird. Wir sind hier, um herauszufinden, ob es sich dabei um paranormale Vorgänge handelt, wie zum Beispiel ein Spuk – oder ein Poltergeist. Ich sage ihnen Beiden das, damit sie wissen, mit was sie es hier möglicherweise zu tun bekommen."
McDearmitt und Steerling schauten sich gegenseitig mit großen Augen und offenen Mündern an, so, als müssten sie sich gegenseitig versichern, dass sie tatsächlich *das* gehört hatten, was sie gehört hatten. Doch die Ernsthaftigkeit, mit der die junge Frau mit dem kastanienroten Lockenhaar ihre Worte vorgetragen hatte, ließen keinen Zweifel daran aufkommen, dass sie wirklich meinte, was sie sagte.
Nachdem die beiden Männer wie vor den Kopf geschlagen schwiegen, ergriff Crystal erneut das Wort.
„Niemand von uns wäre Ihnen böse, wenn Sie es sich noch einmal anders überlegen ...", begann sie, doch McDearmitt schnitt ihr mit einer Handbewegung das Wort ab.
„Junge Frau ...", sagte er mit Bestimmtheit in der Stimme, „... junge Frau – England ist *das* Land des Spuks und der Geister! Wir wären keine britischen Bürger, würden wir nicht daran glauben. Kneifen kommt nicht in die Tüte! Dafür haben sie uns viel zu neugierig gemacht! Stimmt's, Rissi?"
„Jawohl! Neugierig! Und wie!", stimmte Steerling im Brustton der Überzeugung seinem Kollegen zu.

Crystal lächelte erfreut. „Das ist ja wunderbar! Wir können in der Tat Unterstützung gebrauchen. Schließlich kennen sie beide sich besser im Gebäude aus, als wir."

Harrison Steerling kommentierte das mit einem Nicken. „Das möchte ich meinen. Wir beide arbeiten ja auch schon seit der Eröffnung hier. Wie können wir helfen?"

„Als erstes brauchen wir mal einen Plan vom Gebäude", begann Rolfhardt das weitere Vorgehen zu erläutern. „Darauf zeichnen wir ein, wo sich 'etwas' ereignet hat, oder wo Mitarbeiter Störungen und Vorkommnisse gemeldet haben."

„Plan. Gut. Sollte kein Problem sein", meinte Steerling in der ihm eigenen, etwas abgehackt kurz wirkenden Art. „Und dann?"

„Bauen wir unsere Messegeräte auf", setzte Crystal die Erläuterungen Rolfhardts fort. „Audio-Aufzeichnungsgeräte, Funkkameras, Temperaturmessgeräte, Anemometer …"

„Anemo – was?", stellte McDearmitt eine Zwischenfrage.

„Anemometer. Geräte, die Luftzüge messen, wo eigentlich keine sein sollten", erklärte Michael.

„Und wozu soll das alles gut sein?"

„Wir müssen herausfinden, wo es zu unerklärlichen Ausbrüchen kommt. Es ist wichtig, Beobachtungen zu machen, über Art, Umfang und Aussehen einer Erscheinung. Das könnte uns wichtige Hinweise darauf geben, was als Ursachen in Frage kommt. Und die schwierigste Aufgabe wird sein, diese Ursachen zu beseitigen, das Gebäude zu reinigen und den Frieden wieder herzustellen. Außerdem dürfen wir bei all dem den Eigenschutz nicht außer Acht lassen!"

„Eigenschutz?" McDearmitt klang bestürzt. „Das sind doch nur Geister! Können die uns denn was tun?"

„Durchaus!", lautete Crystals ernste Antwort. „Vor allem Poltergeister können körperlich auf uns einwirken. Von bewegten Gegenständen und ähnlichem ganz zu schweigen. Außerdem ist Angst eine heftige Waffe. Denken sie an die Kollegin aus dem Call-Center. Oder den Wachmann, der in Panik vor ein Auto gerannt ist."
„Und wie schützen wir uns?", wollte Steerling wissen.
„Vor allem mit Salz. Es wirkt abweisend auf Geister und Spuk. Wir werden daher einige Schutzkreise aus Salz errichten, in die wir uns bei Bedarf zurückziehen können. Außerdem wird jeder von uns eine Salzwaffe bei sich tragen, wenn wir durch das Gebäude patrouillieren. Weihwasser und Schutzzeichen komplettieren das Ganze. Einige schwache befallene Räume können wir sicherlich auch mit Schutzzeichen und Weihrauch 'läutern', das heißt, für Spuk und Geister unzugänglich machen."
„Hört sich ... spannend an", lautete der Kommentar des Wachmanns, und er musste trocken schlucken. „Dann fangen wir mal an, damit ich das Zittern meiner Knie wieder unter Kontrolle bekomme!"
„Ha! Wenigstens geht es nicht nur mir so!", rief Michael grinsend aus und hieb dem Mann mit dem karottenroten Haar kameradschaftlich auf die Schulter.
„W.. wie?" Steerling klang bestürzt. „Sie machen das beruflich und Ihnen zittern trotzdem die Knie?"
„Ja, eben drum!"
Über das Gesicht, welches Steerling daraufhin zog, mussten die anderen herzhaft lachen. Daher gingen sie in relativ aufgeräumter Stimmung daran, nach Markierung aller möglichen Orte, die mitgebrachten Gerätschaften der Geisterjäger an diesen zu deponieren, zu installieren, und mit dem Funknetzwerk ihres Laptops zu verbinden.

Diese Arbeit hielt sie den ganzen, weiteren Nachmittag und den Vormittag des Folgetags über beschäftigt. An den lokalisierten Punkten mussten, meist unter den erstaunten Blicken der CSE-Mitarbeiter, Kameras, Temperaturmessgeräte, Anemometer und EMF-Meter installiert werden. Sodann galt es, Basiswerte zu ermitteln, damit man auch später Abweichung von der Norm feststellen konnte. Und nicht selten bedurfte es vor Ort ausholender Erklärungen über die Art der Tätigkeiten. Vor allem die Webcams erregten Misstrauen. Erst die ausdrückliche Versicherung Mr. Claytons, dass die Kameras nicht zur Bespitzelung der Mitarbeiter, sondern zur Aufklärung der seltsamen Vorgänge im Gebäude dienen sollten, trug zur Beruhigung bei. Danach konnten die ESP-Ermittler zusammen mit ihren beiden freiwilligen Helfern an die eigentliche Arbeit gehen.

Nach dem Mittagessen in der Cafeteria des CSE-Buildings kamen Crystal, Michael und Rolfhardt wieder mit Harrison "Rissi" Steerling und Malcolm McDearmitt im Sicherheitsraum gleich hinter dem Pförtnerbüro zusammen.
Michael klatschte in die Hände. „So, dann lasst uns mal Geister jagen!", rief er in die Runde. „Attention, vous Esprits! En garde!"
„He, der redet ja mit fremder Zunge!", kommentierte Malcolm - man hatte sich auf die Verwendung der

Vornamen geeinigt - Michaels Ausspruch. „Heißt das, er ist schon besessen?"
„Vielleicht will er die Geister mit seinem grauslichen Französisch in die Flucht schlagen?", hieb Rissi grinsend in die gleiche Kerbe.
„Was heißt da grausliches Französisch? Ihr seid Banausen!", protestierte der Stuttgarter prompt, stimmte aber sogleich ins Gelächter der anderen mit ein.
Scherze wie diese waren ein probates Mittel, aufkommende oder vorhandene Anspannung zu lösen, sozusagen als eine Art 'Geisterventil' für den Gemütskochtopf.
Die drei ESP-Ermittler fuhren ihre Laptops hoch und öffneten mehrere Daten- und Bildfenster. Die dafür notwendigen Programme hatte Mr. Clayton zur Verfügung gestellt. Schließlich wurde in seiner Firma solcherlei entwickelt, mit dem Nebeneffekt, dass „ESP-Investigation" nun über brandaktuelle Software verfügte, die noch nicht auf dem Markt zu haben war.
Rissi und Malcolm hielten sich mit Notizblock und Stift bereit, um verdächtige Sichtungen, Messungen oder Aufzeichnungen sogleich akribisch festzuhalten. Jeder noch so kleine Hinweis konnte wichtig sein.
Crystal gab den offiziellen Startschuss ihrer Aktion, als sie nach einem Blick auf ihre Armbanduhr einen USB-Memory-Stick aktivierte, und ins kleine Mikro sprach: „Mittwoch, der 15. Juni 2012. Es ist jetzt 13.30 Uhr GMT. ESP-Investigation beginnt nun offiziell mit der heißen Phase der Aktion „CSE-Building". Anwesend: Crystal Blair, Michael Fux, Rolfhardt Ethelbert Ronan von Schressen und die CSE-Mitarbeiter Harrison Steerling und Malcolm McDearmitt."
„Mögen die Spiele beginnen!", fügte Rolfhardt mit trockenem Humor hinzu. „Na dann wollen wir mal!"

Die nächsten Stunden verliefen relativ ereignisarm. Die zuvor auf die Umgebungsstrahlung geeichten EMF-Messgeräte zeigten keine außergewöhnlichen Ausschläge. Auch Anemometer und Thermometer boten keinen Anlass zur Beunruhigung. Die Mikrofone der Webcams und der Gebäudesicherheitseinrichtung verzeichneten ebenfalls nur das normale, belanglose Miteinander der hier Arbeitenden. Gegen 15.30 Uhr besorgten Rissi und Malcolm ein paar Sandwiches, Donuts, sowie ein paar Becher Tee und Kaffee für die ganze Truppe. Danach sah es zunächst so aus, als würde sich auch weiterhin nichts besonderes ereignen. Doch nur etwa 30 Minuten später änderte sich das Bild.

Michael entdeckte es als erster. „Hm ... im fünften Stock ist die Raumtemperatur um zwei Grad abgesunken", sagte er und deutete mit dem Finger auf das entsprechende Datenfeld auf seinem Display.

„Was sagt denn das EMF-Messgerät?", wollte Crystal wissen.

Der braunhaarige Stuttgarter suchte die entsprechende Anzeige. „Hat sich um drei Punkte gegenüber dem für den Messpunkt ermittelten Levelwert erhöht", meldete er dann.

„Gibt es was zu sehen?", rief Rissi vom anderen Ende des Raumes neugierig herüber, erhob sich, und kam mit seinem Becher Tee in der Hand zu dem Tisch mit den darauf aufgestellten Laptops gelaufen.

„Ja, im 6. Stock verzeichnen wir eine leichte Aktivität", antwortete Michael, ohne sich umzudrehen. „Moment, ich dreh mal den Lautsprecher lauter. Mal sehen, was die Angestellten dazu sagen."

Gleich darauf hörten sie zwei Frauenstimmen, die sich unterhielten.

„Spinnt etwa schon wieder die Klimaanlage?", beschwerte sich die eine. „Mir läuft ein kalter Schauer über den Rücken!"
„Das nervt doch total", stimmte die andere Stimme in die Klage mit ein. „Alle paar Tage sinkt die Temperatur. Und wenn wir Ike anrufen, dass er nachschauen soll, findet er nichts!"
„Das ist mir egal!", sagte Stimme Nummer 1 wieder. „Ich rufe ihn trotzdem an. Es kann ja sein, das er dieses Mal den Fehler findet. Irgendwann muss das doch mal wieder aufhören!"
„Dein Wort in Gottes Ohr! Nur hat es leider immer mehr zugenommen. Ich weiß, dass auch andere Abteilungen davon berichten, dass sie Temperaturschwankungen bei sich haben. Ich..."
Stimme 2 brach ab, und auf dem Bild der Webcam konnten die Geisterjäger erkennen, dass die dazugehörige Angestellte sich plötzlich hektisch im Büro umschaute.
„Was ist denn, Hil?", erkundigte sich die andere Mitarbeiterin bei ihrer Kollegin.
„Ich... ich weiß nicht ...", antwortete diese zögerlich. „Mir war für einen Moment so, als würde ich von fieberglühenden Augen angestarrt!"
„Doch nicht schon wieder!" Die Frau schlug erschrocken ihre Hand vor den Mund.
Die mit 'Hil' angesprochene Mitarbeiterin nickte langsam. „Also, so langsam glaube ich den Beschwichtigungen der Firmenleitung nicht mehr", sagte sie leise zur ihrer Kollegin. „Hier geht doch was nicht mit rechten Dingen zu! Ich habe jetzt schon fast ständig das Gefühl, beobachtet zu werden! Wie soll man da noch konzentriert arbeiten?"
Beide Frauen unterhielten sich noch einen Moment. Das Gespräch endete mit einem Anruf bei dem zuvor erwähnten Ike.

„Wer ist dieser Ike?", wollte Rolfhardt von Rissi und Malcolm wissen.

„Ike Turnpike, der Hausmeister", antwortete Malcolm. Der Schotte strich sich über sein kurzgeschorenes Haar. „Der Arme musste sich in den letzten Wochen ganz schön was anhören. Dauernd die Beschwerden über Temperaturschwankungen, Aufzüge, die halten, wo sie wollen, Luftzüge wo keine sein sollten – in seiner Haut möchte ich nicht stecken. Vor allem, wo ich jetzt weiß, dass er ja wohl überhaupt nichts für die Misere kann!"

„Habt ihr bemerkt, dass es einen EMF-Ausschlag gab, als sich die eine Mitarbeiterin plötzlich so hektisch umgesehen hat?", rief Michael vom Laptop her. „Es ging glatt um zehn Punkte hoch. Ein bemerkenswerter Ausschlag möchte ich meinen. Vor allem, da es am helllichten Tag und in einer voll besetzten Abteilung geschieht. Ich mache gleich mal Notizen. Was befindet sich noch mal gleich im 6. Stock?"

„Marketing", lautete die kurze Antwort Rissis, und Michael notierte eifrig ihre Beobachtungen.

„Wir haben hier jetzt auch EMF-Ausschläge am zweiten Messpunkt dieses Stockwerks. Ebenfalls einhergehend mit einer Temperaturabsenkung." Rolfhardt deutete auf den Bildschirm seines Laptops. „Man kann sehen, dass die Mitarbeiter reagieren. Einige haben ihre Jacken angezogen. Moment …DA!" Der Aufschrei ließ alle im Sicherheitsbüro zusammenzucken. „Es war für einen kurzen Moment eine schemenhafte Gestalt zu erkennen, und gleichzeitig gab es einen hohen EMF-Ausschlag! Das muss ich mir noch mal in Zeitlupe anschauen, wenn wir die Aufzeichnungen auswerten!"

„Die Messwerte scheinen sich jetzt allerdings wieder auf den Normalwert einzupegeln", berichtete Crystal. „Die Anzeige für den 6. Stock nimmt stetig ab."
„Dafür steigt sie im fünften Stock an", rief Rolfhardt, der die Anzeigen für diesen Level auf seinem Laptop hatte. „Auch die Temperatur fällt, wie vorher ein Stockwerk höher!"
„Da ist wieder der Schatten!", schrie Rissi plötzlich so laut auf, so dass alle anderen Anwesenden erschrocken zusammenzuckten.
„Mein Gott, hast du ein Organ!", beschwerte sich Michael auch prompt, denn der rothaarige Engländer hatte direkt hinter ihm gestanden und ihm voll ins Ohr gebrüllt. „Reicht es nicht, dass uns hier die Geister erschrecken?"
„Tschuldige ...", murmelte der pausbäckige Mittdreißiger eine Entschuldigung. „Es war nur ..."
„Was?", wollten die die anderen drei synchron wissen.
„Singt ihr jetzt im Chor, oder was?"
„Quatsch nicht, wir wollen wissen, was du sagen wolltest!", wies Malcolm seinen Kollegen zurecht. „Wir haben keine Zeit zu verlieren!"
„Ich wollte euch fragen, ob euch auch aufgefallen ist, dass der schwarze Schatten im fünften Stock irgendwie kräftiger, oder, anders gesagt, präsenter wirkte, als ein Stockwerk höher?"
„Öh – also mir nicht!", antwortete Michael nach kurzem überlegen. Und auch Crystal sowie Rolfhardt schüttelten nur ihre Köpfe.
Ein Schrei aus den Computerlautsprechern, von einer Frau ausgestoßen, lenkte die Aufmerksamkeit der Geisterjäger wieder schlagartig zurück auf ihre Ermittlungs- und Überwachungstätigkeit.
„Was war das?", kreischte jemand erschrocken. Und „Ist da wer?"

„Wo kam das her, Michael?", erkundigte sich Crystal bei ihren Freunden.

„Moment ... 4. Stock, ganz eindeutig!", lautete die hastig gegebene Antwort.

„Das ist doch das Callcenter, wo man die geistig umnachtete Frau gefunden hat, richtig?", meldete sich Rolfhardt zu Wort.

„Richtig!", bestätigte Malcolm grimmig. „Die arme Millicent Strout! Wir alle hatten uns gefragt, was an jenem Morgen wohl passiert sein musste. So langsam geht mir ein Licht auf!" Mit finsterer Miene machte der Wachmann eine Kopfbewegung in Richtung des Monitors.

„Die EMF-Werte aus dem 4. Stock liegen noch ein gutes Stück höher, als wie die, welche wir zuvor in den beiden anderen gemessen haben!", rief Rolfhardt, der die Werte abgelesen und mit ihren Notizen verglichen hatte.

„Es könnte eine Emanation im Gange sein!", mutmaßte Crystal aufgeregt, und fuhr sich mit ihrer linken Hand durch ihre kastanienroten Locken. „Jedenfalls ist da was größeres im Gange!"

„Eine Emani-was?", wollte Rissi wissen.

„Eine Emanation", wiederholte Crystal geduldig. „Die Materialisation von etwas Übernatürlichem. Also eine deutlich wahrnehmbare Erscheinung."

„Und diese Erscheinung wandert!" Michael schrie die Worte fast. „Sinkende Werte auf 4, dafür steigende Werte im dritten Stockwerk."

„Poststelle", merkte Malcolm beiläufig an. „Da arbeiten bloß Teilzeitkräfte. Um die Zeit dürfte da niemand mehr sein."

„Wow, was für ein Peak!" Die Aufregung ging mit Michael durch, und er raufte sich die kurzen, braunen Haare auf seinem Kopf. „Und da! Wenn der Schatten

nicht eine große, hagere Frau ist, fresse ich einen Besen!"
Gebannt starrten alle fünf nun auf das Bild der Überwachungskamera des 3. Stockwerks. Der schwarze Schatten, der durch die Räume der Poststelle geisterte, hatte deutlich an Kontur gewonnen. Man konnte nun die Statur einer schlanken, ja fast hageren Frau erahnen, die einen knöchellangen Rock trug, unter dem die nackten Füße hervor lugten. Der Oberkörper schien von einem Hemd oder einer Bluse mit weiten Puffärmeln bedeckt zu sein. Darüber trug die Erscheinung eine Art Weste, und über ihren Schultern einen löchrigen Umhang. Ein Kopftuch konnte kaum das lockige Haupthaar bändigen. Große Kreolen in beiden Ohrläppchen vervollständigten das Bild.
Just in diesem Moment richtete sich der Blick der geisterhaften Gestalt direkt in das Kameraobjektiv. Geisterhaft rot glühende Augen waren der letzte Eindruck, den der Spuk hinterließ, dann löste sich der Schemen so schnell wieder auf, wie er entstand, und die EMF-Anzeige des im 3. Stock installierten Messgerätes sank wieder dem Normalwert entgegen.
„Unheimlich!", kommentierte Crystal das Gesehene.
Und Malcolm merkte an: „Wenn ich das meinen Kumpels im Pub erzähle, erklären die mich für verrückt!"
„Ich habe einen Geist gesehen!", stieß Rissi fassungslos hervor. „Einen echten Geist! Mann, ich schnappe gleich über!"
„Lieber nicht, sonst geht es dir doch noch wie Millicent!", warnte Rolfhardt. „Haltet eure Sinne beieinander – wir dürfen das nicht auf die leichte Schulter nehmen!"

„Mit Sicherheit nicht ...", unterstützte Michael die Worte des Wieners. „Wir haben aber einen Vorteil gegenüber Millicent Strout!"
Crystal nickte zustimmend. „Allerdings. Wir sind gewarnt und wissen, was auf uns zukommen kann. Die arme Millicent wurde vollkommen unvorbereitet von diesem Spuk getroffen."
„He Leute, es ist noch nicht vorbei!", rief Rolfhardt, der die Bildschirmanzeigen aus den Augenwinkeln im Blick behalten hatte. „Gleich auf zwei Stockwerken tut sich was. Im 2. Stock ... nein, schon im 1. Stock haben wir heftige EMF-Ausschläge!"
„Die Serverräume ...", stieß Malcolm aufgeregt hervor. Im nächsten Moment bekam er große Augen. „Dann ... dann ist der Spuk ja gleich bei uns!"
Als wären seine Worte eine Art Auslöser geworden, lief Crystal ein Schauer über den Rücken, gerade so, als hätte sie ein kalter Lufthauch gestreift. Ein Blick zu Michael und Rolfhardt zeigt ihr, dass die beiden das Phänomen ebenso bemerkt hatten. Noch bevor irgend einer von ihnen reagieren konnte, materialisierte sich mitten im Raum die schemenhafte Spukgestalt der unheimlichen Frau.
Geistesgegenwärtig schnappte sich Rolfhardt eine der Steinsalzpistolen, die griffbereit neben seinem Laptop auf dem Tisch bereit lag. Doch er kam nicht dazu, sie auch abzufeuern.
In einer blitzschnellen Bewegung, die wie ein Sprung durch den Raum anmutete, stand die Gestalt plötzlich neben Rolfhardt. Ein raues Kreischen ertönte, und dann wurde der blondgelockte Wiener durch den halben Raum geschleudert, wo er auf zwei Stühle krachte und auf dem Boden zu liegen kam.
Während die beiden Wachmänner vor Schreck fast erstarrten, handelten Crystal und Michael geistesgegenwärtig. Die Engländerin wirbelte einmal

um ihre Achse, griff eine der bereit liegenden Steinsalzpistolen, riss diese hoch und feuerte ohne nachzudenken auf den wütenden Geist. Michael hatte gleichzeitig einen Weihwasserflakon gegriffen und schüttete das geweihte Nass ebenfalls auf die Erscheinung. Mit einem hohlen, schrillen Schrei löste sich die dunkle Frau daraufhin in Nebelfetzen auf, die rasch wie ins Nichts verdunsteten.

„Rolfhardt ...", rief Michael besorgt aus.

Doch der weiße Vampir winkte beruhigend ab und rappelte sich bereits wieder auf. „Keine Sorge, Leute", sagte er. „Ihr wisst, ich bin aus einem Holz geschnitzt, dass nicht so schnell vergeht. Aber lieb, dass vor allem Du dich um mich sorgst, Michael!"

„Red keinen Stuss!", erwiderte der schlanke Deutsche. „Du bist mein Freund, natürlich mache ich mir Sorgen!"

„Das ist lieb von dir, Michael, aber schau: ich habe nicht mal einen blauen Fleck abbekommen!"

Diese Feststellung nötigte sogar den beiden Wachmännern ein anerkennendes Kopfnicken ab. Woher sollten sie auch um Rolfhardts besondere Konstitution als 'Untoter' wissen. Doch dadurch wurde ihnen nochmals die Tatsache ins Bewusstsein gerufen, was mit dem Mann aus Wien gerade geschehen war – und wie wenig hilfreich die beiden sich verhalten hatten.

„Entschuldigung, dass wir so nutzlos als Salzsäulen herum gestanden sind ...", presste Rissi mit hoch rotem Kopf hervor, was einen ganz seltsamen Kontrast zu seinen Karottenroten Haaren herstellte. „Es ist nur ... das war unser erster, leibhaftiger Geist ... das muss man erst mal realisieren!"

„Nun, ihr werdet es beim nächsten Mal besser machen!", meinte Crystal und nickte den beiden

Männern aufmunternd zu. „Beim ersten Mal ist es immer ein Schock!"
„Und wie!", pflichtete ihr Michael bei. „Bei meinem ersten Mal sollte ich erst ausgesaugt und dann aufgefressen werden!"
„Echt jetzt?" Malcolm hatte große Augen bekommen.
„Kein Scheiß!", bestätigte Michael. „Das ich noch lebe, verdanke ich jener holden Maid, die heute unsere kleine Firma führt!"
Diese Feststellung brachte Crystal nun bewundernde und anerkennende Blicke Malcolms und Rissis ein.
Doch die winkte nur ab. „Bewundern könnt ihr mich alle später!", ließ sie die Anwesenden trocken wissen. „Sagt mir lieber, was unsere unwirsche Dame jetzt macht. Ich hege meine Zweifel, dass der Spuk vorüber ist, nachdem wir sie hier aus der Sicherheitszentrale vertreiben konnten!"
„Teufel nochmal, deine Zweifel sind berechtigt!" Michael, der sogleich nach Crystals Worten die Anzeigen der Messgeräte gecheckt hatte, fuhr sich aufgeregt mit der Hand durch sein braunes Haupthaar. „Die Werte für das Erdgeschoss sind wieder auf weitgehend normalem Niveau. Dafür explodieren sie gerade im Untergeschoss! So hoch waren die Ausschläge bisher nicht!"
„Da ist wohl jemand ausgesprochen sauer jetzt!", kommentierte Rolfhardt die gemessenen EMF-Werte. „Was befindet sich unter uns?"
„Na, da ist zum einen die Tiefgarage für die Angestellten ...", begann Rissi zu erklären.
„... und natürlich die Technikräume", vervollständigte Malcolm die Ausführungen seines Kollegen. „Also Wasserversorgung, elektrische Schaltzentrale, Heizung, Lüftung und ..." Er brach abrupt mitten im Satz ab und riss erschrocken in jäher Erkenntnis seine Augen auf.

Die drei Geisterjäger zeigten sich nur für einen winzigen Moment irritiert, doch dann realisierten auch sie, was dem Schotten soeben bewusst geworden sein musste! Sie blickten sich gegenseitig alarmiert an und riefen fast synchron „Der Hausmeister!"
Rolfhardt packte Malcolm an den Schultern. „Wo geht es hinunter in die Technik? Rasch! Wir dürfen keine Zeit verlieren!"
Diesmal schaltete der Mann sofort. „Folgt mir!", rief er, schnappte sich seine Steinsalzpistole, und hastete zur Ausgangstür.
Crystal, Rolfhardt, Michael und Rissi folgten ihm, nicht jedoch, ohne sich vorher ebenfalls mit ihren Steinsalzpistolen, zusätzlichen Salzpatronen, Weihwasser und Schutzamuletten zu bewaffnen. Dann stürmten sie wie ein Sondereinsatzkommando hinter dem massigen Malcolm her, in der Hoffnung, dass sie den Hausmeister rechtzeitig, und vor allem wohlbehalten in der Tiefe des CSE-Buildings vorfinden mochten.
Nur wenige Augenblicke später standen die fünf Menschen am Eingang zum Versorgungsbereich des Gebäudes. Dumpfe Wärme und weitgehende Dunkelheit empfingen sie. Crystal betätigte den Lichtschalter, doch es blieb Dunkel. Lediglich einige schwache Lichtquellen der Notbeleuchtung gaben wenig spärliche Helligkeit ab. Und noch etwas sorgte für Unruhe: es war, sah man mal vom Summen diverser Aggregate ab, unheimlich still hier unten.
„Scheiße, ich dachte, das mit dem fehlenden Licht ist nur in Horrorfilmen so!", nörgelte Michael nervös herum.
„Mein Freund – wir sind gerade Mitwirkende in einem Horrorfilm!", merkte Rolfhardt Augenzwinkernd an.

„Auch wieder wahr!", gab der ehemalige Versicherungsmakler zu. „Hoffen wir, dass dies die einzige Übereinstimmung mit diesen Filmen bleibt!"
„Und deswegen sollten wir schnellsten den Hausmeister finden!", warf Crystal ein. „Malcolm, Rissi – wo könnte er stecken?"
Die beiden Männer tauschten einen ratlosen Blick.
„Der Technik-Bereich ist groß ...", gab Malcolm dann zu bedenken. „Ich rufe ihn mal, vielleicht antwortet er ja ... Ike? He Ike – ich bin es, Malcolm. Wo steckst du – wir müssten mal kurz mit dir reden!"
Für einige Momente verharrten alle fünf still und lauschten auf eine Antwort. Diese jedoch blieb aus.
„Da stimmt was nicht!", gab Malcolm deshalb kurz darauf beunruhigt von sich.
„Wir schwärmen aus und suchen ihn!", bestimmte Crystal daher ihr weiteres Vorgehen. „So finden wir ihn am schnellsten!"
Es bedurfte darüber keinerlei Diskussion, und so strebten sie sofort wie die Strahlen eines fünfzackigen Sterns auseinander, um in den Tiefen des Kellergeschosses zu verschwinden.
Die Suche sollte nur wenige Minuten in Anspruch nehmen. Harrison 'Rissi' Steerling war es, der den Gesuchten im Raum mit der Heizungsanlage fand.
„Ike! Was machst du da? Spinnst du?", gellte sein Rufen durch die Kellerräume. „Schnell, kommt her – ich brauche eure Hilfe. Ich ....AHHH!"
Seine Rufen brach mit einem gellenden Schrei, dem ein lautes Rumpeln folgte, ab.
Alarmiert strebten die Geisterjäger und sein Kollege dem Heizungsraum zu. Als sie dort eintrafen, fanden sie ein schauriges Szenario vor. Rissi rappelte sich gerade wieder von Boden auf, wo er zuvor recht unsanft gelandet sein musste. Mitten im Raum stand die geifernde und fauchende Geisterfrau, die zuvor

schon bei Rolfhardt heftig zugelangt hatte. Aus ihren Augen schienen schwarze Flammen zu schlagen, und sie reckte den Ankömmlingen grässliche Krallenhände entgegen.
Hinter ihr befand sich der Hausmeister, Ike Turnpike. Der grauhaarige, schmächtige Mann kletterte gerade unbeholfen auf eine kleine Trittleiter vor ihm. Seine Bewegungen war zuweilen eckig und unsicher, so, als ob er einen inneren Widerstreit ausfocht, sich wehrte, etwas zu tun, was er nicht tun wollte. Und so schien es tatsächlich zu sein, denn über ihm baumelte von einem Heizungsrohr ein Strick mit einer Schlaufe. Es sah aus wie das Henkerseil eines Galgens. Turnpike griff nach dem Seil, und zog sich die Schlaufe über seinen Kopf. Offensichtlich hatte der Poltergeist von ihm Besitz ergriffen und zwang ihn, oder wollte ihn zwingen, sich selbst zu erhängen.
„He... helfffft m... miiiir", entrang es sich gurgelnd aus der Kehle des sichtlich verzweifelten Mannes.
Michael sprang vor, in der Absicht, Turnpike zu helfen. Eine gut gemeinte, dennoch unüberlegte Aktion. Der schwarze Frauenschatten holte aus und beförderte den schreienden Stuttgarter mit einem heftigen Schlag ebenso an die Kellerwand, wie zuvor Harrison Steerling.
Nun geschahen mehrere Dinge gleichzeitig: Ike Turnpike stieß, von einer fremden Macht gezwungen, die Trittleiter und seinen Füßen zur Seite, so dass er nach unten weg sackte und sich die Schlinge um seinen Hals zuzog und ihm die Luft abschnürte. Da der böse Spuk für einen kurzen Moment durch Michaels Aktion abgelenkt war, nutzte Rolfhardt dies, um mit einem Riesensatz über die Erscheinung hinweg zu setzen, den Hausmeister im Sprung zu packen, und das Seil mit seiner messerscharfen, mit Nägeln versehenen, umgeformten Klaue zu

durchtrennen. Das geschah so schnell, das niemand diese Transmutation mitbekam.

Unterdessen hatten Crystal, Rissi und Malcolm den weiblichen Geist ins Visier genommen und feuerten eine Salve Steinsalz auf ihn ab. Das Mineral riss Löcher in dessen Struktur, und mit einem wahnsinnigen Kreischen löste sich der Spuk abermals im Nichts auf.

Sofort sprang Crystal zu Rolfhardt, dicht gefolgt von Rissi, während Malcolm Michael wieder auf die Beine half.

„Wie geht es Ike?", erkundigte sich die lockenmähnige Engländerin bei dem Wiener Vampir, der sich um den Bewusstlosen Ike kümmerte.

„Er lebt, ist aber bewusstlos", antwortete dieser. „Nur ein paar Minuten später, und es wäre aus gewesen. Zum Glück hing er nur für Sekunden voll in der Schlinge."

„Dank dir!", meinte Rissi anerkennend. „Das war ja ein Wahnsinns - Sprung, den du da vollführt hast! Alle Achtung!"

„In unserem Metier muss man vorbereitet sein", gab der blonde, schnauzbärtige Mann als Erklärung ab. Woher sollte Harrison Steerling auch wissen, dass er einen leibhaftigen Vampir vor sich hatte. „Daher trainiere ich viel."

„Was Ike das Leben gerettet haben dürfte!"

„Trotzdem sollten wir einen Krankenwagen rufen!", schlug Crystal vor. „Er muss auf alle Fälle untersucht werden. Auf jeden Fall wird er psychologische Betreuung brauchen!"

„Ich vermutlich auch, wenn der Spuk hier vorbei ist", murmelte Rissi vor sich hin. „Ich gehe hoch ins Sicherheitsbüro und rufe von dort aus den Notdienst an!"

Crystal nickte zustimmend. „Ja, mach das! Malcolm soll gleich mitgehen. Wir drei hier werden Ike zusammen nach oben schaffen."
Während der rothaarige Engländer zusammen mit seinem schottischen Kollegen davon eilte, hob Rolfhardt den bewusstlosen Hausmeister vom Boden hoch.
„Soll ich dir tragen helfen?", bot Michael an.
Doch der weiße Vampir schüttelte seinen Kopf. „Nicht nötig, Michael, aber Danke. Es reicht, wenn ihr mir die Türen aufmacht. Ike ist -für mich- nicht besonders schwer, wenn du verstehst, was ich meine!" Zu den letzten Worten blinzelte er vielsagend, und natürlich verstanden seine beiden Freunde diese Anspielung auf seine besondere Konstitution.
Gemeinsam begaben sie sich auf den Weg zu den Aufzügen. Michael ging voran, um für Rolfhardt die Türen zu öffnen, Crystal folgte als letzte, um diese wieder zu schließen.
Kurz, bevor sie die Liftanlage erreichten, flackerte das Licht. Es ging aus, wieder an, wurde grell, fast stechend weiß, um im nächsten Moment wieder zu verlöschen.
„Was geht denn jetzt ab?", rief Michael beunruhigt aus.
Bevor seine beiden Freunde antworten konnten, dröhnten dumpfe Schläge durch die Kellerräume. Es hörte sich an, als würden immer wieder Türen sehr heftig zugeworfen.
„Ich glaube, da ist jemand mächtig böse auf uns!", kommentierte Crystal das Geschehen voll unguter Vorahnungen. „Wir sollten machen, dass wir nach oben kommen!"
„Auf den Lift verzichten wir besser", meinte Rolfhardt und strebte dem Treppenhaus zu. „Wenn schon das

Licht spinnt, möchte ich es nicht riskieren, im Lift stecken zu bleiben!"

„Wo er recht hat ..." Michael nickte Crystal zu, dann spurteten beide hinter ihrem österreichischen Gefährten, der ein schönes Tempo vorlegte, die Treppe zum Foyer nach oben. Dort wurden sie schon von den beiden Wachmännern erwartet.

„Der Krankenwagen ist unterwegs!", rief ihnen Rissi entgegen. „Aber was ist mit der Elektrik? Hier im Erdgeschoss flackern überall die Lichter wie blöd. Und die Computer stürzen auch dauernd ab!"

„Das habe ich befürchtet!", entgegnete Crystal bekümmert, und fuhr sich mit der Hand durchs wallende Lockenhaar, um es zu bändigen. „Mir scheint, unser schwarze Dame nimmt uns die Befreiungsaktion für Ike übel. Wahrscheinlich kommt es im ganzen Gebäude zu diesen Stromschwankungen. Ich ..." Ein lautes Krachen, gefolgt vom Geräusch zerberstenden Glases unterbrach die Engländerin brüsk. Erschrocken zuckten sie und die Männer zusammen, als unmittelbar in ihrer Nähe eine Fensterscheibe zu Bruch ging. Wieder ertönten dumpfe Schläge, und bösartiges Gelächter hallte durch die Räume.

„Was ist denn hier bloß los?", kreischte die Empfangsdame, eine junge, höchstens 22 Jahre alte CSE-Mitarbeiterin, und presste erschrocken die Hände auf beide Ohren.

Crystal eilte zu ihr hinüber. „Wir haben ernste, technische Probleme im Gebäude", versuchte sie die Frau etwas zu beruhigen. „Nichts, was man nicht in den Griff bekommen kann. Aber es ist für den Moment besser, wenn das CSE-Building zur Sicherheit geräumt wird. Bitte geben Sie mir deshalb Mr. Clayton, sind sie so gut?"

Die junge Mitarbeiterin schaute Crystal aus großen Augen entgegen, in denen ihre Angst und Unsicherheit förmlich eingraviert schienen, doch sie riss sich zusammen und reichte der Geisterjägerin einen kurzen Moment später den Telefonhörer über die Empfangstheke. Es entwickelte sich eine kurze, dafür um so heftigere Diskussion, die jedoch letztendlich so ausging, wie sie es sich erhofft hatte: Mr. Clayton stimmte einer Räumung des Gebäudes zu. Noch während sie zu ihren Gefährten zurückkehrte, vernahm sie eine Lautsprecherdurchsage des Firmenchefs, der anordnete, dass aufgrund massiver, technischer Probleme die Arbeit eingestellt, und das Gebäude in Ruhe und geordnet verlassen werden sollte. Clayton forderte seine Mitarbeiter auf, zu Hause zu bleiben, bis die Schwierigkeiten beseitigt währen, und man telefonische Mitteilung bekäme, dass man die Arbeit wieder aufnehmen könne. Er betonte nochmals, dass kein Grund zur Panik bestünde.
„Himmel, was hast du denn dem erzählt, dass der so prompt das Haus räumen lässt?", empfing Michael seine Freundin.
„Zuerst wollte er nicht", berichtete diese Augen zwinkernd. „Dann habe ich was von 'ektoplasmatischem Massenausbruch' und der Gefahr von 'ernsthaften Schäden an Struktur und Inhalt' erzählt, dann schwenkte er um."
Wie zur Bestätigung ihrer Worte, flackerte das Licht erneut heftig. Dazu ließen starke Erschütterungen das Gebäude beben. Gleichzeitig begannen alle Telefone zu läuten.
„Ektoplasmatischer Massenausbruch ..." Michael lachte trocken. „Den Begriff muss man sich merken. Ich glaube, damit können wir viel erklären, ohne

wirklich was zu sagen. Und mir scheint, unsere Geister wollen jetzt wirklich 'zur Sache' gehen!"
In diesem Moment strömten die ersten Mitarbeiter aus den Treppenhäusern und strebten dem Ausgang zu. Man sah ihnen an, dass sie von den Ereignissen, die über sie hereinbrachen, verwirrt waren. Sie schauten sich aus großen Augen an und diskutierten teilweise erregt miteinander.
„Bitte zügig nach draußen gehen!", rief Crystal deswegen in die Menge. „Nicht die Ausgänge blockieren! Begeben Sie sich alle nach draußen und entfernen Sie sich bitte vom Gebäude!"
Rolfhardt wandte sich unterdessen an Malcolm und Harrison. „Seid so gut und bringt Ike nach draußen. Wartet, bis der Krankenwagen ihn abgeholt hat, dann stoßt wieder zu uns!"
„Machen wir!", bestätigte Malcolm und nahm dem blonden, athletischen Wiener den nach wie vor bewusstlosen Hausmeister ab, um ihn zusammen mit seinem Kollegen nach draußen zu bringen.
Ein leise Ping, welches kaum durch das erregte Gemurmel und Gerede der herausströmenden Mitarbeiter drang, erregte die Aufmerksamkeit der drei Geisterjäger. Es war die Tür eines der beiden Aufzüge, die sich öffnete.
„Verflixt!", entfuhr es Crystal ärgerlich. „Ich habe Mr. Clayton doch gebeten, dafür zu sorgen, dass niemand den Aufzug benutzt!"
„Es gibt immer ein paar Unbelehrbare!", kommentierte Rolfhardt Crystals Ärger betrübt. „Das war vor 200 Jahren auch nicht anders."
„Wenn du das sagt ...", konnte sich Michael nicht verkneifen grinsend anzumerken. Dann folgte er dem Wiener, der sich bereits zum Aufzug begeben hatte.

„Los Leute, raus, raus, raus!", forderte er die Fahrgäste auf. „Es sollte eigentlich niemand mit dem Lift fahren, aus Sicherheitsgründen!"
„Stell dich nicht so an!", blaffte ein bulliger Typ zurück, der als letzter aus der Kabine trat. „Was soll denn schon passieren?"
In diesem Moment gab es ein lautes, kreischendes Geräusch, welches die im Foyer anwesenden Menschen erschrocken zusammenzucken ließ. Wieder flackerte das Licht, und mit einem rumpelnden Geräusch sackte die soeben angekommene Aufzugkabine einen guten halben Meter nach unten weg, bevor die Sicherheitseinrichtungen griffen und einen weiteren Absturz nach unten verhinderten. Ein entsetzter Aufschrei der Menge kommentierte das Geschehen.
„Das zum Beispiel!", meinte Rolfhardt süffisant und schob den schlagartig verstummten und bleich gewordenen Mann in Richtung Ausgangstür davon. „Merk dir das für die Zukunft: man spielt nicht leichtfertig mit seinem Leben!"
Der bullige Kerl duckte sich unter dem zornigen Blick des blonden, schnauzbärtigen Mannes, und schlich wie ein bedröppelter Pudel davon.
„Du bist echt sauer, was?" Michael schaute seinen Freund forschend von der Seite an.
Der nickte. „In alle den Jahren, die ich hier nun schon auf der Welt umher wandele, habe ich bis heute nicht kapiert, warum so viele Menschen aus purem Leichtsinn ihr Leben aufs Spiel setzen. Als hätten sie überhaupt keine Vorstellung davon, wie wertvoll dieses Geschenk ist!"
„Wahrscheinlich haben das die meisten von ihnen tatsächlich nicht ...", philosophierte Michael nachdenklich über Rolfhardts Worte. „Und oftmals haben wir Sterblichen nicht genug Zeit, um alles über

das Leben zu lernen, was man lernen kann. Da könnte man glatt auf den Gedanken kommen, dass du es in dieser Beziehung besser hast ... ich meine, was die tiefere Einsicht in den Wert des Lebens an sich bedeutet. Vor allem, wenn man bedenkt, dass du über die Jahrhunderte mit ansehen musstest, wie geliebte Menschen altern und vergehen. Ach du meine Güte ...das wird mir jetzt erst alles richtig bewusst!"
Er schaute seinem Freund ins Gesicht, und in seinen Augen schimmerte es dabei feucht. Rolfhardt legte ihm kurz die Hand um die Schulter. Dann hauchte er Michael einen Kuss auf die Stirn, tätschelte seine Wange und sagte: „Für Sentimentalitäten ist hier jetzt nicht der richtige Ort und die richtige Zeit. Aber es tut sehr gut zu sehen, dass du anfängst, mich zu verstehen!"
Dumpfes Gepolter und Geschrei erweckte die Aufmerksamkeit der beiden. „Hilfe! Holt uns hier raus!"
Rolfhardt seufzte. „Noch ein Aufzug voller Unbelehrbarer! Hilf mir mal, Michael!"
Die beiden Männer machten sich an der Aufzugtür zu schaffen. Zuerst bekamen sie die beiden Türhälften nicht richtig zu fassen. Der Schlitz zwischen ihnen war einfach zu klein. Doch hier half erneut Rolfhardts besondere Konstitution. Da er in seiner Vampirgestalt weitaus längere Fingernägel hatte, ließ er diese nun einfach ein Stückchen wachsen, so dass er an der Aufzugtür einen besseren Griff hatte. Nun konnten er und Michael die beiden Türhälften zusammen aufwuchten.
Von der Liftkabine reichte nur das untere Drittel in die entstandene Öffnung hinein. Der Rest steckte noch im Schacht, wo ein Stromausfall die Kabine festgesetzt hatte.

„Gott sei Dank!", rief eine Frau erleichtert aus. „Hier im Haus scheint auf einmal alles zu spinnen und nicht mehr richtig zu funktionieren!"
„Und trotzdem hielten sie es für richtig, dann auch noch einen Aufzug zu benutzen, um sich selbst unnütz in Gefahr zu bringen!", konnte sich Rolfhardt erneut seine Kritik nicht verkneifen. „Los – kommen Sie! Einer nach dem anderen durch die Öffnung. Mein Kollege und ich fangen Sie auf und helfen Ihnen runter!"
Trotz der prekären Lage verhielten sich die acht Aufzuginsassen relativ diszipliniert. Einer nach dem anderen setzte sich auf den Boden der Kabine, drehte sich auf den Bauch und rutschte Rückwärts aus der Öffnung heraus, wo Rolfhardt und Michael bereitstanden, die Person auffingen, und sicher auf dem Boden absetzten. Die Evakuierung des Lifts nahm so nur wenige Minuten in Anspruch.
Kaum, das die beiden Männer diese Aufgabe erledigt hatten, entstand am Ausgang ein Tumult. Die Menschen stauten sich aufgeregt schreiend vor der geschlossenen Glastür.
„Was ist den nun los?" Michael verdrehte die Augen und begab sich rasch zusammen mit Rolfhardt zu Crystal.
„Die Tür lässt sich nicht mehr öffnen!", empfing diese ihre Freunde.
Da immer noch Personal aus den Treppenhäusern nach strömte, füllte sich das Foyer rasch mit Menschen.
„Es nützt nichts, die Leute müssen raus!", sagte Rolfhardt mit ernster Miene. Und dann rief er über die Köpfe der Menge hinweg: „Ihr da vorne! Schnappt Euch die Metallstühle aus der Warte-Lounge und schlagt damit die Glasscheiben ein, bevor in der Enge hier drin noch jemand zu Schaden kommt!"

„Aber was wird Mr. Clayton dazu sagen?", wandte irgendein Mitarbeiter ein.
„Keine Sorge, der ist einverstanden!", ertönte just in diesem Moment die Stimme des Firmeninhabers, der zusammen mit seiner Sekretärin soeben aus dem Treppenhaus ins überfüllte Foyer trat. „Machen Sie, was der Mann gesagt hat! Werfen Sie die Scheibe ein. Das lässt sich leicht reparieren. Außerdem zahlt es die Versicherung!"
Nachdem ihr Chef seine Zustimmung erteilt hatte, gab es für die Mitarbeiter kein Halten mehr. Kurz darauf ertönte das Geräusch berstender Scheiben. Und während die Mitarbeiter vorsichtig, um sich an den Scherben nicht zu verletzen, nach draußen drangen, bahnte sich Clayton ein Weg zu den drei Geisterjägern.
„Was zur Hölle ist hier denn bloß los?", sagte er anstelle einer normalen Begrüßung. Man konnte ihm ansehen, dass er seine Beherrschung nur mühsam bewahrte. „Im ganzen Gebäude spielt alles verrückt! Das das Licht ständig flackert, ist ja noch das harmloseste darunter. Aber Türen öffnen und schließen sich von selbst, Gegenstände fliegen herum, die Telefone klingeln, das Gebäude zittert und bebt! Welche Geister haben Sie da bloß geweckt! Sie sollten meine Probleme eigentlich lösen und nicht verschlimmern!"
„Das Chaos wäre auch ohne unser auftauchen ausgebrochen!", entgegnete Crystal ernst. „Früher oder später. Sie müssen zugeben, dass der tote Wachmann und ihre umnachtete Mitarbeiterin ja lange bevor wir unsere Ermittlungen aufnehmen konnten zu Schaden kamen, nicht wahr?"
„Hmpf!", lautete nach einem kurzem Moment die geschnaubte, von einem kurzen Nicken begleitete

Antwort des Software-Entwicklers. „Aber was geht hier bloß vor?"
Die schlanke Engländerin zögerte einen Augenblick mit ihrer Antwort. „Zu 100 Prozent können wir Ihnen darauf noch keine Antwort geben", gestand sie dann ein. „Wir sind uns jedoch sicher ...", sie tauschte kurze Blicke der Verständigung mit Michael und Rolfhardt, „... dass Ihr Problem mit diesem Grundstück zu tun hat. Darauf gehen Geister um. Sehr wütende Geister, um das mal harmlos auszudrücken. So wütend, dass diese in ihrem Zorn lebende Menschen in den Tod zu treiben versuchen. Wie vorhin ihren Hausmeister Ike Turnpike, den wir gerade noch davor bewahren konnten, sich selbst zu strangulieren. Zählt man die einzelnen Teile des Geschehens zu einer Summe zusammen, dann tippe ich auf Poltergeister!"
Clayton riss seine Augen auf und starrte Crystal überrascht von der Seite an.
„Poltergeister?", wiederholte er so langsam, als würde ihm der Klang des Wortes helfen zu verstehen, was die junge, rotbraun gelockte Frau vor ihm gerade zu ihm gesagt hatte.
„Poltergeister!", bestätigte diese das Gesagte noch einmal. „Ein Spuk, der durch besondere Umstände an einen Ort gebunden ist. Geister, die nicht zur Ruhe kommen, noch etwas zu erledigen haben. In diesem Falle scheint der Grund für ihre Anwesenheit Rache zu sein. Es muss also irgendetwas hier in der Vergangenheit geschehen sein, was dazu führte, dass diese Geister seit hunderten von Jahren ruhelos umherirren!"
„Hunderte von Jahren?" Claytons Worte klangen verwirrt und zweifelnd.
„Das haben unsere ersten Recherchen ergeben", bekräftigte Rolfhardt Crystals Erklärung. „Es gibt

Aufzeichnungen, die bis in die Regentschaft Heinrichs VIII. reichen und belegen, dass dieser Grund seither verflucht zu sein scheint!"
„Und ich moderner, aufgeklärter Mensch habe keinen Pfifferling auf diesen albernen Popanz gegeben!", seufzte der Firmenchef. „Und jetzt?"
„Jetzt ist es unsere Aufgabe, die wirklichen Ursachen des Übels auf die Spur zukommen. Dann haben wir die Möglichkeit, den Grund für diesen Spuk, diese Poltergeister in ihrem Gebäude, zu finden und zu beseitigen. Dafür brauchen wir absolut freie Hand, selbst wenn es gilt, unpopuläre Maßnahmen zu ergreifen!"
„Unpopuläre Maßnahmen?" Clayton klang erschrocken. „Sie wollen das CSE-Building doch wohl nicht in die Luft sprengen?" Seine Worte sollten locker klingen, aber so recht wollte ihm das nicht gelingen.
„Sprengen nicht – aber wenn die Ursachen im *Grund*stück liegen, müssen wir womöglich *in den Grund*, um dort nachzusehen", erklärte Crystal geduldig. „Sie verstehen, was ich meine?"
Clayton schnappte ein paar Mal nach Luft, und setzte mehrmals zu einer Erwiderung an. Man sah, wie sehr es in seinem Kopf arbeitete. Einige Mitarbeiter, die schreiend und kreischend die Treppen hinuntergejagt kamen und etwas von schwebenden, dunklen Schemen faselten, gaben womöglich den letzten Ausschlag für seine Entscheidung.
„OK ...", sagte er schließlich. „OK – Sie haben freie Hand! Versprechen Sie mir nur, dass das Haus hinterher auch noch steht!"
„Wir werden unser Bestes tun, Mr. Clayton", antwortete Crystal ihm ausweichend. „Allerdings brauchen wir auch noch aktive Unterstützung von Ihnen ..."
„Um was geht es?"

„Halten Sie uns Polizei und Feuerwehr vom Hals! Die können Ihnen bei diesem Problem nicht helfen und würden uns bei unserer Arbeit dagegen massivst behindern!"
„Gut ... gut ... das dürfte kein Problem sein", stimmte der Chef der Firma Crystals Forderung zu. „Hauptsache ist, dass sie es schaffen, diesem Höllenspuk ein Ende zu bereiten! Wenn ich das alles hier verliere ... dann bin ich pleite!"
„So weit werden wir es nicht kommen lassen, Mr. Clayton!", versuchte Crystal den aufgewühlten Mann zu beruhigen. „Und jetzt sollten Sie zu ihren Leuten gehen, sie beruhigen und nach Hause schicken!"
Sie schenkte ihm ein zuversichtliches Lächeln, was Clayton ein wenig hilflos erwiderte. Dann nickte er dem ESP-Team noch einmal zu und wandte sich dann zum gehen. Kurze Zeit später hatte der letzte CSE-Mitarbeiter das Foyer des Gebäudes verlassen. So etwas wie Ruhe kehrte ein, sah man von dem andauernden Telefonklingeln, dem vibrieren des Gebäudes und anderen, undefinierbaren Geräuschen einmal ab.
Michael musterte Crystal mit hochgezogenen Augenbrauen und fragendem Blick von der Seite her.
„Was?", lautete auch prompt die Frage der smarten Engländerin.
„Poltergeister also!", meinte der Deutsche skeptisch. „Und wir stemmen den Boden auf, um nach dem Grund im *Grund* zu suchen? Wann kam dir denn die Erkenntnis?"
„Denk nach Michael!", rechtfertigte Crystal sich. „Wir haben die gleichen Bücher über Spuk und Geister gelesen. Es liegt nahe, das wir es mit Poltergeistern zu tun haben!"
„Ich stimme Crystal in ihrer Einschätzung zu!", warf auch Rolfhardt ein. „Die Ereignisse reichen bis ins

Jahr 1500 zurück. Es muss sich um Geister handeln, die an das Grundstück gebunden sind! Und ich schätze mal, dass es unschöne Ereignisse gewesen sein mussten, sonst hätten wir nicht so wütende Geister. Ihnen muss Schreckliches widerfahren sein. Deswegen wollen sie sich offensichtlich an allem Lebenden rächen, was in ihren Bannkreis gerät."

„Eure Argumentation ist nachvollziehbar", antwortete Michael zögernd, während er bedächtig den Kopf hin- und her wiegte. „Aber warum schlagen diese ...Poltergeister gerade jetzt so massiv zu?" Noch bevor ihm jemand auf diese Frage antworten konnte, schlug er sich in jäher Erkenntnis mit der flachen Hand selbst vor die Stirn. „Bin ich blöd!", entfuhr es ihm. „Natürlich weil vorher noch nie ein Gebäude auf diesem Grundstück errichtet worden ist! Es kam ja nur deswegen kaum etwas vor, weil die Bevölkerung das Gebiet über all die Jahrhunderte instinktiv mied!"

„Selbsterkenntnis ist der erste Weg, um ein besserer Geisterjäger zu werden!", rief Rolfhardt und klopfte seinem Freund krachend auf die Schulter.

„Deswegen brauchst du mir nicht gleich das Rückgrat zu brechen!", beschwerte sich der braunhaarige Stuttgarter.

„Oh, ich kann auch sanft sein ... probiere es ruhig aus!", erwiderte der Wiener spitzbübisch und blinzelte Michael zu.

Bevor dieser auf die neuerliche Anzüglichkeit des Vampirs eingehen konnte, kamen Malcolm und Rissi von der Straße zurück ins Foyer gelaufen.

„Ike ist versorgt", berichtete Malcolm. „Und Mr. Clayton sorgt dafür, dass seine Leute alle nach Hause gehen."

„Gut!", sagte Crystal erleichtert. „Dann können wir ja wieder an die Arbeit gehen!"

„Und wie sieht diese Arbeit aus?", erkundigte sich Rissi.
Die Chefin von ESP-INVESTIGATIONS überlegte kurz. „Bisher haben wir nur vage Hinweise darauf, dass es im Jahr 1500 irgendein Ereignis gegeben haben muss, welches im Zusammenhang mit den heutigen Vorkommnissen zu stehen scheint."
„Und bei welchem möglicherweise ein Lord Aldenthorpe seine Finger im Spiel hatte", ergänzte Rolfhardt. „Denn ihm gehörte zu jener Zeit dieses Grundstück hier."
„Genau!", bekräftige Crystal. „Aber das ist auch schon alles, was wir wissen. Unsere Aufgabe sollte es also sein, durch das Gebäude zu patrouillieren, unsere Sichtungen zu notieren, und zu versuchen, mit den Geistern Kontakt aufzunehmen."
„Ihr wollt mit *denen* reden?", Harrison Steerling schnaufte erschrocken. „Ist das euer Ernst?"
„Mein voller!", bestätigte Crystal nachdrücklich. „Es gab hier auch schon Erscheinungen, die von sich aus Kontakt aufnehmen wollten. Bei unserem ersten Besuch hier, im Foyer, da wurde Michael von einem kindlichen Geist berührt!"
„Ja, und als wir hier ums Gebäude herum die ersten EMF-Messungen vornahmen, erschien diese schwarze Frau!", ergänzte Michael die Ausführungen seiner Freundin.
„Etwa die schwarze Furie von heute?", wollte Malcolm beunruhigt wissen.
Doch der junge Deutsche schüttelte den Kopf. „Nein, das von heute wirkte auf mich eher wie ...wie ...", er suchte nach der richtigen Bezeichnung.
„Eine Zigeunerin?", half Rolfhardt aus. „Ich weiß, der Begriff ist politisch nicht mehr ganz korrekt heute, damals war er es aber ..."

„Ja genau! Das war es, was ich meinte, danke Rolfhardt. Die Erscheinung, die ich meine, wirkte eher wie eine verhärmte, alte Frau. Eine arme Stadtbewohnerin, mit zerschlissener Kleidung und nur noch Zahnruinen im Mund. Also Leute, wie es sie im Jahr 1500 zuhauf gegeben haben mochte. Die altertümliche Kleidung würde auch gut dazu passen."
„Und wie stellt ihr euch diese ... Gespräche vor?" Rissi stellte diese Frage mit deutlich heraushörbarer Skepsis.
„Wenn wir das wüssten!", seufzte Crystal. „Dann wäre mir wohler. Sprecht jede Manifestation an. Fragt sie, wer sie sind, woher sie kommen, warum sie diesen Ort nicht verlassen können. Jede Information, und scheint sie auf den ersten Blick noch so banal, könnte im Gesamtbild das letzte Puzzleteilchen sein!"
„Ich sehe tote Menschen!", murmelte Malcolm gedankenverloren vor sich hin, was ihm erstaunte Blicke der anderen Anwesenden einbrachte.
„Was denn?", rief er daraufhin. „War doch nur ein Filmzitat! Stimmt doch auch – wir sehen doch tote Menschen!"
„Schon gut, Malcolm, wir verstehen, was dich umtreibt", beruhigte ihn Rolfhardt. „Doch hört her: es ist wichtig, sich auf jedem Stockwerk, welches ihr betretet, als erstes eine sichere Zone geschaffen wird, in die man sich bei Gefahr zurück ziehen kann!"
„Sichere Zone ..." Rissi lachte heiser. „Der war gut! Und wie soll das aussehen?"
„Salzkreise!", antwortete Crystal an Rolfhardts Stelle. „Einfach, aber effektiv. Wie ihr ja schon bemerkt habt, wirkt Steinsalz abweisend auf Geisterphänomene."
„Deswegen ballern wir mit dem Zeug auch in der Gegend rum!"
„Stimmt, Malcolm! Schafft euch also in jedem Stock eine Rückzugszone, indem ihr einen Salzkreis auf dem

Boden aufbringt. Zur Verstärkung der abweisenden Wirkung deponierte ihr noch geweihte Silberamulette in den Kreisen. Wir haben einige davon dabei: Sator-Quadrate, Aglas, Pentagramme – bei all dem müsst ihr aber peinlich genau darauf achten, das das Salz eine geschlossene Kreislinie bildet. Sie darf auf keinen Fall unterbrochen sein! Schon eine winzige Lücke gestattet einer Manifestation den Zutritt! Denkt immer daran!" Die letzten Worte sprach sie mit aller Eindringlichkeit, und das vor allem zu den beiden Wachmännern. Bei Rolfhardt und Michael wusste sie, dass sie sich auf diese verlassen konnte. „Alles klar, oder gibt es noch fragen?"

„Wie notieren wir, falls ein Geist tatsächlich Lust auf ein Pläuschchen verspürt?", wollte Rissi wissen.

„Wir haben kleine Memosticks dabei. Die können bis zu 12 Stunden Sprachaufzeichnung liefern. An kleinen Silberkettchen kann man sie bequem um den Hals tragen. Wir schalten sie ein, wenn wir losziehen, dann brauchen wir nicht mehr daran denken und können hinterher alles bequem auswerten!", erläuterte Crystal.

„Praktisch gedacht", sagte Malcolm. „Ich glaube nämlich nicht, dass ich daran denken würde, die Aufzeichnung einzuschalten, wenn ich gerade dabei bin, mir vor Angst in die Hose zu machen!"

Diese Äußerung, zusammen mit einem sehr missglückten Grinsen, brachte die anderen kurz zum Lachen, was die Spannung ein wenig linderte.

„Gut!", rief Rolfhardt und klatschte in die Hände. „Dann lasst uns in die Sicherheitszentrale zurückgehen. Dort bunkert jeder Salz und einen Satz Schutzamulette. Neben den Memosticks nimmt jeder eine Taschenlampe mit, da wir uns auf die Stromversorgung nicht verlassen können. Draußen wird es gerade Dunkel. Das heißt, wir haben auch

kein Licht über die Fenster zur Verfügung. Bewaffnet euch außerdem mit Salzpistolen, genügend Munition und Weihwasser. Lasst eure Angst zurück, und dann lasst uns loslegen!"
„Wie lange soll unser Einsatz dauern?", fragte Michael in die Runde.
„Ach ja, hatten wir ja noch gar nicht festgelegt!" Crystal überlegte kurz. „Ich denke, vier Stunden sollten fürs Erste genügen. Dann treffen wir uns wieder hier unten, legen eine Ruhepause ein, und ziehen wieder los. Alle einverstanden?"
Sie schaute fragend umher, und als keine Einwände kamen, begab sich der Trupp gemeinsam in die Sicherheitszentrale, um die erwähnten Vorbereitungen zu treffen. Der Tanz durch die Nacht konnte beginnen!

Grummelnd stapfte Michael alleine durch die 9.Etage des höheren Gebäudeteils des CSE-Buildings.
„Am besten trennen wir uns ...", bäffte er leise.
„Damit haben wir womöglich schneller Erfolg! Vielen Dank, Rolfhardt!"
Missmutig gab er der massiven Holztür, die vom Treppenschacht zur zweiten Vorstandsetage führte, einen Stoß, um sie zu öffnen.
„Der hat gut reden – der ist ja schon tot!", brabbelte der Deutsche weiter vor sich hin. „'Am besten, wir trennen uns ...' - in Horrorfilmen beginnt dann immer das dahinscheiden der an der Handlung Beteiligten...immerhin hat es den Vorteil, dass

niemand riecht, wenn ich mir vor Angst in die Hose mache!"

Kurz zuvor hatten die Geisterjäger auf Vorschlag des Wiener Vampirs beschlossen, sich im Gebäude aufzuteilen. Rolfhardt und Michael teilten sich den 'aufrecht' stehenden Gebäudeteil, während Crystal und die beiden Wachmänner im 'liegenden Fass' patrouillierten.

Grundsätzlich stimmte Michael dem Argument seines Freundes ja zu. Immerhin hatten dieser, er selbst und Crystal ja auch schon einige Erfahrung mit Wesen der finsteren Seite sammeln können, aber natürlich fühlte sich der Stuttgarter alles andere als wohl dabei. So lange dauerte seine Karriere als Geisterjäger ja auch noch nicht an.

Michael hielt die Tür zur Etage auf und spähte in den Gang dahinter, der zu mehreren Büros der einzelnen Vorstandsmitglieder von CSE Incorporated und ihrer jeweiligen Sekretariate führte.

„Hallo?", rief er in den Gang hinein. „Ist da jemand?"

Er lauschte einen Moment, und überlegte derweil sein weiteres Vorgehen. Doch das war schnell überlegt: „Also – dann Raum für Raum abklappern und nachschauen, ob jemand Überstunden schiebt!" Er kicherte nervös über seinen kleinen Jux.

Bevor er aber damit anfing, traf er Vorkehrungen zur Eigensicherung. Michael schloss die Tür hinter sich, dann nahm er eine Dose Salz aus seiner Umhängetasche, und begann dann damit, sorgfältig einen Kreis zu ziehen, der seitlich jeweils die Wand des Korridors berührte. Dabei summte er leise die Melodie des ABBA-Hits „Ring-Ring" vor sich hin. Als er diese Arbeit beendet hatte, prüfte er noch einmal genau, ob der Ring aus Salz auch ja nicht irgendwo eine Unterbrechung besaß. Nachdem dies nicht der Fall war, richtete er sich wieder auf, hob theatralisch

seine Arme und rief in den Gang hinein: „Seht her – ich bin der Herr der Ringe!"
Anschließend musste er selbst über sich lachen, doch im gleichen Moment flackerte das Licht und ging ganz aus, was sofort dafür sorgte, dass ihm das Lachen im Hals stecken blieb.
„Da versteht wohl jemand kein Spaß!", murmelte er vor sich hin, während ein Adrenalin-Schub seinen Puls in die Höhe jagte, um sogleich seine Stirnband-Lampe anzuschalten. Das weiße, kalte LED-Licht schuf ausreichend Helligkeit, aber auch harte Schatten.
Der ehemalige Versicherungsmakler vergewisserte sich, dass er seine doppelläufige Steinsalzpistole entsichert und er leichten Zugriff auf die Nachladepatronen hatte.
„Na dann ..." Nach einem tiefen einatmen trat er behutsam aus dem Salzkreis, um ihn nicht zu unterbrechen, und bewegte sich dann vorsichtig zur ersten Bürotür. Diese war aus Glas, gehörte also zu einem der Sekretariate. Michael spähte hindurch, musste die Tür aber öffnen, um etwas erkennen zu können, denn das helle Licht aus seiner Stirnlampe spiegelte sich zu sehr im Glas. Zu seiner großen Erleichterung zeigte sich in dem Raum dahinter jedoch nichts ungewöhnliches. Also setzte er seine Erkundung des Stockwerkes fort.
Auf diese Art arbeitete er sich bis zum Ende des Korridors vor, wo er eine der Holztüren zu einem Vorstandsbüro öffnete. Zuerst schob er die massive Tür nur einen Spalt breit auf, damit er seinen Kopf durchschieben und in den Raum dahinter spähen konnte. Auch hier schien alles ruhig zu sein, so dass er die Tür schließlich ganz öffnete, und einen gleich neben dem Eingang stehenden Schirmständer ergriff, ihn gegen sie stellte, um ihr zuschwingen zu

verhindern. Dann betrat er das geräumige Büro mit der geschwungenen Fensterfront an der gegenüberliegenden Seite.
„Gott sei Dank, alles ruhig!", entschlüpfte es ihm erleichtert, und er atmete tief aus. Doch dann erstarrte er. Sein Atem war deutlich als Dampfwolke sichtbar! Gleichzeitig spürte der Geisterjäger einen eiskalten Hauch aus dem Nichts heraus. Das konnte nur eines bedeuten!
„Oh oh...!", flüsterte er leise vor sich hin.
Rasch leuchtete er alle möglichen Winkel im Büro ab, doch zuerst konnte er nichts besonderes feststellen. Doch um ihn herum wurde die Luft immer kälter. Also checkte er nochmals erst die eine Seite des Büros, dann ließ er den Strahl seiner Lampe über die Fensterfront hinweg zur anderen Raumseite gleiten – und zuckte heftig zusammen, als das Licht einen dunklen Schatten streifte.
Er sammelte sich einen Moment, und versuchte, sein wild pochendes Herz wieder ein wenig zu beruhigen. Und nachdem er einmal tief ein- und dann wieder ausgeatmet hatte, führte er den Lichtkegel seiner Stirnlampe langsam wieder zurück. Trotzdem er darauf gefasst sein sollte, konnte er nicht verhindern, dass er vor Schreck erneut zusammenzuckte, als er den dunklen Schatten ein zweites Mal aus der Dunkelheit riss. Doch Michael bekam sich recht schnell wieder unter Kontrolle und musterte den Geist so gut es ging.
Es war eine schlanke, fast hagere Gestalt, höchstens so groß wie er selbst, stellte der Deutsche fest. An den Füßen trug die Erscheinung so etwas wie Holzpantinen. Die Beine bedeckte eine löchrige, einfache Hose aus grobem Tuch, von einem Strick am Bauchansatz zusammengehalten. Genau so ärmlich wirkte die Oberbekleidung, ein schlichtes Hemd.

Genauere Einzelheiten konnte Michael nicht erkennen. Die Gestalt war dunkel und schien aus ihrem Inneren heraus zu flackern. Vergeblich versuchte der Geisterjäger der Erscheinung ins Gesicht zu schauen. Doch diese hielt den Kopf gesenkt, und langes, ungepflegtes Haar fiel wie ein Vorhang nach vorne und zur Seite herab. Die Arme des Spuks lagen eng am Körper an, doch die Finger an beiden Händen bewegten sich, als bestünden sie aus zehn unabhängig voneinander agierenden Schlangen. Ein beunruhigendes, bedrohliches Bild!
Michael nahm seinen ganzen Mut zusammen und sprach die Gestalt, welche bis jetzt noch keinen Laut von sich gegeben hatte, an.
„W... wer bist du?", rief er zögerlich in den Raum. „Warum ...warum bist du hier?" Er kam sich ein wenig lächerlich vor, rechnete er doch nicht wirklich mit einer Antwort.
Doch der Spuk reagierte. „MÖRDER!", zischte er grauenvoll, kaum verständlich. „Ihr seid mit dem Mörder im Bunde! SEID VERFLUCHT!"
Mit diesem letzten Aufschrei zuckte die Gestalt nach vorne und stand von einem Moment zum anderen in der Mitte des Büros. Michael stieß einen leisen Schrei aus und taumelte zwei, drei Schritte zurück, wo er mit dem Rücken schmerzhaft gegen die geöffnete Bürotür stieß. Er kämpfte seine aufkommende Panik nieder, die ihm eigentlich riet, die Füße in die Hände zu nehmen, um Hals über Kopf den Rückzug anzutreten.
„Nein ...", entgegnete er stattdessen mit zittriger Stimme. „Wir sind keine Mörder, wir wollen euch helfen!"
„LÜGNER!", fauchte die Gestalt. „Du belügst uns wie ER!"

Das letzte Wort klang wie ein grauenvoller Chor aus vielen Stimmen. Ruckartig bewegte sich der Geist durch den Raum und befand sich nur einen Wimpernschlag später nur noch eine Armlänge von Michael entfernt. Das flackernde Phantom starrte den jungen Mann aus einer schaurigen, Augenlosen, zerfressen wirkenden Fratze heraus an.
Michael stieß einen heiseren Schrei aus, taumelte vor Schreck rückwärts, geriet ins Stolpern und fiel hart auf seinen Rücken. Voller Panik sah er, wie sich die unheimliche Gestalt langsam auf ihn zu in Bewegung setzte. Der Geisterjäger meinte, ein Säuseln und Flüstern mehrerer Stimmen zu vernehmen. „Stirb …" flüsterten sie, und „… unsere Rache …" Worte, die nicht unbedingt zu seiner Beruhigung beitrugen. Er rutschte rückwärts auf allen Vieren aus dem Büro heraus, und endlich schaffte er es, sich wieder aufzurappeln. Mit Riesensätzen sprang er durch den dunklen Gang, auf seinen Salzkreis zu, um mit einem Riesensatz in dessen Mitte zu springen. Hinter ihm ertönte ein infernalisches, vielstimmiges Kreischen. Entsetzt wirbelte Michael herum und sah, wie der dunkle Schatten direkt auf ihn zuraste. Das alles ging so wahnsinnig schnell, dass der ehemalige Versicherungsmakler kaum seine Salzpistole hochreißen konnte. Er schrie auf, schlug die Hände vor sein Gesicht, der Spuk raste heran, steigerte sein markerschütterndes Kreischen in einen höchsten Diskant - und löste sich am Salzkreis in Luft auf.
Schlagartig wurde es fast schmerzhaft still.
Michael stand noch einige Momente lang wie eingefroren in der Mitte des Salzkreises und starrte aus angstvoll aufgerissenen Augen in die Dunkelheit des Korridors, unfähig, den Augenblick zu begreifen und zu realisieren. In diesem Moment flammte urplötzlich wieder das Licht auf und ließ den

Stuttgarter einen erneuten Schreckensschrei ausstoßen. Doch dies löste auch die Starre von ihm. Er richtete sich auf, griff sich fassungslos an den Kopf und schrie „Scheiße aber auch!" durch den Gang.
"Ich habe mich auch gefreut, dich Freak kennenzulernen! Nur an deinen Manieren musst du noch ein bisschen arbeiten!"
Dann wurden ihm die Knie weich, und er ließ sich in die Hocke sinken.
„Boah, Mann!", fluchte er. „Scheiße, meine Nerven – oder was noch davon übrig ist! Was gäbe ich jetzt für 'ne Fluppe!"

Während Michael sich in seinem Bereich des CSE-Building gerade wieder etwas sammelte, durchstreife Crystal den 6. Stock des wie ein liegendes Fass aussehenden Gebäudeteils. Hier und im Stockwerk darunter befand sich die Entwicklungsabteilung, wie ihr Malcolm und Harrison erklärt hatten. Die beiden Wachmänner waren ein Stockwerk tiefer auf der Pirsch. Damit sie „Crystal schnell zu Hilfe eilen konnten, falls es nötig sein sollte", so lautete ihr Argument. Wobei die Londonerin den beiden Männern deutlich ansah, dass sie sich alles andere als wohl bei dem Gedanken fühlten, sich überhaupt in zwei Gruppen aufzuteilen. Doch natürlich wollten sie sich nicht die Blöße geben und gegenüber der smarten Frau kneifen.

Bisher war in ihrem Stockwerk alles ruhig geblieben. Die smarte Engländerin griff zu ihrem kleinen Digitalfunkgerät.
„Malcolm, Rissi ... wie sieht es bei Euch aus?", rief sie die beiden Männer im Stockwerk unter ihr an.
Es krachte kurz im Lautsprecher des kompakten Gerätes, dann ertönte klar und deutlich die Stimme Harrison Steerlings.
„Zum Glück alles ruhig!", meldete der Mann. Crystal konnte sich gut vorstellen, wie er dabei nervös durch sein kurz geschorenes, karottenrotes Haar fuhr. „Wir können euch keine erhöhte EMF-Aktivität anmessen!"
„Gut, dann machen wir weiter, wie besprochen", antwortete Crystal. „Wir laufen unsere Stockwerke noch zwei Mal ab, und gehen dann jeweils zwei Etagen tiefer. Bis später dann!"
„Roger, bis später!"
Beruhigt darüber, dass die beiden Wachmänner offensichtlich mit der Situation ganz gut zu Recht kamen, machte sie auf ihrer Position kehrt, um das Stockwerk, so wie man es zu Beginn vereinbart hatte, noch einmal abzulaufen und auf Aktivität abzuchecken. Einerseits fühlte sie dabei Erleichterung, dass nichts geschah, andererseits wusste sie, dass dies nicht hilfreich sein würde, um den Fall zu lösen. Wie so oft, hatte auch hier jede Medaille zwei verschiedene Seiten.
Ein leiser Signalton des EMF-Messgerätes, welches sie in der linken Hand trug, lenkte ihre Aufmerksamkeit auf sich. Crystals Augen weiteten sich, als sie den starken Ausschlag des Zeigers auf der Skala erblickte. Fast im gleichen Atemzug flackerte das Licht im Korridor, und ein kalter Lufthauch brachte sie zum erschaudern.

Rasch zückte sie das Sprechgerät. „Bei mir tut sich was!", informierte sie die beiden Männer im Stockwerk unter ihr.
„Brauchst du Hilfe?", fragte es leise aus dem Gerät zurück.
„Bis jetzt nicht. Falls ja, drücke ich den Signalgeber zweimal kurz!"
„Und wir kommen angeschossen wie geölte Blitze!"
Von dieser Aussicht auf Hilfe beruhigt, schlich Crystal weiter durch das Stockwerk, dessen Beleuchtung nach wie vor unruhig flackerte. Rasch überzeugte sie sich, dass der Weg zu den von ihr gezogenen Sicherheits-Salzkreisen frei waren. Im nächsten Moment erlosch das Licht völlig, und es schien um sie herum noch kälter zu werden. Da die Engländerin das Licht ihrer Stirnlampe schon beim ersten Flackern der Beleuchtung eingeschaltet hatte, stand sie nicht völlig im Dunkeln.
Sie wollte ihren Rundgang schon fortsetzen, als leise Geräusche an ihr Ohr drangen. Sofort verharrte sie in ihrer Bewegung und lauschte angestrengt in die Dunkelheit der Etage hinein. Nun vernahm sie die Laute deutlicher. Es schien ihr, als ob irgendwo ein Kind weinte.
Crystal versuchte, dem Geräusch zu folgen. Hin und wieder drehte sie den Kopf nach links und nach rechts, blieb wieder stehen, machte einen Schritt zurück oder wandte sich nur mit dem Oberkörper in verschiedene Richtungen. So lokalisierte sie langsam, aber sicher den Ursprungsort des kindlichen Weinens. Die Geräusche führten die schlanke Engländerin geradewegs in eines der Büros an der Stirnseite des 'liegenden Fasses'. Unter dem Türrahmen blieb sie noch einmal stehen und lauschte. Gar kein Zweifel – das Weinen hatte seinen Ursprung genau in dem

Raum vor ihr, den sie nun vorsichtig und langsam betrat.
Zuerst bewegte sie ihren Kopf hin und her, um mit ihrer Stirnlampe das leere Büro abzusuchen, immer darauf gefasst, etwas ungewöhnliches zu entdecken. Doch zu ihrer Überraschung sah sie tatsächlich nichts. Und doch drangen nach wie vor die angstvollen Laute eines verängstigten Kindes an ihr Ohr.
Noch einmal ließ Crystal das LED-Licht durch den Raum wandern, ohne etwas entdecken zu können. Doch dann ging sie aus einem Impuls heraus in die Knie und leuchtete unter die Schreibtische des Büros. Und tatsächlich! Unter einem dieser Schreibtische kauerte der dunkle Schemen eines Kindes! Es saß ganz in eine Ecke gedrückt und hatte die Arme, auf die es sein Gesicht barg, um beide Knie geschlungen. Von dort ertönte auch wieder das ängstliche Wimmern.
„Hallo, mein Kleines ...", rief Crystal sanft, während sie es als sehr seltsam empfand, einen Geist nicht erschrecken zu wollen. „Du brauchst vor mir keine Angst haben, ich werde dir nichts tun!"
Das Wimmern brach abrupt ab, und ein einzelnes, dunkles Auge lugte hinter den mit einem schmutzigen Jäckchen bekleideten Armen hervor.
„SIE sagte, dass ihr alle zu IHM gehören würdet, und das wir uns vor euch vorsehen sollten", ertönte ein dünnes, leises Stimmchen, das immer wieder von einem herzzerreißendem Schluchzen unterbrochen wurde.
„Wer SIE ist, weiß ich nicht, aber wir gehören sicher nicht zu IHM, obwohl ich diesen IHN auch nicht kenne", antwortete die Geisterjägerin nach kurzem überlegen. „Vielleicht erzählst du mir ein bisschen

was darüber, dann verstehe ich vielleicht, vor was du so große Angst hast."
„Und du tust mir ganz bestimmt nichts?", lautete die unsichere, ängstlich vorgetragene Gegenfrage.
„Ganz bestimmt! Großes Ehrenwort!"
Es wurde einen Moment still, dann erschien das ganze Gesicht des kindlichen Geistes über den Armen.
„Gut, dann komme ich vor!"
Die schimmernde Erscheinung bewegte sich, kam langsam unter dem Schreibtisch hervor gekrochen und blieb dann ein gutes Stückchen vor der Londonerin auf dem Boden des Büros mit überkreuzten Beinen sitzen.
„Na siehst du!", lobte Crystal die Erscheinung. „So können wir uns doch viel besser unterhalten! Ich heiße Crystal – und wer bist du?"
„Ich heiße Cathy ...", erklang es immer noch etwas schüchtern zurück. Doch immerhin wusste Crystal nun, dass sie es mit dem Geist eines kleinen, etwa achtjährigen Mädchens zu tun hatte.
„Cathy ...ein schöner Name!" Crystal lächelte die kleine Erscheinung an und hoffte, ihr so die Angst zu nehmen. „Wie kommst du hierher? Kannst du mir das erzählen?"
„Smeralda befiehlt uns, hier zu sein", lautete die verschüchtert klingende Antwort.
„Smeralda?"
„Ja, die Zigeunerin. Sie hat den Grafen verflucht und befohlen, an allen, die sich an diesem Ort aufhalten, Rache zu üben!"
Jetzt wurde Crystal hellhörig. War das die Basisinformation, nach der sie die ganze Zeit gesucht haben?

„Sie hat einen Grafen verflucht?", hakte sie deshalb behutsam nach. „Wer war denn das, und warum hat sie das getan?"
Es dauerte einen kleinen Moment, bevor die kindliche Erscheinung zu einer Antwort ansetzte.
„Smeralda hat uns gesagt, das der Graf von Aldenthorpe ein böser Mann gewesen sei. Und sie hat bestimmt recht ... ich weiß, dass er das Land kaufen wollte, auf dem unser Dorf stand, und wo wir unsere Felder hatten. Doch keine der Familien wollte von dort fortgehen. Es war doch unsere Heimat! Und dann verschwanden einfach die Menschen!"
„Es verschwanden die Menschen?", fragte Crystal überrascht nach. „Wie denn das?"
„Sie gingen morgens auf die Felder, und kamen nicht mehr zurück!", lautete die Antwort des Kindergeistes. „Man hat nach den Verschwundenen gesucht, konnte sie aber nicht finden. Und eines Tages, da waren auch meine Eltern weg, zusammen mit meinem großen Bruder. Auch sie gingen am Morgen zusammen auf unser Feld beim Wald ... und am Abend ... sie kamen einfach nicht!"
Unendlich traurige Kinderaugen blickten Crystal an, und sie hätte das kleine Mädchen am liebsten an sich gezogen und in ihren Armen geborgen.
„Was geschah dann?", erkundigte sie sich behutsam.
„Alle im Dorf haben erzählt, dass Graf Aldenthorpe etwas mit dem Verschwinden zu tun haben könnte. Doch niemand traute sich, was dagegen zu tun. Da bin ich einfach den weiten Weg zu seinem Haus gegangen, um ihn nach meinen Eltern und meinem Bruder zu fragen."
„Und? Was hat er geantwortet?"
„Er hat nur milde gelächelt, und mich in die Küche geschickt, wo man mir was zu essen und einen Becher Milch geben sollte. Später wollte er noch mal

mit mir reden. Doch nachdem ich gegessen und getrunken hatte, bin ich so schrecklich müde geworden und noch am Küchentisch eingeschlafen. Als ich wieder aufwachte ...Oh, es war so schrecklich! Ich hatte solche Angst!"
Der kleine Geist barg seinen Kopf schluchzend in seinen Armen.
„Was ist denn passiert?", erkundigte sich Crystal so einfühlend, wie möglich. Es widerstrebte ihr, die Erscheinung zu drängen, aber auf der anderen Seite lief ihr ein bisschen die Zeit davon.
Cathy hob nach einigen Momenten wieder ihren kleinen Kopf.
„Ich lag in einer Grube, um mich herum viele tote Dorfbewohner. Und von oben schütteten fremde Männer Erde auf uns herunter ..."
Crystal lauschte erschüttert. Sie mochte sich die Angst, die das junge Wesen vor so langer Zeit erlebt haben musste, kaum vorstellen. Wie konnte jemand nur so grausam sein? Sie schwieg, weil ihr die rechten Worte fehlten, um die Unterhaltung einfach so weiterzuführen. Doch Cathy ergriff von sich aus wieder das Wort. Fast schien es so, als ob sie froh wäre, endlich jemandem ihr Herz ausschütten zu können.
„Irgendwann bekam ich keine Luft mehr und schlief ein ...", erzählte sie stockend weiter. „Bis Smeralda kam und mich weckte."
„Smeralda hat dich wieder aufgeweckt? Wer ist denn diese Smeralda überhaupt?"
„Sie hat uns erzählt, dass sie und ihre Zigeunersippe auf dem Land von Graf Aldenthorpe kampierten, und auch nicht gingen, als der Graf dies von ihnen verlangt hat. Deswegen ließ er die Anführerin der Sippe, Smeralda, entführen und hier, auf diesem Land umbringen. Noch während sie starb, verfluchte sie die

Erde, in der man sie verscharren würde. Und sie verfluchte den Grafen, auf das er niemals Glück finden und zur Ruhe kommen sollte. Und uns weckte sie, damit wir ihr bei ihrer Rache helfen. Seither treibt sie uns an, jeden, der sich auf diesem Stück Land aufhält, heimzusuchen, zu verjagen oder in den Tod zu treiben. Doch sie ist so verbittert und kalt ... und ich bin so müde. So unendlich müde. Ich möchte nur noch schlafen und meine Eltern im Himmel wiedersehen. Kannst du das verstehen, Crystal?"

Die dunklen Augen, die die junge Engländerin aus der durchscheinenden Geistergestalt heraus anblickten, schienen in diesem Moment alles Leid dieser Welt in sich zu tragen. Ein Blick, der Crystal durch Mark und Bein ging, und ihre Seele auf das Tiefste berührte.

„Oh kleine Cathy ...", antwortete sie und suchte nach den richtigen Worten. „Niemand sollte erleben müssen, was du erlebtest. Und schon gar nicht Kinder wie du. Und es ist nicht richtig von Smeralda, dich hier festzuhalten. Lord Aldenthorpe war ein böser Mensch. Doch auch Smeralda tut böses, wenn sie andere für ihre Rache benutzt. Vor allem, wenn diese Rache Menschen betrifft, die nicht das Geringste mit Lord Aldenthorpe zu tun hatten. Wir ... was ist denn, Cathy?"

Crystal hatte bemerkt, dass der Geist des kleinen Mädchens unruhig geworden war.

„Smeralda ...", hauchte die kindliche Erscheinung. „Sie ruft mich. Sie ist böse mit mir, weil ich mit dir geredet habe. Ich muss gehen ... bitte hilf uns, wenn du kannst ..."

Die letzten Worte Cathys waren nur noch ein säuselnder Hauch, der im gleichen Maß verwehte, wie ihre Gestalt durchsichtig wurde, um dann ganz zu verschwinden. Der kleine, traurige Geist hinterließ eine erschütterte Frau, die heftig damit kämpfte, ihre

Tränen wegen des Schicksals von Cathy zurückzuhalten. Doch die Geisterjägerin kam gar nicht dazu, sich diesen Gefühlen hinzugeben. Denn im Gebäude schien der Spuk nun wieder an Heftigkeit zuzunehmen. Ein Kreischen ließ Crystal vor Schreck zusammenzucken. Lampen flammten wie Blitzlichter grell auf und tauchten das Büro in stroboskopartiges Geflacker. Dumpfe Schläge ließen das Gebäude erbeben. Irgendwo klirrte etwas, das sich wie splitterndes Glas anhörte. Gegenstände rutschten von Schränken und Tischen und fielen polternd zu Boden. In Crystals Funkgerät knackte es. „Rissi hier", ertönte die aufgeregt klingende Stimme des rothaarigen Wachmanns aus dem Lautsprecher. „Crystal – kannst du mich hören?"
„Ich höre Dich, Rissi", meldete die Angesprochene sich sofort. „Alles O.K. bei Euch?"
„Könnte man so nicht behaupten ...", lautete die alarmierende Antwort. „Bis vor einem Moment schien hier in der 5. Etage alles ruhig zu sein, doch dann änderte sich das schlagartig ..."
„Du meinst das Wummern und Beben, die Lichter, Geräusche und fliegenden Gegenstände?"
„Wenn es nur das wäre ..."
„Rissi – was ist los bei Euch?" Die Geisterjägerin war nun wirklich besorgt.
„Kennst du den Film Poltergeist? Als die vielen Geister im Haus der Freelings umher wandelten? Die scheinen sich jetzt alle hier versammelt zu haben!"
„Oja!", entfuhr es der Frau erschrocken. „Wo genau seid ihr?"
„Etwa in der Mitte des 5. Stocks, in einer Art Konferenzraum. Wir konnten gerade noch einen Schutzkreis aus Salz um uns herum ziehen. Dann hatten uns mindestens 10 schaurige Gestalten umzingelt. Und die machen nicht gerade einen

freundlichen Eindruck auf uns, das kannst du uns glauben! Was sollen wir denn jetzt machen? Es sind so viele!"
„Smeralda ist wohl wirklich sehr ungehalten!", seufzte die Engländerin.
„Smer – wer?", fragte der Wachmann zurück.
„Die treibende Kraft hinter dem ganzen Spuk", erklärte Crystal kurz. „Eine Zigeunerin aus der Zeit Heinrich VIII. Mehr erkläre ich später. Ich werde nun zu euch beiden hinunter kommen. Zu dritt sollten wir die Geister verjagen können. Bewegt euch so lange nicht aus dem Kreis heraus!"
„Könnten wir gar nicht – unsere Füße wollen uns nicht mehr gehorchen. Dafür zittern uns viel zu sehr die Knie!"
„Na, deinen Humor hast du aber noch nicht verloren, Rissi!"
„Das ist Galgenhumor. Hilft, um nicht den Verstand zu verlieren. Beeile dich bitte!"
„Schon unterwegs!"
Rasch sprang Crystal auf und und wollte das Büro verlassen. Doch direkt vor ihr fiel die Zugangstür, wohl von Geisterhand bewegt, krachend ins Schloss.
„Da will wohl jemand, dass ich den beiden Männern nicht zu Hilfe komme!", schimpfte die Londonerin mehr wütend als erschrocken vor sich hin.
Sie griff nach der Klinke und rüttelte daran, doch die Tür wollte sich nicht öffnen. Nach kurzem Überlegen entnahm sie ihrer Jackentasche ein Stück Kreide und zeichnete ein Pentagramm auf das Holz der Türe. Dazu noch einige Schutzzeichen zur Geisterabwehr vor jede der fünf Spitzen des magischen Symbols. Dann sprühte sie Weihwasser aus einem der mitgeführten Flakons auf die Tür und vor allem auf das Türschloss. Anschließend pustete sie von ihrer flachen Hand noch etwas Salz in das Schlüsselloch

und presste danach ein Medaillon mit einem Agla, einem starken Abwehrzeichen, darauf. Dann versuchte sie erneut, die Bürotür zu öffnen. Zu ihrer großen Erleichterung gelang das dieses Mal. In diesem Moment gab es erneut ein dumpfes Wummern, und ein schwerer Schreibtisch rutschte von selbst auf die ESP-Ermittlerin zu. Crystal warf sich Gedankenschnell durch die Türöffnung auf den Gang, als der Tisch auch schon gegen den Türrahmen donnerte.

„Wenn du mir Angst einjagen willst, dann bist du an die Falsche geraten, Smeralda!", kommentierte Crystal diesen Angriff auf sie grimmig, während sie sich wieder aufrappelte. „Ich habe schon gegen Vampire, Ghouls, Satyre und Schattennymphen gekämpft. Da lasse ich mich auch nicht von einem rachsüchtigen Poltergeist aufhalten!"

Ein wahnsinniges Kreischen ertönte zur Antwort, doch davon ließ sich Crystal nicht aufhalten. Sie sprang durch den Gang auf das Treppenhaus zu und nahm nur wenige Augenblicke später mehrere Stufen auf einmal zum nächsten Stockwerk hinunter, wo sich die beiden Wachmänner in Bedrängnis befanden.

Ein gutes Stück entfernt, im 5. Stockwerk des Hochaus-Teils, bewegte sich Rolfhardt durch die Räume der Marketing-Abteilung von CSE

Incorporated. Auch hier flackerte das Licht, um dann ganz auszugehen, wummerte der Bau unter dumpfen Schlägen, bewegten sich selbstständig Gegenstände. All das beeindruckte den weißen Vampir jedoch nicht sonderlich. In seiner mehr als 200-jährigen Existenz hatte er schon genug seltsames erlebt. Auch auf eine Lampe konnte er getrost verzichten: seine Vampiraugen erlaubten ihm, in der Nacht so gut wie am Tag zu sehen.
Langsam bewegte er sich zwischen mehreren PC-Arbeitsplätzen hindurch, an denen sonst tagsüber fleißige Kreative die Werbekampagnen für die Software-Firma entwickelten. Bis vor wenigen Augenblicken war Rolfhardts Patrouillengang ruhig verlaufen, bis von einem Moment auf den nächsten wieder das geisterhafte Getöse losging. Er wollte gerade seine Freunde und die beiden Wachmänner anfunken, um sich zu erkundigen, ob bei ihnen etwas vorgefallen sei, was diesen neuerlichen Ausbruch verursacht haben mochte, als er aus seinen Augenwinkeln eine Bewegung wahrnahm.
Der Wiener drehte sich in einer katzengleichen Bewegung um seine Achse. Gleich darauf fixierten seine Augen die dunkle Silhouette einer Gestalt, die am Ende des Raumes stand. Rolfhardt erkannte in ihr den wütenden Geist der Frau, die ihn schon im Keller, während der Rettungsmission für den Hausmeister, attackiert hatte. Ihr Erscheinungsbild erinnerte den österreichischen Spross einer alten Adelsfamilie an das fahrende Volk, wie es zu Zeiten seiner Kindheit in Wien und Umgebung unterwegs gewesen war. Er blieb stehen und überlegte sein weiteres vorgehen, als von der Erscheinung ein unheimliches Stöhnen, gefolgt von einem hämischen Kichern ausging. Die Töne und Geräusche hätten einem Normalsterblichen das Blut in den Adern gefrieren lassen können. Doch

den Geisterjäger ließ das ziemlich kalt. Schließlich handelte es sich bei ihm alles andere als um einen Normalsterblichen – was der wütende Geist nicht wissen konnte. Die Manifestation bewegte sich ruckartig ein Stückchen auf den Vampir zu, wohl immer noch in der Annahme, wegen der Dunkelheit nicht gesehen zu werden. Dann folgte erneut das Stöhnen und Kichern. Es lag auf der Hand, dass Rolfhardt durch Angst in die Flucht getrieben werden sollte. Natürlich tat dieser der Erscheinung diesen Gefallen nicht.
Er lachte deshalb laut und provokant. „Wird dir das Gestöhne und Gekichere nicht irgendwann selbst langweilig?", rief er spottend in Richtung der geisterhaften Manifestation.
Tatsächlich reagierte diese darauf. „Du wirrssssst sssterben, Eeelender!", zischelte sie böse, und ihre Augen glühten in einem diabolischen Rot auf.
„Geht nicht – ich bin schon tot!", gab Rolfhardt ungerührt zur Antwort. „Sieh her!"
Mit ausholender Geste breitete er seine Arme aus und vollzog in einem Augenblick die Transmutation zu seinem Vampir ich – mit knochigen Krallenhänden, Totenschädel ähnlichem Kopf mit den nadelspitzen Zähnen des Vampirgebisses, und den rötlich glühenden Augen, in denen die Pupillen nur schwarze, Stecknadel große Punkte waren. Aus den lockigen Haaren ragten rechts und links des Kopfes spitze Ohrmuscheln hervor.
„Du machst mir keine Angst, Geist!", schrie Rolfhardt der Erscheinung mit tiefer, kehliger Stimme entgegen.
Die Antwort bestand in einem wahnsinnigen Kreischen, welches sich in immer größere Höhen schraubte. Gleichzeitig schien die Spukgestalt wie von einem Faden nach hinten weggezogen zu

werden, bis sie schließlich von der Wand verschluckt wurde und das Gekreische abrupt endete.
„Damit hast du nicht gerechnet, altes Weib!", rief Rolfhardt triumphierend aus, und sein grinsendes Vampirgesicht wäre dabei in der Lage gewesen, einem Normalsterblichen das Blut in den Adern gefrieren zu lassen. „Wenn Zigeuner damals etwas mehr fürchten, als Obrigkeit und missgünstige Bürger, dann waren dies die Ängste vor den Wiedergängern! Mir scheint, das hat sich seit damals kaum geändert – zumindest beim Spuk im CSE-Gebäude", sprach der Wiener halblaut zu sich selbst, während er sich zurück in seine normale, menschliche Gestalt transformierte.
Im nächsten Moment zuckte der Vampir erschrocken zusammen, als sich sein Handy mit Vibration und dem markanten „Ta Ta Ta Taaa" von Beethovens fünfter Symphonie in der Brusttasche seines Hemdes meldete.
„Verflucht!", schimpfte der blondmähnige Mann, ein wenig über sich selbst verärgert. „Ein Rachegeist jagt dir kein Schrecken ein - dafür dein eigenes Telefon! Ein schöner Vampir bist du, alter Mann!"
Kopfschüttelnd zog er das Handy aus der Brusttasche und hob es an sein Ohr. Es war Bruder Jonathon, der sich am anderen Ende meldete.
„Wir haben wichtige Informationen für Euch!", sprudelte er mit aufgeregt klingender Stimme hervor. „Und deshalb rücke ich mit dem Mönchs-Einsatzkommando an ..."

Als Crystal das 5. Stockwerk im anderen Gebäudeteil betrat, hörte es sich an, als würde dort unten ein ganzer Höllenchor schaurige Choräle intonieren. Der Geräuschorkan drang aus einem der Großraumbüros hervor, wie es sie auch ein Stockwerk höher gegeben hatte.

„Mir scheint, als feiern da ein paar wild gewordene Geister eine kleine Party …", murmelte die lockenmähnige Frau leise vor sich hin, während sie auf Zehenspitzen näher schlich.

Die Tür zu dem Raum, von welchem das schaurige Crescendo ausging, stand eine Handspanne offen. Licht fiel auf den Flur hinaus. Hier gab es also offensichtlich noch oder wieder Strom. Sachte drückte sie die Tür noch ein Stückchen weiter auf, bis sie erkennen konnte, was sich dahinter abspielte.

Ihre Augen weiteten sich, als sie sah, was sich auf der Entwicklungsetage tat. Die Arbeitsplätze in dem Großraumbüro gruppierten sich so, das in der Mitte eine etwa drei Meter durchmessende Kreisfläche frei bliebe. Dort hatten Rissi und Malcolm ihren Schutzkreis gezogen, in dessen Mitte sie nun sichtlich eingeschüchtert dicht beieinander standen und gar nicht wussten, wie ihnen geschah, oder wohin sie zuerst blicken sollten. Eine geifernde, kreischende und jaulende Schar mehr oder weniger transparenter Gestalten und Schemen tanzten einen wütenden Tanz um die beiden Männer. Crystal erkannte geisterhaft schimmernde Silhouetten von Männern, Frauen und Kindern, denen gemeinsam war, dass sie, ihrer erkennbaren Kleidung nach, alle aus der gleichen, zeitlichen Epoche stammen mussten. Es mutete an, als würden Hexen in der Walpurgisnacht auf ihren Besen um ein flackerndes Feuer reiten und ein wüstes Fest auf dem Blocksberg feiern. Doch feierlich fühlten sich der Schotte und der Engländer im Mittelpunkt des höllischen Treibens bestimmt nicht. Einzig der Kreis aus grobem Steinsalz schirmte sie von den Geistern ab. Nicht auszudenken, was hätte geschehen können, wäre es ihnen nicht gelungen,

sich in den Schutzkreis zurück zu ziehen! Dass die parareale Horde durchaus Schaden anrichten konnte, bewies sie damit, dass sich immer wieder Gegenstände von den Schreibtischen und Schränken in die Luft erhoben und in den Kreis zu den beiden Männern geschleudert wurden. Die hatten alle Mühe, den Geschossen aus Büromaterial auszuweichen, oder sie mit ihren Armen und Händen abzuwehren. Einige blutige Schrammen bewiesen der Geisterjägerin, dass es höchste Zeit war, einzugreifen.
Rasch zog sie sich wieder auf den Gang zurück, zog ihre beiden Steinsalzpistolen aus ihren Jackentaschen und füllte Patronen auf. Dann riss sie ein kleines Beutelchen mit losem Salz auf und füllte es in zwei andere Jackentaschen um. Dann förderte sie noch etliche Schutzamulette zutage und hängte sie sich an deren dünnen Fäden um ihren Hals. Im Bedarfsfall konnte sie diese rasch und einfach abreißen und werfen.
So vorbereitet begab sie sich wieder zurück zur Tür. In Gedanken ging sie noch einmal ihren schnell zurecht gelegten Plan durch und hoffte, dass die beiden Männer in den nächsten Sekunden richtig reagierten. Davon hing der rasche Erfolg ab. Dann nickte sie in grimmiger Entschlossenheit, atmete noch einmal tief durch – und legte los!
Crystal hob ganz undamenhaft ihren rechten Fuß, dann trat sie schwungvoll die Tür auf, während sie gleichzeitig ihre beiden Steinsalzpistolen in den Anschlag hob.
„Malcolm, Rissi – fallen lassen!", schrie sie den Männern entgegen, in der Hoffnung, laut genug zu sein, um das schauerliche Geheul der kreisenden Erscheinungen übertönen zu können.
Doch die beiden Wachmänner schienen sie gehört zu haben, denn sie ließen sich wie vom Blitz gefällt zu

Boden sinken. Sofort feuerte Crystal krachend ihre Waffen ab, und zwei Ladungen Steinsalz rissen große Löcher in die Phalanx der schaurig glühenden Emanationen. Wütendes Fauchen erklang als unmittelbare Reaktion auf den Angriff der Londonerin. Der Tanz der Rachegeister um die beiden Männer kam ins stocken. Schon wandten sich einzelne Geister der weiteren Gegnerin zu, doch die hatte den Moment der von ihr geschaffenen Verwirrung genutzt, um einen Schutzkreis aus Salz auch um sich zu ziehen. Gerade richtete sie sich wieder auf und feuerte den nächsten Schuss aus ihrer Pistole auf die herannahenden Spukgestalten ab, die unter giftigem Gekreische in zerfransten Schwaden auseinander stoben. Noch bevor weitere Erscheinungen auf Crystal umschwenken konnten, riss diese sich ein paar der Amulette von ihrem Hals und warf sie so, dass deren Schutzwirkung einen größeren Freiraum aus sich überlappenden Kreisen bildete, die ihr den Weg zu den beiden Männern frei räumte. Wie von einem Zwang getrieben, rannten die Erscheinungen gegen die Schutzzonen an, wurden jedoch immer wieder wie von einem Gummiband zurück geschleudert. Zudem feuerte sie weiter die Salzladungen unter den wütenden Mob aus durchscheinenden Schemen.
Endlich schienen auch Rissi und Malcolm ihre Starre überwunden zu haben. Sie unterstützten Crystal nun mit ihren eigenen Steinsalz- und Weihwasserwaffen. Immer mehr Schauergestalten lösten sich unter deren Einwirkung in schwarze Fetzen und Rauchschwaden auf, und verschwanden letztendlich. Die Stille, die eintrat, als der letzte Poltergeist heulend verging, hatte da fast schon etwas surreales.
„Uff!" Der kleine Stoßseufzer des Schotten Malcolm fasste seine Gemütslage in einem einzigen Wort zusammen.

Rissi wischte sich den Schweiß von der Stirn, kratzte sich am Kopf und lächelte Crystal unsicher an.
„Danke für deine Hilfe ...", brachte er dann schließlich hervor. „Das war starker Tobak! Als hätten die gewusst, das wir Neulinge auf dem Gebiet sind. Ich kam mir so hilflos vor ..."
„Keine Entschuldigung notwendig!", wischte Crystal die Worte des Mannes mit den karottenroten Haaren freundlich blinzelnd zur Seite. „Ihr seid ja auch mehr oder weniger ins kalte Wasser gesprungen. Dafür, dass ihr das erste Mal mit so einer Situation konfrontiert wurdet, schlagt ihr euch ganz großartig!", fügte sie dann noch hinzu, wohl wissend, dass ein paar aufbauende Worte für die beiden Männer in diesem Moment absolut wichtig waren.
„Dämlich würde es besser beschreiben ...", meinte Malcolm selbstkritisch. Er hob seine Waffe und zeigte sie Crystal. „Wir hatten beide diese Dinger in der Hand – doch als die Horde der wild gewordenen Gespenster auf uns zuraste und wir in unseren Kreis flüchteten – glaubst du, einer von uns beiden wäre auf den Gedanken gekommen, auf diesen Polterspuk zu schießen?" Er schüttelte den Kopf, noch im Nachhinein verärgert über das eigene Versagen. „Nein, wir haben mit großen Augen auf das verrückte Karussell um uns herum gestarrt und uns vor Angst fast in die Hose gemacht. Und wir sollen Geisterjäger sein?" Der Schotte starrte Crystal aus seinen großen, braunen Augen heraus an.
„Aber das Wichtigste ist doch, dass ihr Euch wieder gefangen, und zusammen mit mir die wüste Horde in die Flucht geschlagen habt!", entgegnete Crystal mit Nachdruck dem verunsicherten Mann. „Ist wie mit dem Auto fahren: erst meint man, dass man das nie lernt, und dann klappt es auf einmal doch!"

„Gibt es dann auch so was wie einen Geisterführerschein?", warf Rissi mit todernster Miene ein.
Verblüfft starrten Crystal und Malcolm den Rothaarigen einen Moment sprachlos an. Dann löste sich ihre Anspannung in gemeinsamen Gelächter.
„Geisterführerschein ..." Malcolm schüttelte seinen Kopf und hieb dem Kollegen freundschaftlich auf die Schulter. „Du bist mir vielleicht eine Marke!"
„Ich glaube allerdings, dass es schwieriger wäre, eine Behörde von der Existenz des Übernatürlichen zu überzeugen, als diesen Fall hier zu Ende zu bringen!", merkte Crystal an. „Stellt euch nur vor – da müsste man bestimmt einen 50-seitigen Antrag ausfüllen, in dreifacher Ausfertigung!"
„Uh!" Malcolm schüttelte sich bei dieser Vorstellung. „Hör auf, dass ist einfach zu grauenhaft! Dann lieber Geisterkarussell!"
Erneut erklang Gelächter, als sich die Funkgeräte Crystals und der beiden Männer mit ihrem Rufton meldeten.
„Crystal?", erklang Rolfhardts Stimme aus den Geräten. „Rissi, Malcolm – hört ihr mich?"
Die Engländerin übernahm es, für alle drei zu Antworten.
„Wir stehen alle drei gerade zusammen", meldete sie sich bei dem Wiener. „Was liegt an?"
„Bruder Jonathon rückt gerade an", berichtete dieser. „Mit Informationen, Kompressoren, Presslufthämmern und Spitzhacken, und, so hat es sich jedenfalls angehört, mit einer ganzen Horde von Mönchen. Mir scheint, die ganze hiesige Zelle von Buckfast ist als Kavallerie angerückt!"
„Das ist erfreulich!", rief Crystal aus, und nicht nur ihr war eine gewisse Erleichterung anzumerken. „Wir können deren Unterstützung gut gebrauchen. Gerade

haben wir mindestens zwölf Geister in die Flucht geschlagen. Mir scheint, Smeralda wird ungeduldig und bläst zum Großangriff im CSE-Gebäude!"
„Smeralda? Ist das etwa die Furie, die den Hausmeister dazu bringen wollte, sich zu erhängen? Woher kennst du ihren Namen?"
„Es ist jene welche, und den Rest erkläre ich dir später", lautete Crystals kurz gehaltene Erwiderung. „Wir wollen keine Zeit verlieren. Rissi, Malcolm und ich begeben uns auf dem schnellsten Weg ins Foyer. Wo steckt Michael?"
„Kommt ebenfalls nach unten", antwortete Rolfhardt. „Der hatte auch eine unschöne Begegnung, allerdings nur mit einem Geist. Keine Angst, ihm geht es gut. Hat er mir jedenfalls versichert, als ich ihn über Jonathons Ankunft informiert habe."
Der weiße Vampir gab sich betont ruhig, trotzdem konnte Crystal den Unterton von Sorge heraushören, als Rolfhardt von Michael berichtete. Die junge Frau wusste wohl, das der österreichische Aristokrat mehr als nur Freundschaft für den hübschen Deutschen empfand. Sie mochte nicht in der Haut desjenigen stecken, der dem ehemaligen Versicherungsmakler ernsthaft ein Haar krümmen sollte!
„Dann bin ich ja beruhigt", sagte sie dann, als sie sich aus ihren kurzen Gedankengängen wieder losgerissen hatte. „Bis gleich im Foyer!"
„Ja, bis gleich!"
„Habe ich richtig gehört? Presslufthämmer?", hakte Rissi mit großen Augen nach, nachdem sie alle drei ihre Funkgeräte wieder weggesteckt hatten.
„Ja", bestätigte die Chefin von ESP-INVESTIGATION. „Vermutlich hat vor langer Zeit ein skrupelloser Peer auf diesen Grundstück die Leute verschwinden lassen, die ihm nicht genehm waren, oder die seinen

Plänen im Wege standen. Frauen, Männer, Alte, Junge, Kinder ..."

„Auch diese Zigeunerin?" Malcolm schüttelte fassungslos den Kopf. „Und die spuken jetzt hier rum? Kann man ihnen im Prinzip ja nicht verdenken ..."

„Nur, dass die heutigen Menschen, die unter dem Spuk leiden oder gestorben sind, nichts für das Schicksal der Bedauernswerten können!", sagte Crystal nachdrücklich. „Und deshalb müssen wir die Knochen finden, sie salzen und verbrennen, damit die Seelen Ruhe finden und nicht mehr an diesen Ort gebunden sind."

„Dann machen Presslufthämmer allerdings Sinn!", kommentierte Rissi trocken. „Zum Treppenhaus geht's da lang!"

In aller Eile rannten die Geisterjäger zum Ausgang, der in das Treppenhaus führte, hinüber. Dort angekommen, begann das Licht wieder zu flackern, und erneut erklangen dumpf hallende Schläge. Doch diese vergleichsweise harmlosen Erscheinungen des Geisterspuks im CSE-Building flößte nach all den Geschehnissen nicht mal mehr den beiden Wachmännern wirklich Furcht ein. Davon abgesehen, blieben sie im Treppenhaus von weiteren Angriffen oder Attacken der Poltergeister unbehelligt, und erreichten nach kurzer Zeit das Foyer im aufrecht stehenden 'Fass' des Gebäudes. Dort trafen sie auf hektische Aktivität. Mindestens zwanzig Männer waren damit beschäftigt, diverse klobige Gerätschaften durch die zerborstene Scheibe der Glastür ins Innere des CSE-Buildings zu schaffen. Mitten unter ihnen standen Rolfhardt und Michael, die Anweisungen gaben, wohin die Gerätschaften gebracht werden sollten. Crystal steuerte die beiden Freunde zusammen mit ihren Begleitern direkt an.

„Sind das alles Jonathons Mitbrüder?", erkundigte sie sich bei ihnen, und machte eine entsprechende Geste mit ihrem ausgestreckten Arm dazu. „Keiner von denen sieht wie ein Mönch aus!"
„Ich versichere dir, es sind meine Mitbrüder", antwortete eine Stimme hinter der Londonerin, bevor Rolfhardt oder Michael irgendetwas erwidern konnten.
Crystal wendete sich dem Sprecher zu, und erkannte in ihm Bruder Jonathon, allerdings auch ohne Kutte, dafür in Jeans und Hemd.
„Jonathon!", rief sie erfreut aus. „Ohne deine Salami in der Hand hätte ich dich kaum wieder erkannt!" Mit dieser scherzhaften Bemerkung spielte sie auf ihre erste Begegnung in der Küche von Blair House an.
„Oh, und ich dachte, die fehlende Kutte wär's ...", antwortete der schlanke Mann mit den kurzen, mittelbraunen Haaren. „Soll ich mir vielleicht Ersatzweise eine Tonsur scheren lassen?"
Er umarmte Crystal freundschaftlich zur Begrüßung.
„Nicht nötig. Aber warum taucht ihr alle in so ungewohnter Kleidung hier auf?"
„Nun ...", holte der Mönch ein wenig aus und zeigte dabei auf seine Mitbrüder, „... Bauarbeiten zu dieser Tageszeit lassen sich ja noch durch 'elektrischer' Notfall oder 'Gasleck' den Anwohnern, wenn es auch wenig direkte sind, erklären. Aber wie willst du das bei einer Horde Mönche bewerkstelligen? Stell dir vor, das kriegt irgendeiner mit und schießt ein Bild – dann stehen wir in der nächsten SUN-Ausgabe auf dem Titelbild!"
„Da ist was dran ..." Michael nickte zustimmend mit seinem Kopf. „Mönche attackieren Software-Firma ... nö, ich glaube, das möchte ich wirklich nicht in der Zeitung lesen!", meinte sie dann grinsend.

Jonathon und einige seiner Mitbrüder lachten erheitert über diese Vorstellung.
„Das ihr in so einer Situation immer noch Späße machen könnt?" Rissi schüttelte verwundert seinen Kopf. „Ich wünschte, ich wäre so abgebrüht!"
„Reiner Zweckoptimismus!", winkte Michael ab. Dann wandte er sich an Jonathon. „Rolfhardt teilte uns über Funk mit, dass ihr Informationen für uns habt?"
„Womöglich über einen Adligen Peer namens Lord Aldenthorpe?", ergänzte Crystal Michaels Nachfrage, was ihr erstaunte Blicke einbrachte?
„In der Tat, Crystal – dieser skrupellose Verbrecher ist der Grund für das ganze Tohuwabohu hier", bestätigte Jonathon verblüfft. „Aber woher ...?"
„Woher ich meine Informationen habe? Ich hatte eine kleine Unterhaltung mit dem traurigen Geist eines kleinen Mädchens namens Cathy", erklärte die Engländerin den Anwesenden. „Danach konnte ich mir einiges zusammenraufen. Offensichtlich werden die spukenden Seelen von einer bösartigen Zigeunerin namens Smeralda angetrieben. Sie verhindert auch, dass sie ins Licht gehen und Ruhe finden können."
Jonathon nickte zu den Worten der Geisterjägerin. „Das passt zum Bild unserer Recherchen", meinte er dann. „Das Gelände, auf dem jetzt der schmucke Firmenbau von CSE Incorporated steht, gehörte im frühen 16. Jahrhundert tatsächlich einem englischen Lord, nämlich Godffrey Eldrich Aldenthorpe. Er residierte in Aldenthorpe House, in der nördlichen Grafschaft von Surrey und war ein Landlord des Grafen von Surrey", berichtete der Benediktiner. Er hatte dazu einige Notizzettel aus der Brusttasche seines Hemdes entnommen und las davon Stichworte ab. „Nach allem, was wir an alten Unterlagen zusammentragen konnten, musste es sich bei Aldenthorpe um einen mehr als unangenehmen

Menschen gehandelt haben. Ein Narzisst durch und durch. Ungehobelt, ungerecht, herrschsüchtig, aufbrausend, jähzornig, sadistisch, rachsüchtig ..."
„Moment!", wurde Jonathan durch einen Zwischenruf Michaels unterbrochen. „Gab es was positives über den Mann in den Schriften?"
„Äh – nein ..."
„Dann kannst du mit deiner Aufzählung aufhören. Einigen wir uns auf: sehr schlechter Mensch, OK?"
„Hm, äh ... ja ...", machte Jonathon irritiert, fing sich aber wieder, übersprang einige Zeilen seiner Notizen, und stieg dann wieder in seine Erklärungen ein.
„Also ... unsere Quelle berichten, dass er ein großes Grundstück an der Themse erworben hatte, welches an die Ländereien des Königs angrenzten. Dort gedachte er sich, ein neues, herrschaftliches Anwesen zu errichten, in der Hoffnung, von der räumlichen Nähe des Königshofes selbst auch profitieren zu können. Allerdings befanden sich auf dem Grund zwei kleinere Dörfer, in dem Fischer und kleine Bauern wohnten. Die standen seinen Plänen im Wege."
„Lass mich raten ...", fragte Michael dazwischen. „Lord Aldenthorpe dachte nicht an eine gütliche Einigung mit diesen armen Schluckern?"
„Au contraire, mon Ami!", bestätigte Jonathon die Schlussfolgerung des Stuttgarters mit finsterer Miene. „Als die Leute ihre Dörfer nicht aufgeben wollten, drohte er ihnen Unverhohlen Gewalt an. Und tatsächlich: Bauern kamen von ihren Feldern nicht heim, die Fischer kehrten nicht vom Fluss zurück, Frauen und Kinder verschwanden spurlos beim Holz oder Beeren sammeln in den Wäldern. Manch einer wurde auch auf offener Straße ermordet. Alles geschah so geschickt, dass es nie möglich war, Lord Aldenthorpe auch nur einen Hauch an Urheberschaft

der ganzen Gräueltaten nachweisen zu können. Doch hinter der erhobenen Hand tuschelten die Leute natürlich. Und es ging die Angst um. Man munkelte, seine Häscher hätten manch einen, der verschwand, bei lebendigem Leib auf einem gottlosen Acker verscharrt."
„Damit kommen wir der Sache schon näher ...", rief Crystal aus. „Wenn ich jetzt raten darf, dann dürfte uns dieser gottlose Acker bestens bekannt sein!"
„Die Quellen sind nicht ganz eindeutig", dämpfte der Mönch die Erwartungen ein wenig. „Aber die Wahrscheinlichkeit ist groß, dass es sich bei diesem Grundstück hier um das Leichenfeld des Todes-Lords handelt!"
„Uh ...", schüttelte sich Malcolm. „Das klingt wie ein Horror-Roman: Das Leichenfeld des Todes-Lords ..."
„Mir wäre wohler, es würde sich dabei nur um einen Roman handeln – doch dass alles ist leider schaurige Wirklichkeit!", sagte Rolfhardt mit ernster Stimme. Und Jonathon fragte er: „Gibt es etwas, was die Wahrscheinlichkeit stützt?"
Der nickte. „Einen Augenzeugenbericht!"
„Es gab tatsächlich jemanden, der von den Gräueltaten des Lords berichten konnte?"
„Ja, in der Tat: ein Zigeunerjunge. Er kampierte hier in der Gegend mit seiner Sippe, was Lord Aldenthorpe nicht sonderlich gefiel. Er konnte keine Zeugen für seine Schandtaten gebrauchen", berichtete der Benediktiner weiter von seinen Recherchen. „Nach Aussagen des Jungen wurde die Sippe bei Nacht und Nebel überfallen. Man verschleppte alle zum Todesacker und warf sie lebendig in die Grube. Das Oberhaupt der Sippe, die alte Smeralda, soll dabei den Lord und sein Land mit einem Fluch belegt haben. Auf das nie etwas Gutes diesem Platz entspringen möge, und seine Linie dem Untergang geweiht sei!"

„Na, wenn das mal nicht voll zutrifft ...", seufzte Michael. „Hat man dem Treiben des Mörder-Adligen nach der Aussage des Jungen ein Ende gesetzt?"
„Wo denkst du hin!" Jonathon schüttelte seinen kurzgeschorenen Kopf. „Das Wort eines Kindes, noch dazu eines Zigeuners, das zählte in den frühen Jahren des 16. Jahrhunderts nichts. Außerdem lag das besagte Grundstück zu jener Zeit weit vor den Toren Londons, da schickte man doch keine Leute hin, um gegen einen Lord zu ermitteln, einem angesehenen Mitglied des House of Lords!"
„Schöne Sitten waren das damals!", meinte Crystal entrüstet.
„Ist aber eigentlich heute noch so ...", gab Jonathon zu bedenken. „Standesdünkel gibt es -vor allem in England- auch heute noch in vielfältiger Weise. Wenigstens war es mit Lord Aldenthorpe auch bald zu Ende!"
„Wie das?", wollte Rolfhardt wissen.
„Sein Anwesen brannte in der Neujahrsnacht 1518 bis auf die Grundmauern nieder. Die gesamte Familie der Aldenthorpes kam dabei ums Leben."
„Und so ging diese Adelslinie zu Ende – genauso, wie es Smeralda in ihrem Fluch beschworen hat!" Rissi flüsterte die Worte fast, und schaute mit großen Augen von einem zum anderen.
„Ja – und den anderen Teil ihres Fluches müssen wir beenden – hier und heute!", sagte Crystal mit Nachdruck. „Konntet ihr bei euren Nachforschungen die Lage des Grabfeldes ein wenig eingrenzen?"
Jonathon wiegte bedächtig seinen Kopf. „Die Karten von damals sind natürlich alles andere als Maßstabsgetreu. Und die Grundbucheintragungen zeichnen sich durch die Jahrhunderte auch nicht durch Genauigkeit aus. Doch mit der Durchsicht der Kirchenbücher und anderen Notizen sind wir zur

Meinung gelangt, dass wir unsere Suche auf den höheren Gebäudeteil eingrenzen können."
„Immerhin was ...", murmelte Rolfhardt.
„Du machst mir Spaß!" Michael kratzte sich nachdenklich am Hinterkopf. „Hast du schon vergessen, wie weitläufig die Kelleranlagen des Baus sind? Das ist jede Menge Beton zum aufhacken!"
„Mich wundert, dass man damals bei den Bauarbeiten des Gebäudes nicht auf Knochen oder menschliche Überreste gestoßen ist!", meldete sich Malcolm zu Wort.
„Da entscheiden manchmal Zentimeter drüber!", sagte Michael. „Wie in Deutschland: da reißen sie Häuser ab und finden unter den Grundmauern plötzlich Blindgänger aus dem 2. Weltkrieg, die beim Bau nicht aufgefallen waren."
Ein Zwischenruf einer der Mönche unterbrach die Diskussion der kleinen Gruppe.
„Jonathon? Wir wären so weit! Das Material ist im Keller. Wir können anfangen!"
„Ich danke dir, Balthasar. Wir kommen!", antwortete Jonathon seinem Mitbruder.
„Geht schon mal vor, Jonathon", rief Crystal. „Mein kleiner Trupp geht noch mal ins Büro des Sicherheitsdienstes. Wir holen unsere restlichen Waffen, Salzvorräte, Weihwasser und Amulette und kommen dann sofort nach!"
„Kann nicht schaden, das Zeug vorrätig zu haben. Weihwasser und fromme Sprüche haben wir selbst mitgebracht!" Der Mönche winkte noch mal kurz und folgte dann seinen Brüdern zum Treppenhaus und in der Keller.
Als Crystal, Michael, Rolfhardt, Rissi und Malcolm wenige Minuten später ebenfalls unten eintrafen, warfen die Mönche gerade die Kompressoren für die

Presslufthämmer an. Einige Schulterten auch Spitzhacken und Schaufeln.
„Wie ich sehe, seid ihr schon bereit!", sagte Crystal, auf die Arbeitsmaterialien deutend. „Bleibt die Frage: wo, hier im großen Keller, sollen wir anfangen mit aufreißen?"
„Wo weiß ich nicht, Crystal, aber womit!", erwiderte Jonathon. „Brüder, ein Gebet aus dem Te Deum Laudamus wäre wohl angebracht!"
Jonathons Brüder nickte und senkten ihre Häupter, während Jonathon segnend seine Hände hob. Gleich darauf wurden vielstimmig und lateinisch ein Schutzgebet rezitiert: „Actiones nostras quaesumus, Domine, aspirando praeveni et adiuvando prosequere, ut cuncta nostra operatio a te semper incipat, et per te coepta finiatur...Amen!"
„Mein Latein ist ein wenig eingerostet, aber das war eine Bitte um Gottes Segen für das zu beginnende Werk, richtig?", wollte Michael von Jonathon wissen.
„Du liegst richtig, mein Freund", bestätigte der die Vermutung des Deutschen.
„Ich bin beeindruckt!", staunte Rolfhardt und knuffte dem Freund in die Rippen. „Jung, gut aussehend und intelligent – eine seltene Kombination! Sehr anziehend!"
„Hach ...", machte Michael und verdrehte die Augen. „Na gut: wenn das hier rum ist, mache ich mit dir einen Zug durch die Kneipen. Damit du mit deinem jungen, gut aussehenden und intelligenten Begleiter angeben kannst!"
„Ach echt?" Rolfhardt wirkte erfreut und überrascht zugleich.
„Ja, versprochen. Nach so viel Geist um uns kann ich ein paar Geister im Glas vertragen!"

„Leute!", rief der Vampir daraufhin durch den Keller und machte auffordernde Armbewegungen dazu. „Macht hin! Ich habe eine Verabredung!"
Darüber mussten sogar die Mönche lachen.
„OK,, zurück zum Ernst der Lage ...", beendete Crystal schließlich die fröhlichen Geplänkel. „Ich schlage vor, wir fangen dort mit dem aufhacken des Bodens an, wo wir davon ausgehen können, das dort keine tiefer liegenden Rohre, Schächte und Leitungen verlaufen. Dort ist die Wahrscheinlichkeit größer, auf etwas zu stoßen, was man beim Bau der Gebäude nicht bemerkt hat."
„Dann schlage ich vor, wir beginnen mit den hinteren Lagerräumen", meldete sich Rissi zu Wort. „Da drunter verlaufen keinerlei Rohrleitungen oder ähnliches. So weit ich das noch vom Gebäudeplan her in Erinnerung habe."
„Gut, das ist ein brauchbarer Vorschlag", stimmte Crystal gleich zu, und auch die anderen nickte beifällig.
„Ihr habt es gehört, Brüder!", rief Jonathon und klatschte dazu in die Hände. „Die hinteren Lagerräume sind unser Startpunkt. Rissi ... äh heißt du wirklich so?"
„Ist mein Nickname. Eigentlich heiße ich Harrison. Aber Rissi ist in Ordnung!"
„OK, also Rissi zeigt uns den Weg!"
Der Wachmann nickte seinem Kollegen und den neuen Freunden zu, dann führte er Jonathon und seine Mitbrüder durch die Kellerräume des CSE-Buildings zu den betreffenden Räumlichkeiten.
„Und wir Hübschen?", wollte Michael von Crystal wissen.
„Wir laden unsere Salzpistolen, füllen unsere Taschen wieder auf, bewaffnen uns mit jeder Menge Weihwasser und Amuletten und bereiten uns auf

einen heißen Tanz vor!", gab die mit grimmiger, entschlossener Miene zur Antwort, während sie schon Patronen in die leeren Kammern ihrer Salzpistole nachfüllte.
„Du erwartest also eine heftige Reaktion?"
„Na, das ist doch wohl klar, mein Freund!", antwortete Rolfhardt an Crystals Stelle und legte freundschaftlich seinen Arm um Michaels Schultern. „Alle Quellen und Recherchen deuten ganz klar darauf hin, dass der Ursprung des Spuks unter diesem Gebäude liegt. Auf dem von Smeralda verfluchten Grund. Sie ist der Rachegeist, der hinter allem steckt. Glaube nur nicht, dass jetzt, wo wir mal eine gute Stunde Ruhe hatten, alles vorbei ist. Ich fürchte, Smeralda wird alle Poltergeister gegen uns hetzen, die unter ihrer Fuchtel stehen!"
„Ach Rolfhardt ...", seufzte Michael abgrundtief. „Es ist faszinierend, wie du einen Mann aufbauen kannst!"
„Alles Absicht", gab der zwinkernd zu. „Wenn ich dich oft genug rette, erhörst du mich ja vielleicht doch noch!"
Der anbrandende Lärm, mit dem die Presslufthämmer im hinteren Kellerbereich ihre Arbeit aufnahmen, enthob dem jungen Deutschen einer Antwort. Stattdessen begaben die drei und Malcolm sich nun auch zu den Mönchen, nachdem sie sich noch einmal der Einsatzbereitschaft ihrer Waffen versichert hatten. Plötzlich ging ein infernalisches Kreischen durch die Kellerräume des CSE-Buildings, und ließ die Menschen bis ins Mark erschreckt zusammenzucken. Gewaltige, dumpfe Schläge ließen die Mauern in ihren Grundfesten erbeben. Das Licht flackerte und ging ganz aus. Zum Glück trug jeder hier unten eine LED-Lampe, und die mitgebrachten Generatoren betrieben auch ein paar Bauleuchten.

„Ui, da mag aber jemand gar nicht, dass wir uns durch den Boden arbeiten wollen!", sagte Michael und zog unwillkürlich das Genick ein. Das mochte aber auch daran liegen, das schlagartig die Raumtemperatur so stark absank, dass man den eigenen Atem kondensieren sah.

„Vorsicht!", schrie Rissi, denn zwischen ihnen erschien urplötzlich der grünlich schimmernde Schemen einer männlichen Gestalt.

Michael verspürte einen Schlag, der ihn zur Seite schleuderte, direkt in die Arme Rolfhardts. Der weiße Vampir hatte dank seiner übernatürlichen Reflexe sofort reagiert und seinen Mitkämpfer und Freund auffangen können. Ein Knall ertönte, als Crystal geistesgegenwärtig ihre Salzpistole abfeuerte. Mit einem fauchen zerfaserte und verwehte die Gestalt. Doch schon erschienen fünf andere dafür und gingen auf die Geisterjäger los. Geifernd und zischend gingen die auf ihre Gegner los, doch die wehrten sich energisch mit Salz und Weihwasser. Allein die Geistererscheinungen waren schwer zu treffen. Die Schemen bewegten sich nicht in fließenden Bewegungen, sondern machten ruckartig kleinere, oder größere Sätze. Sie versuchten eindeutig, Crystal und ihre Männer zurückzudrängen, doch diese arbeiteten sich verbissen Jonathon und seinen Leuten entgegen.

Auch die wurden heftig von Erscheinungen attackiert. Einige Mönche arbeiteten sich mit Spitzhacke und Presslufthammer durch den Beton des Bodens. Die anderen bildeten einen Schutzkreis um ihre Brüder. Mit Weihwasser, Salz und geweihten, silbernen Kreuzen wehrten sie die wütenden Angriff ab. Dazu intonierten sie unentwegt Gebete. Die Geisterjäger verstanden nur Fetzen wie „Omnes Sancti et Sanctae Dei …" oder „Ego autem in Te speravi, Domine …",

der Rest ging im Lärm der angreifenden Poltergeister unter. Und die setzten den Mönchen ordentlich zu. Da sie kaum direkt an die Männer heran kamen, gingen sie dazu über, die Lagerartikel, die es in Lagerräumen nun mal zuhauf gab, auf Jonathon und seine Mitbrüder zu schleudern. Die hatten alle Mühe, sich vor ernsthaften Verletzungen zu schützen.
Rolfhardt erkannte aus den Augenwinkeln heraus im Halbdunkel des Kellerraums eine ihm bekannte Gestalt: Smeralda, die Wurzel alles bösen auf diesem Grundstück. Sofort feuerte er eine Ladung Salz auf sie ab. Mit einem gehässigen Kichern verschwand sie, und für einen Moment kam der Angriff der Geistermeute ins Stocken.
„Durchbruch!", schrie in dem Moment einer der Mönche.
Tatsächlich hatten sie den relativ dünnen Betonboden aufgebrochen, und Erdreich kam darunter zum Vorschein. Sofort machten sie sich daran, den Bereich zu vergrößern, was jetzt, wo erst mal eine Öffnung zur Verfügung stand, um einiges leichter und schneller vonstatten ging.
Fast gleichzeitig setzte ein noch heftigerer Angriff ein. Das Haus wummerte und stöhnte, dass es einem kalt den Rücken herunterlaufen konnte. Einfachere Gemüter wären wohl schon in Todesangst davon gerannt. Doch die Geisterjäger und die Benediktinermönche ließen sich davon nicht nennenswert beeindrucken und setzten im Gegenteil alles daran, den Spuk von sich fern zu halten, der jetzt mit mindestens 15 Erscheinungen vor Ort versuchte, die Arbeiten zum erliegen zu bringen. Die Kellerräume glichen einem höllischen Karussell. Dutzende verschiedener Gegenstände, von der Schlauchmuffe bis zum Farbkübel, flogen kreuz und quer durch die Luft, mussten mit Händen und Füßen abgewehrt

werden. Das das nicht immer klappte, bewies ein lauter Schmerzensschrei eines Mönches, der von einem Farbkübel an der Stirn getroffen wurde, was dort eine blutige Schramme hinterließ. Doch der Benediktiner schien hart im nehmen zu sein. Er ging zwar auf die Knie, hielt sich aber aufrecht und intonierte weiterhin die Schutzgebete, wie die anderen.
Gleich darauf zog ein Aufschrei die Aufmerksamkeit aller auf sich. „Hier sind Gebeine!"
Die Mönche waren tatsächlich auf menschliche Überreste gestoßen, die sie nun in aller Hast freilegten. Gleichzeitig tobte der Geistermob noch wütender um sie herum, so dass die mit der Abwehr beschäftigen Anwesenden alle Hände voll zu tun hatten, die Grabenden zu beschützen. Immer öfter zeigte sich dabei auch Smeralda, die ihre immaterielle Schar aufpeitschte und aufhetzte.
„Es sind einfach zu viele!", schrie Michael durch den Lärm seinen Freunden zu. „Man weiß gar nicht, gegen wen man sich zuerst wenden soll. Hat man einen vertrieben, erscheinen zwei andere woanders. Als müsste man der Hydra einen Kopf abschlagen, der danach doppelt nachwächst!"
„Wir brauchen Erfolge – sonst halten wir das nicht mehr lange durch und stehen auf verlorenem Posten!", pflichtete Rolfhardt dem Stuttgarter bei.
„Jonathon – wie sieht es aus?", rief Crystal dem Mönch entgegen, während sie eine weitere Salve Salz zwischen die Poltergeister jagte. Auch sie spürte, dass der Kampf, den sie hier ausfochten, langsam an die Substanz ging.
„Wir werden gleich die gefundenen Knochen anzünden können!", schrie der als Antwort zurück. „Meine Mitbrüder salzen diese gerade und verschütten Spiritus darüber ..."

Kurz darauf gab es hinter ihm eine Stichflamme, als sich der in die Knochengrube verspritze Spiritus entzündete. Gleichzeitig gab es mehrere hallende Schreie, als sich einige der Geistererscheinungen in funkensprühenden Wolken auflösten und verschwanden.

„Es ... es funktioniert!", rief Rissi begeistert aus.

„Ja, aber es genügt nicht!", schränkte Crystal die Freude des Wachmanns ein. „Es hat zu wenige betroffen! Und die restlichen Poltergeister gebärden sich nun noch wilder! Wir müssen unbedingt die Stelle finden, an der Aldenthorpes Leute Smeralda verscharrt haben. Und zwar rasch – sonst sehe ich schwarz für uns!"

Ein Aufschrei warnte die Engländerin, und sie konnte sich gerade noch ducken, sonst wäre ihr ein voller Werkzeugkoffer aus Metall frontal gegen den Schädel geknallt. Ein eisiger Schreck durchfuhr sie, denn diese Kollision hätte sie töten können! Schüsse knallten, und dann griffen Malcolms Hände hilfsbereit nach der Geisterjägerin.

„Crystal – alles OK", erkundigte er sich besorgt.

„Geht schon – Danke ...", antwortete sie, noch ein wenig verdattert.

„Das war Smeralda!", berichtete der Schotte mit grimmigem Gesicht. „Rissi und Michael haben ihr gleich eine Ladung verpasst, aber da flog der Werkzeugkasten schon!"

„Die Böse Hexe wird immer gemeingefährlicher!", schimpfte Michael.

„Michael – nein, so solltest du nicht denken!", nahm Crystal die Zigeunerin zur Überraschung der anderen in Schutz. „Sie ist nicht böse, sondern ihr ist wahrhaft grausames und unmenschliches widerfahren. Ich verstehe sie in ihrem Zorn. Nur trifft es eben jetzt die Falschen. Und trotzdem habe ich Mitleid mit ihr.

Überlegt doch mal: all die Jahrhunderte über nur Schmerz, Traurigkeit und Hass fühlen zu können – man kann sich nicht vorstellen, wie das sein muss!"
„Wahrhaft mitfühlende und große Worte, Crystal. Und völlig richtig noch dazu!", pflichtete ihr Jonathon bei, während die Anderen betroffen schwiegen. Bei all dem Chaos war bei ihnen untergegangen, dass die Geister eigentlich keine Täter, sondern tragische Opfer waren, die alles Recht hatten, zornig auf die Welt zu sein.
Und als hätten die tobenden Geister die Worte der jungen Frau vernommen, ließ die Wucht ihres Angriffes deutlich nach, und gab den Menschen hier unten im Keller die Möglichkeit, wenigstens ein bisschen durchzuschnaufen.
„Wir sollten unsere Ausrüstung in den nächsten Keller schaffen, damit wir weiter suchen können, Jonathon ...", sagte einer der Benediktiner leise zum Koordinator der Mönchstruppe.
„Ja, du hast recht, Joshua ...", antwortete Jonathon. „Es wäre aber viel einfacher, wenn wir wüssten, wo wir graben müssen ...", schickte er dann noch seufzend hinterher, und sprach damit aus, was alle dachten.
Dann half er, den Elektrogenerator zur Seite zu rücken, damit der größere Kompressor daran vorbei kam.
Crystal stellte sich ein wenig zur Seite, damit sie den Mönchen nicht im Wege war, während Rissi, Rolfhardt, Michael und Malcolm den Trupp absicherten, für den Fall, dass die Ruhe nur von kurzer Dauer sein würde.
Während die Männer beschäftigt waren, bemerkte sie eine flüchtige Bewegung aus ihren Augenwinkeln heraus. Ihr Puls schnellte hoch, und Reflexartig fuhr sie herum. Da war ...

„Cathy!", flüsterte sie erleichtert, dass es sich um keine andere der Spukerscheinungen handelte.
Der Geist des kleinen Mädchens war im Halbdunkel des nur teilweise ausgeleuchteten Kellerraums nur schwach zu erkennen. Und im Kegel von Crystals Stirnband-Lampe verschwanden ihre Umrisse ganz, so dass die Londonerin ihre Lampe rasch ganz ausschaltete. Dann begab sie sich rasch zu der Erscheinung hinüber und ging vor ihr in die Hocke. Große, ängstlich geweitete Kinderaugen schauten ihr entgegen, und wie gerne hätte Crystal dem kleinen Mädchen tröstend über die schmutzige Wange gestreichelt, um ihr ein wenig von ihrer Traurigkeit zu nehmen.
„Ich bin Smeralda entwischt ..." Cathys Stimme klang wie ein kaum wahrnehmbarer Hauch an Crystals Ohren. „Und ich habe gesehen, dass ein paar von uns gegangen sind. Seid ihr das gewesen ...?"
„Oh kleine Cathy ...", antwortete Crystal, und musste gegen den dicken Kloß in ihrer Kehle ankämpfen. „Das wollten wir nicht, aber wir mussten es tun ..."
Wie sollte sie nur all das dem kleinen Mädchen erklären? Sie rang nach Worten, doch dann überraschte der kleine Geist die junge Frau mit dem ersten Lächeln, dass sie bei Cathy sehen konnte.
„Nein, es ist gut, Crystal ...", sagte Cathy rasch. „Ich habe ihre Erleichterung gespürt. Sie waren von Herzen froh, dass sie nun gehen konnten, um endlich Frieden zu finden ... kannst ... kannst du mich nicht auch heimschicken?"
Es zerriss Crystal fast das Herz, als sie das flehende Bitten im Blick des Kindergeistes erkennen konnte. Als sie zu einer Antwort ansetzte, kullerten ihr dicke Tränen dabei über ihr Gesicht.
„Cathy, oh Cathy ...", sagte sie voll liebevoller Wärme, „... wir werden alles versuchen, was wir können, um

euch die Erlösung zu bringen. Wenn wir nur wüssten, wo Smeraldas Gebeine verborgen liegen ..."
„Du meinst, wenn ihr das wüsstest, könntet ihr uns helfen?" Cathy bekam große Augen, als sie diese Frage stellte.
Crystal nickte. „Du hast mir doch gesagt, dass es Smeralda ist, die euch alle hier festhält und euch ihre Rache an der Welt aufzwingt. Wenn wir sie erlösen, müsstet ihr alle auch frei sein, zu gehen ..."
„Es ist hier ..."
„Wie?" Crystal begriff nicht sofort, was das kleine Mädchen ihr sagen wollte.
„Es ist hier ... hier unter uns!" Nun hatten die Worte Cathys etwas verschwörerisches, und sie zeigte mit ihrer kindlichen Hand auf den Boden zwischen sich und Crystal.
Die schaute verdutzt in die Richtung, und als ihr schlagartig bewusst wurde, was ihr der kleine Geist mitteilen wollte, war sie es, die große Augen machte.
„Du meinst, hier liegt S ..."
„Schscht!", zischte Cathy erschrocken. „Ihren Namen auszusprechen macht sie auf dich aufmerksam!"
„Mein liebes Mädchen ..." Crystal streckte ihre Hand aus und hielt sie dem Mädchen gegen ihre kleine, runde Backe. Sie spürte keinen Widerstand, schließlich war die Erscheinung vor ihr ja nicht materiell. Doch die Innenfläche ihrer Hand prickelte ganz leicht, wie wenn ein schwacher, elektrischer Strom dort fließen würde. Cathy legte nun ihrerseits ihre durchschimmernden Finger auf Crystals Handrücken.
„Ich kann dich spüren ...", hauchte sie. „Ich spüre dich wirklich ...deine Liebe... Oh, ich danke dir so sehr ..."
Cathy breitete ihre Arme aus, und warf sich förmlich Crystal um den Hals. Für einen winzigen Moment

vermeinte diese, das Mädchen ebenfalls spüren zu können, da löste sich der Schemen auch schon auf.
Crystal musste sich setzen, und jetzt rannen ihr dicke Tränen über ihre Wangen, und sie konnte kaum ihre Fassung zurück gewinnen. Cathys Schicksal ging ihr so sehr zu Herzen, dass es für sie fast nicht auszuhalten war.
„He, was ist denn mit dir?", wurde sie da besorgt von Michael gefragt, der eben erst gemerkt hatte, dass seine Schicksalsgefährtin abseits in einer Ecke des Kellers saß. „Ist alles in Ordnung?"
Crystal hob den Kopf, nickte, und wischte sich mit dem Ärmel ihrer Jacke die Tränen aus den Augen.
„Cathy war da ...", erklärte sie ihm leise. „Der Geist eines kleines Mädchens", fügte sie dann noch hinzu, da ihr Freund ja nichts von ihrer ersten Begegnung mit ihr wissen konnte. „Sie hat mir mitgeteilt, wo wir suchen müssen!"
„Du weißt wo S..."
„Schscht!", zischte Crystal Michael an, der erschrocken verstummte.
„Sie merkt, wenn man sie beim Namen nennt!"
„Oh!", machte Michael. „Dann halte ich lieber mein Mundwerk, gehe zu den anderen, und teile ihnen mit, wo die gute Sanella zu finden ist!"
„Sanella?"
„Das ist eine Marga ..." Michael winkte ab. „Musst du nicht verstehen. Ich hole jetzt unseren gemischten Trupp heran!"
Rasch huschte er davon und informierte seine Freunde und dann Jonathon, der wiederum seine Mitbrüder instruierte. Jeder vermied es nach Michaels Hinweise, die Zigeunerin beim Namen zu nennen, um sie nicht zu früh auf sich aufmerksam zu machen. So rasch es ging schafften sie das gesamte Grabungsequipment an die von Cathy bezeichnete

Stelle. Bevor die Presslufthämmer loslegten, bildeten die Freunde, Rissi, Malcolm und die restlichen Mönche zwei Verteidigungslinien, denn alle rechneten mit einer heftigen Reaktion der Poltergeister, wenn Smeralda klar wurde, dass man die Stelle, an der ihre Gebeine im Untergrund lagen, aufgespürt hatte.
„Bereit?", fragte Crystal in die Runde, als alle Vorbereitungen abgeschlossen waren.
Ein vielstimmiges 'Bereit' kam als Antwort zurück, voll von fast grimmiger Entschlossenheit.
„Na dann – ready for the rumble!"
Der Kompressor wurde angeworfen, und gleich darauf ratterten beide Presslufthämmer um die Wette. Es dauerte keine fünf Minuten, dann war es auch mit der Ruhe an der Geisterfront vorbei. Schlagartig materialisierten sich durchscheinende Gestalten in den Kellerräumen. Von einem Moment zum anderen standen sie einfach da. Zerlumpt wirkende Schemen, mit hängenden Köpfen, von denen strähniges Haar wie Vorhänge nach unten fiel. Die Finger der Materialisationen vollführten dabei Bewegungen, als wären da Schlangen zugange. Man konnte Männer, Frauen und Kinder erkennen, unterschiedlichen Alters und unterschiedlicher Herkunft. Und es wurden immer mehr! Bald füllten sie den Kegel so sehr aus, dass es wirkte, als wäre vor den Geisterjägern und den Mönchen eine wogende Mauer aus schmutziggrünlichem Material entstanden.
Rissi schluckte schwer, und wischte rasch seine schweißnassen Hände an seiner Jacke ab.
„Kann ich noch aussteigen?", wollte er scherzhaft in die Runde fragen, doch seine Stimme brachte nur ein heißeres Krächzen zu Stande. Und er war nicht der Einzige hier unten, dem bei diesem Anblick Angst und Bange wurde. Selbst Rolfhardt, der als Vampir schon viele unheimliche Begegnungen durch die

Jahrhunderte erlebt hatte, fühlte einen eisigen Klumpen in der Magengrube.

„Schutzkreise!", zischte Crystal, einer Eingebung folgend, ihren Freunden zu. „Das wir daran nicht gedacht haben! Schnell jetzt Einen Schutzkreis um jeden, so dass sich die Ränder berühren!"

Noch währen sie selbst Sprach, hatte sie schon damit begonnen, mittels des losen Salzes aus ihren Taschen einen entsprechenden Kreis um sich zu ziehen. Er sah nicht schön oder akkurat aus, sollte aber seinen Zweck erfüllen. Ire Freunde und die Mönche, die den Grabungsgrund halbkreisförmig abschirmten, taten es ihr unverzüglich gleich. Wahrscheinlich hatte noch keiner von ihnen zuvor in seinem Leben so schnell einen Kreis aus Salz um sich gestreut. Auf diese Art und Weise entstand in kürzester Zeit eine Art Kreiskette. Und die Mönche dahinter handelten Geistesgegenwärtig, als sie die Mauern hinter dem Grabungsort mit Kreideschutzzeichen versahen, die verhindern sollten, dass die Geister auf diesem Weg zu ihnen vordrangen. All das geschah in der Hoffnung, so viel Zeit zu gewinnen, bis man auf die Überreste Smeraldas stoßen würde.

„Auffff Ssssssieeee!" Die beiden zischend ausgestoßenen Worte ließen einem die Haare zu Berge stehen, und es bestand kein Zweifel, wer der Urheber gewesen war: Smeralda! Ihr geisterhaftes Abbild war mitten unter den anderen Schemen erschienen, und hetzte diese nun gegen ihre vermeintlichen Feinde.

„Smeralda!", versuchte Crystal an den Geist der Zigeunerin zu appellieren. „Hör auf mit deinem Rachefeldzug! Die, die du strafen möchtest, sind seit bald 500 Jahren nicht mehr am Leben! Niemand hier wusste zuvor, dass in der Erde unter uns die Gebeine

von dir und vielen anderen, die zu Unrecht zu Tode kamen, verborgen liegen!"
Crystals Hoffnung, den Poltergeist zu besänftigen, wurde von diesem jedoch sofort beiseite gewischt.
„Ichhhhh willll Rrrrachhhhe!", tönte es kehlig von Smeralda her.
Und im gleichen Moment setzte sich die schimmernde Phalanx aus Geistererscheinungen auf die Freunde und die verbissen arbeitenden Mönche in Bewegung.
„Rache?", explodierte da Malcolm zur Überraschung der anderen, die so eine wütende Reaktion von dem eher zurückhaltenden Schotten gar nicht erwartet hätten. „Wenn ich meinen Dudelsack hier hätte, würde ich dir was pfeifen! Aber jetzt – friss Salz!" Er drückte ab, und knallend entlud sich ein Salzschauer in die Reihen der anrückenden Geister, und riss Löcher in das grünblaue Schimmern. „Seht ihr – zu viel Salz ist ungesund! Ach was sage ich da, ihr seid ja eh schon tot!" - und PANG! feuerte er einen weiteren Schuss ab.
Jetzt erst merkte er, dass er von den anderen ganz verblüfft angestarrt wurde, ob seines Ausbruchs. „Was denn?", rief er und breitete ganz unschuldig die Arme aus. „Ich reagiere immer so, wenn mir eine Horde Geister auf den Leib rücken will! Stressbewältigung nennt man so was!"
Rolfhardt, der neben ihm stand, lachte trocken und hieb ihm auf die Schulter, dass er pfeifend die Luft ausstieß. „Der Kerl ist richtig!", schrie der Wiener gegen den Lärm der beiden Presslufthämmer an.
Dann galt aber auch seine Aufmerksamkeit der sich nähernden Front aus metaphysischem Plasma. Die stimmte jetzt zu einem vielstimmigen Crescendo, einem Geisterchor an, der einem -zusätzlich zum bereits vorhandenen Lärm- in den Ohren schrillte.

„Hu, das klingt ja wie in dem Film '2001 Odyssee im Weltraum'", gab Michael missmutig von sich.
„Was?", versuchte Crystal schreiend rückzufragen, doch der Deutsche winkte einfach nur ab. Es war zu laut geworden, um noch ein normales Wort zu verstehen. Michael warf einen Blick über seine Schultern nach hinten. Dort arbeiteten die Mönche in beinahe schon stoischer Ruhe, so, als würde hier nicht gerade das ganze Geisterreich zum Sturm auf die Bastille blasen. Er bewunderte die Männer für ihre Nervenstärke. Und für ihre schnelle Arbeitsweise: sie hatten mit den Pressluftmeißeln tatsächlich schon ein kleines Loch in den Betonboden gestemmt. Nun kamen sie an dessen Rändern schneller voran, so das bereits dunkles Erdreich in der entstandenen Öffnung zu erkennen war.
„Achtung!" Rolfhardts Schrei übertönte das Lärmchaos. „Sie setzen wieder die Luftwaffe ein!"
Michael brauchte nicht nachzufragen, was der Wiener damit meinte – er fuhr herum, und konnte gerade noch einer Schraubenschachtel ausweichen, die haarscharf an seinem rechten Ohr vorbei sauste. Die Poltergeister schienen mit ihren Levitationskräften alles, was hier unten nicht Niet- und Nagelfest war, auf die Menschen schleudern zu wollen. Gleichzeitig rückte die schaurige Mauer immer näher an die Gruppe heran.
„OK!", kommandierte Rolfhardt, der am wenigsten Mühe hatte, gegen den Lärm anzukommen. „Auf drei schießen wir alle gleichzeitig! Und nach der Salve besprühen wir alles, was in unsere Richtung fliegt, mit Weihwasser! Eins – zwei – DREI!"
Ein fünffacher Knall dröhnte durch den Keller, wurde von den Wänden zurückgeworfen und hallte als dröhnendes Echo durch die meist dunklen Räume, dass es den Menschen vor Ort nur so in den Ohren

klingelte. Die gestreuten Salzladungen rissen dafür aber große Breschen in die vorderste Front der Geisterkörper. Sofort nahmen die drei Geisterjäger, Rissi, Malcolm und einige der Mönche, alles, was ihnen an Gegenständen von den Angreifern entgegen geschleudert wurde, mit ihren Weihwasser-Sprühflaschen aufs Korn. Der Erfolg war verblüffend: die getroffenen Dinge stürzten nahezu senkrecht zu Boden und blieben dort liegen. Ein paar ruckelten noch wie sterbende Käfer hin und her, doch die Geisterbrigade vermochte die so benetzten Gegenstände nicht mehr zu bewegen. Das verschaffte Crystal und ihren Leuten ein klein wenig mehr Luft. Doch das erwies sich nur von sehr kurzer Dauer. Erneut rückten die schaurigen Schemen auf die Menschen vor, und es gab immer noch gefährliche Luftgeschosse en masse, die sich gegen die Geisterjäger wendeten. Einer der Mönche wurde von einem Schraubenschlüssel so unglücklich am Kopf getroffen, dass er wie ein nasser Sacke in sich zusammen sank.
„Noch eine Salve!", schrie Rolfhardt. „Drei, zwei, eins – Feuer!"
Wieder krachte es, und wieder wurden große Löcher in die heranrückende Geisterschar gerissen. Und wieder kamen die Weihwasservorräte zum Einsatz.
„Vorsicht!", rief Michael und zeigte auf den Boden vor Crystal. „Dein Schutzkreis verwischt! Smeralda treibt ihre Horde dazu an, die Gegenstände über den Boden schleifen zu lassen, um unsere Schutzbarrieren zu durchbrechen!"
Erschrocken starrte Crystal nach unten, und tatsächlich fehlte nicht mehr viel, und ihr Kreis wäre durchbrochen worden! Rasch griff sie in ihre Jackentasche, um die Linie mit Salz wieder zu verstärken.

„Mir geht so langsam das Salz aus!", rief sie besorgt, als sie sich wieder aufrichtete. „Und sehr viele Ersatzpatronen habe ich auch nicht mehr. Wenn das nicht bald mal weniger Poltergeister werden, können wir noch in die Bredouille geraten!"
„Ich fürchte, bei uns sieht es nicht viel besser aus!" Auch Rissi zeigte sich besorgt. „Wie geht es bei unseren klerikalen Freunden voran?"
„Das Loch im Betonboden wird schnell größer. Wir fangen gleich mit schippen an!", schrie Jonathon durch den Lärm.
„Das lasst mal mich machen – übernimm du meinen Posten, Jonathon!", rief Rolfhardt dem Mönch zu. Der nickte, dann tauschte er den Platz mit dem Wiener und übernahm dessen Waffen.
Rolfhardt schnappte sich Schaufel und Spitzhacke, und schon im nächsten Moment fing er an der einen Seite des in den Boden gestemmten Loches an, abwechselnd zu Hacken und zu graben, währen die Brüder auf der anderen Seite das Loch weiterhin vergrößerten. Die Erde flog nur so unter der Schaufel des blondgelockten Mannes.
„Wow!", staunte Malcolm, und Rissi sagte: „Mann, der muss ja unglaubliche Muskeln haben! Das sieht man ihm ja gar nicht an!"
„Das sieht man mir deswegen nicht an ...", schrie ihnen der Wiener entgegen, der mit seinem übernatürlichem Gehör trotz des Lärms alles hören konnte, „ ...weil ich ein Vampir bin und darum eine größere Körperkraft besitze! Die beiden kämpfen mit uns gegen eine Geisterarmee, da dürfen sie ruhig wissen, mit wem sie es zu tun haben!" Der letzte Satz galt Crystal und Michael, die ihren Freund ob dieser unerwarteten Offenbarung überrascht anstarrten.

„Er ist waaas?" Rissi hatte die Frage völlig perplex ausgestoßen, und Malcolm stand nur mit offenem Mund da, unfähig, etwas zu sagen.
„Ein Vampir", bestätigte Michael das Gehörte und Gesagte. „Und zwar nicht nur einer auf der Seite des Guten – er ist auch noch mein Lieblingsvampir! Also macht den Mund wieder zu und – Uhh! Feuer frei!"
Die erschrocken ausgestoßenen Worte des Deutschen lenkten die Aufmerksamkeit wieder auf das drängende Problem vor ihnen, welches bereits auf Armlänge heran gerückt war. Erneut erklangen Schusssalven, riss das Salz aus den Patronen Löcher in die Geisterarmee, inaktivierte das Weihwasser herum fliegende Gegenstände. Aber es wurden kaum weniger. Und den Angreifern, angestachelt von der geifernden Smeralda, die überall gleichzeitig zu sein schien, gelang es immer öfter, mit den von ihnen herum geschleuderten Geschossen die Salzkreise um die Reihe der Angreifer zu treffen und zu beschädigen. Crystal und ihre Truppe kam kaum noch hinterher, die wichtigen Schutzlinien schnell genug wieder auszubessern.
„Ich habe kein Salz mehr!", schrie Rissi plötzlich und mit Recht sehr beunruhigt. „Weder lose, noch als Patrone – und mein Weihwasser ist auch alle!"
„Scheiße, bei mir war es eben auch die letzte Patrone!", schloss sich Malcolm fluchend seinem Kollegen an.
„Bei mir sind es auch nur noch zwei Patronen ...", meldete sich auch Michael, und drückte den Abzug seiner Salzpistole. „Ähem, ich meinte – nur noch eine!" Das nachfolgende Seufzen ging im Lärm unter.
„Durchhalten!", rief Crystal ihren Männern zu, nachdem sie kurz einen Blick auf die Ausgrabungsstelle geworfen hatte, wo die Mönche und Rolfhardt wie die Berserker schufteten. Vor allem

der Vampir tat sich hervor: das Erdreich flog nur so, und er hatte sich schon ein gutes Stück in die Tiefe gearbeitet. „Am Loch kommen sie gut voran. Es kann nicht mehr lange dauern!"
Die Worte sollten aufmuntern, doch Crystal wusste nur zu gut, dass ihre Aussage auf tönernen Füßen stand. Hatten sie doch allein auf die Worte des Kind-Geistes Cathy vertraut, in dem sie an dieser Stelle nach Smeraldas Überresten suchten. Allerdings hatten sie auch keine andere Wahl, als durchzuhalten. Ihre Abwehrmunition war verbraucht, ohne dass sie die Masse der gegen ihre Reihen anrennenden Spukgestalten nennenswert dezimieren konnten. Die junge Frau mochte sich gar nicht ausmalen, was die Geister, von Smeralda aufgestachelt, mit ihnen anstellen mochten.
„Vorsicht!", gellte Rissis Schrei und riss sie aus ihren düsteren Gedanken. „Da kommt was großes angerutscht!"
Erschrocken schaute sie in die Richtung, in welche der Mann mit den karottenroten Haaren aufgeregt deutete. Durch das grünblaue Schimmern der Geisterkörper näherte sich ein großer, rechteckiger Schatten ihrem Standort mit erheblicher Geschwindigkeit – und entpuppte sich im nächsten Moment als auf der Seite liegender Werkzeugschrank, der mit lautem Schleifgeräusch auf sie zu rutschte.
Crystal und der neben ihr stehende Michael konnten sich gerade noch mit einem Aufschrei zur Seite werfen, als das Riesenteil auch schon an ihnen vorbei glitt und mit lautem Krach und Scheppern gegen die Wand des Kellerraums krachte.
„Das war knapp!", stelle die Chefin von ESP-INVESTIGATION trocken fest und rappelte sich wieder auf. Jonathon half unterdessen Michael wieder auf die Beine.

„Brüder – legt euch ins Zeug!", forderte er seine Mönchskollegen auf. „Die Zeit wird knapp!"
Sofort verstärkte sich das andauernde Gemurmel der nicht direkt an den Grabungen beteiligten Benediktiner, die ohne Unterlass Bann- und Abwehrsprüche intonierten, um die Geisterschar auf Abstand zu halten. Doch der Schutz durch diese Bannsprüche reichte nicht unbedingt bis über die vordere Abwehrfront hinaus. Das sollten die dort stehenden Männer und Crystal auch gleich zu spüren bekommen. Michael konnte gerade noch „Unsere Schutzkreise sind durchbrochen!" schreien, als auch schon unsichtbare Kräfte an ihm, Jonathon und Crystal zu zerren begannen.
Die Geisterjägerin verspürte jäh aufflammenden Zorn in sich, und wehrte sich innerlich heftig gegen die Einflussnahme durch die Poltergeister. Tatsächlich schienen ihre Zugriffsversuche auf sie sofort schwächer zu werden.
Michael hatte nicht so viel Glück. Ihm wurden die Beine unter dem Körper weg und in Richtung der Geisterfront gezogen. Er Stürzte mit dem Oberkörper zu Boden und stieß einen lauten Schmerzensschrei aus. Jonathon konnte gerade noch nach seinen Händen packen und verhindern, dass der Deutsche ganz von ihnen weggezogen werden konnte. Nun hing Michael wie eine flatternde Fahne zwischen dem Benediktiner und den Geistern, die heftig an ihm zerrten.
„Helft mir!", stieß Jonathon gepresst aus, der alles unternahm, den jungen Mann nicht loszulassen. Seine Hände umfasste die Handgelenke des ehemaligen Versicherungsmaklers wie zwei Schraubstöcke, doch der Zug von der anderen Seite wurde immer stärker. Alleine hatte er dem bald nichts mehr entgegen zusetzen.

„He, verdammt, ich will nicht das Seil beim Seilziehen spielen!", fluchte Michael leicht panisch. „Haltet mich bloß fest!"
Rasch trat Crystal zu Jonathon und griff mit beiden Händen nach Michaels linken Arm. Einer von Jonathons Mitbrüdern schlang von hinten die Arme um ihn und gab ihm so mehr halt. Und Rissi stellte sich innen an den Rand seines noch intakten Schutzkreises und schnappte sich Michaels Rechte. Zu Viert stemmten sie sich so dem Versuch der angreifenden Geister entgegen, den Deutschen in ihre Reihen zu ziehen. Die Freunde wollten sich gar nicht vorstellen, was Smeralda mit ihm dort anstellen würde!
Es entspann sich ein zähes Ringen, das einige Minuten unentschieden hin und her wogte. Doch wenn nicht bald etwas geschah, würde sich das Kräftegleichgewicht noch mehr zu Ungunsten der Geisterjäger verschieben. Die Salzvorräte und das Weihwasser waren aufgebraucht. Es gab noch ein paar Schutzamulette und die Bannsprüche der Mönche. Außerdem würde es nicht mehr lange dauern, bis durch die andauernden Angriffe mit fliegenden und rutschenden Gegenständen auch noch die letzten intakten Schutzkreise durchbrochen werden würden.
Plötzlich verstummte der Lärm der Presslufthämmer.
„Knochen!", schrie irgend jemand laut auf. „Das sind Knochen!"
„Beeilt Euch!", heulte Michael, dem sämtliche Glieder schmerzten, und der sich fühlte, als hätte er die letzten Minuten auf der Streckbank der Inquisition zugebracht. „Ich kann nicht mehr – und die anderen wohl auch nicht mehr lang!"
Eine Feststellung, die leider absolut zutraf, den Jonathon, Crystal und den anderen gingen langsam

die Kräfte aus, während auf der Gegenseite der Zug gleichbleibend stark blieb.
Die Angst um den Freund ließt Rolfhardt wie ein Berserker in der Grube wüten. Mit bloßen Händen, die er zu seinen Vampirkrallen umgeformt hatte, und die über diamantharte Nägel verfügten, legte er die aufgefundenen Knochen frei. Diese schienen besser erhalten zu sein, als man es nach so langer Zeit hätte erwarten können.
Ein Schrei erscholl, als Malcolm aus seinem Kreis gerissen wurde. Er hatte nicht bemerkt, dass dieser endgültig durchbrochen wurde und der Meute aus Ektoplasma Zutritt erlaubte. Und die schlug schnell und ohne Skrupel zu. Der Schotte wurde schreiend über den rauen Kellerboden gezogen, als seine Finger den Gitterdeckel eines Abflusses zu fassen bekamen und sich daran festkrallten.
„HILFE!", schrie er in Todesangst. Aber wie sollten ihm die anderen zu Hilfe kommen, wo sie doch selbst bedrängt wurden?
Zwei Benediktiner wagten es dennoch. Sie sprangen vor, ihre Kreuze und Schutzmedaillons hoch erhoben, und schleuderten dem Spuk Bannworte entgegen: „Im Namen Jesu und im Namen Mariä befehle ich euch, ihr höllischen Geister, weichet von uns und diesem Orte und waget nicht, wiederzukehren und und zu versuchen, uns zu schaden. Jesus! Maria! Heiliger Michael! Streitet für uns! Heilige Schutzengel, bewahret uns vor allen Fallstricken des Bösen!"
Tatsächlich bildete sich so etwas wie eine leuchtende Blase um die beiden herum, an denen die anstürmenden Geister abprallten, aber doch dafür sorgten, dass die Mönche nur im Schneckentempo vorankamen. Langsam schoben sie sich in Richtung des schreienden Malcolm vor.

„Ich habe die Knochen freigelegt und mein letztes Salz darüber gestreut!", verkündete in diesem Augenblick Rolfhardt, während er aus der Grube sprang. „Der Spiritus! Wo ist der Spiritus?"
Jemand reichte ihm eine grüne Flasche und eine Schachtel Streichhölzer. Hektisch sprühte der weiße Vampir den Inhalt der Flasche auf die menschlichen Überreste unten in der Grube.
„Achtung! Zurücktreten!", warnte er sodann die Umstehenden Mönche, die hastig ein paar Schritte zur Seite traten.
Dann entzündete er gleich drei Streichhölzer auf einmal und ließ sie in die Grube hinabfallen. Im nächsten Moment geschah zweierlei: Eine grelle Stichflamme schoss nach oben, und ein gellender, markerschütternder Schrei hallte durch die Kellerräume. Schlagartig bildete sich ein kreisrunder, freier Raum um die kreischende Smeralda, die anklagend mit ausgestreckten Armen auf die Menschen hier unten deutete. Dann bildeten sich gleißende Löcher in der dunklen Erscheinung, die sich wie kreisrunde Flammenringe darüber ausbreiteten und die Manifestation der Zigeunerin dabei aufzehrten. Das Kreischen Smeraldas schraubte sich in immer höhere Tonlagen, die in den Ohren der Anwesenden schmerzten, und verstummte im gleichen Moment, als die letzten Flecken der Erscheinung in Feuer und Rauch vergingen.
Übergangslos wurde es ruhig im Keller, vom dröhnen des Kompressors und des Generators einmal abgesehen. Der schaurige, in schrillem Diskant heulende Geisterchor verstummte, und die grünblauen Schemen verharrten an dem Platz, an dem sie sich gerade befunden hatten. Michael stürzte zu Boden, als die Kräfte, die bis eben noch an seinen Beinen zerrten, von einem Moment zum anderen

verschwanden. Und auch Malcolms Schreie verstummten, nachdem auch ihn niemand mehr bedrängte. Für einen Augenblick schien es so, als würden die geisterhaften Erscheinungen hier im Keller des CSE-Buildings die Luft anhalten, bis so etwas wie ein langanhaltendes, unendlich erleichtert klingendes Seufzen durch ihre Reihen wanderte.

„Endlich ...", verstanden die Mönche und die Freunde.

„Endlich... Ruhe... endlich Frieden ... wir können gehen .... gehen ...."

Und während irgendjemand den Kompressor ausschaltete, wurden aus den geisterhaften Schemen der Männer, Frauen und Kinder kleine, funkelnde Lichtbälle, die aufeinander zustoben, in einem glitzernden Leuchten aufgingen – und verschwanden! Als im gleichen Augenblick das normale Kellerlicht wieder anging, schauten sich die Freunde und die Mönche gegenseitig an, und fielen sich dann unter erleichtertem Jubel in die Arme.

Michael und Malcolm, die sich eben wieder berappelten, zogen es allerdings vor, noch auf dem Boden sitzen zu bleiben

„Boah, ich zitterte noch am ganzen Körper!", stöhnte der Stuttgarter.

„Mir geht es auch nicht viel besser!", sagte Malcolm und rieb sich das schmerzende Handgelenk der Hand, mit der er sich im Abflussgitter festgekrallt hatte. „Es hat nicht viel gefehlt, und ich hätte mir in die Hose gemacht. So eine Scheißangst hatte ich noch nie!" Er machte eine kurze Pause. „War's das jetzt?"

Michael nickte. „Ich denke ja. Es war Smeralda, welche die Seelen hier an diesen Ort gebunden hatte. Sie ist weg – und die anderen konnten gehen. Daher ..."

Weiter kam er nicht, denn Rolfhardt stürzte auf Michael zu, hob ihn hoch, als hätte er kein Gewicht,

drückte ihn an sich, um ihm dann besorgt in die Augen zu schauen. „Geht es dir gut? Ist alles in Ordnung? Ich habe so schnell gegraben wie ich konnte. Aber schneller ..."
„Sch-sch-scht!", machte Michael und unterbrach den besorgen Redeschwall des Österreichers. „Mir geht es gut, Rolfhardt. Ich werde nur einen höllischen Muskelkater übrig behalten. Und mach dir bloß keine Vorwürfe, du hättest nicht schnell genug gegraben! Ein Porsche ist einen Schnecke gegen dich! Aber das sich jemand so um mich sorgt, tut wirklich gut!"
„Ich habe Höllenängste ausgestanden, als du da so zwischen Gut und Böse in der Luft hingst!", meldete sich nun auch Crystal zu Wort, und kam zu den beiden Männern herübergelaufen. „Das war wirklich knapp! Noch ein paar Minuten mehr – nein, ich möchte mir nicht ausmalen, was alles hätte passieren können. Ich ..." Sie brach ab, und ihre Augen wurden groß.
„Crystal!", rief Michael alarmiert und befreite sich aus den fürsorglichen Armen Rolfhardts. „Was ist ...?"
„Cathy ...", hauchte die Freundin leise, und ihre Augen bekamen einen freundlich-traurigen Ausdruck. Michael wandte sich um, und tatsächlich, mitten im Keller stand der Geist eines kleinen Mädchens!
„Cathy ..." Crystal begab sich zu dem Geist hinüber und ging vor ihm in die Knie. Das Mädchen erschien ihr so real wie nie zuvor. Ihr Blick wirkte nicht mehr traurig, sondern abgeklärt, und ihr kleines, schmutziges Kindergesicht zeigte ein feines Lächeln. „Was ... was tust du denn noch hier? Warum bist du nicht mit den anderen gegangen?"
Cathy strahlte und breitete ihre Arme aus. „Aber sie haben mich doch zu dir geschickt, damit ich dir Danke. Alle sind glücklich, dass ihr sie aus ihrem

Alptraum befreit habt, und sie endlich ins Licht gehen konnten!"
Der Geist des Kindes umarmte Crystal spontan, und die Londonerin konnte Cathy tatsächlich spüren. Es war so anrührend, dass ihr dicke Tränen die Backen hinunter liefen. Und auch in den Augen der umstehenden Männer schimmerte es verdächtig feucht.
„Aber du musst doch nicht weinen, Crystal!", lachte das Mädchen. „Freue dich für mich, denn endlich werde ich meine Mami wiedersehen. Darauf warte ich doch schon so lange!" Cathys Erscheinung winkte, wobei sie immer blasser und blasser wurde. „Lebewohl, liebe Crystal! Und vergiss Cathy nicht!"
Als das letzte Wort verklang, war vom Geist des Kindes nichts mehr zu sehen, und alle spürten, dass auch Cathy nun ihren Weg ins Licht angetreten hatte. Es gab keinen hier unten im Keller, der sich davon nicht ergriffen fühlte.
Crystal wischte sich die Tränen aus den Augen. Dann erhob sie sich und umarmte Michael, der ihr am nächsten stand. Rolfhardt trat heran, und legte seine Arme wiederum um beide. Jonathon, Rissi und Malcolm begaben sich auch zu der Dreiergruppe und bezeugten ihre Verbundenheit dadurch, dass sie ihre Hände auf die Schultern von Michael, Crystal und Rolfhardt legten.
Nach ein paar Minuten des gegenseitigen Halt und Trosts Spendens, löste sich das Trio wieder voneinander.
„Zum Glück habt ihr uns nicht auch alle noch umarmt", meinte Michael, und versuchte, seine Rührung unter der üblichen Flachsigkeit zu verbergen. „Sonst wäre es am Schluss noch komisch geworden!"

Malcolm lachte laut auf. „Junge, du hast die Ruhe weg!", rief er und klopfte dem jungen Mann freundschaftlich auf die Schultern.
Und Rissi, der sich mit in die Hüften gestemmten Händen vor Crystal aufgebaut hatte, und die Frau mit den kastanienroten Haaren einen Moment lang aus zusammengekniffenen Augen musterte, sagte: „Da hast du uns verdammt noch mal ja in ein heftiges Abenteuer gestürzt!" Und bevor irgendjemand darauf etwas erwidern konnte, hob er die Hand und brachte gleich alle wieder zum verstummen. „Ich wollte noch was sagen ..." Erwartungsvoll blickten etliche Augenpaare zu ihm hin. „Das Ergebnis war alles wert!", beendete er dann seinen Satz. „Braucht eure Firma noch Mitarbeiter? Wenn ja, bewerbe ich mich sofort. Ich kann ja nun schon Referenzen ...", er machte einen den Keller umfassende Geste, „... und Einsatzerfahrung vorweisen!"
„Ist das dein Ernst?" Crystal starrte den Mann überrascht an.
Der nickte heftig. „Jeder normale Job würde mir ja nach DEM hier fad und langweilig vorkommen!"
„Dem kann ich mich nur anschließen!", meldete sich nun auch Malcolm zu Wort, der neben seinen Kollegen getreten war, und ihm seine Hand auf die Schulter legte. „Wenn ihr für mich einen Job habt – ich wäre ebenfalls bereit, sofort anzufangen!"
„Da brat mir doch einer einen Storch!", entfuhr es Michael verblüfft. „Sollte es tatsächlich noch mehr Verrückte wie uns geben?"
„Warum nicht, Michael", lachte Jonathon und breitete seine Arme aus, so, als wolle er alle Anwesenden segnen. „Es gibt sogar eine ganze Ordenszelle voll mit solchen Verrückten!"
Allgemeines Gelächter brach aus, und die Anspannung der letzten Stunden löste sich

allmählich. Vor allem auch, weil allen klar geworden war, dass sie es tatsächlich geschafft hatten: das CSE-Building vom bösen Spuk der Poltergeister zu befreien.

„Und deswegen lade ich alle anwesenden Verrückten zu einem gemeinsamen Abschlussessen nach Blair House ein", rief Crystal zur Freude aller Beteiligten aus. „Wir werden gemeinsam kochen, gut essen und einen schönen Abend bei einem guten Glas Wein zusammen verbringen!"

In dem freudigen Durcheinander-Gerede, was nun ausbrach, nahm Crystal Malcolm und Rissi kurz beiseite.

„Danke für Eurer Angebot, aber ..."

„Du kannst uns nicht brauchen ...", fiel Rissi der Geisterjägerin enttäuscht ins Wort.

„Aber du solltest mich ausreden lassen!", setzte diese jedoch nachdrücklich ihre Rede fort. „Da muss ich erst mit Michael und Rolfhardt ausgiebig drüber beraten. Ich werde Euch auf alle Fälle Bescheid geben. Ein wenig müsst ihr euch noch gedulden!"

„Damit können wir leben, was Malcolm?" Der Mann mit dem karottenroten Haarschopf atmete erleichtert auf. Und Malcolm meinte: „Das du es nicht von vornherein abgelehnt hast, ist ja schon mal ein ermutigendes Zeichen!"

„Dann setzt ein Zeichen und helft den anderen dabei, unsere Ausrüstung, und vor allem auch die leer geschossenen Patronen wieder einzusammeln. Ich muss noch Mr. Clayton anrufen und ihm sagen, dass wir sein Problem lösen konnten. Er wird froh sein zu hören, dass sich die Kollateralschäden in Grenzen halten!"

Crystal entfernte sich, um Jonathan Paul Clayton anzurufen, trotz der frühen Morgenstunde. Sie war sich sicher, dass der Besitzer von CSE Incorporated

nach den Geschehnissen am Abend zuvor sowieso nicht gut schlafen würde. Die Sorge um die eigene Firma brächte wohl jeden um den wohlverdienten Schlaf. Und tatsächlich, bereits nach dem zweiten Klingeln hatte sie ihren Auftraggeber am Ohr.
„Mr. Clayton? Crystal Blair ...", meldete sie sich, und schickte gleich ein „keine Angst, ich habe gute Nachrichten ..." hinterher, um den besorgten Mann gleich im voraus zu beruhigen. „Wir konnten den Grund für die Störungen im Gebäude finden und beseitigen ..."
Während sie Bericht erstattete, begannen die Männer mit dem aufräumen, so weit das möglich war. Rolfhardt nahm Michael dabei einen Moment zur Seite.
„Ich bin also dein Lieblingsvampir ...", sagte er, und knuffte den ehemaligen Versicherungsmakler sanft gegen den Arm. Seine intensiv blauen Augen strahlten dabei geradezu.
„Bilde dir da bloß nicht zu viel drauf ein ...", druckste Michael ein wenig verlegen herum, wusste er doch, dass der blonde Österreicher für ihn schwärmte. Er konnte immer noch nicht so recht mit der offenkundigen Zuneigung des mehr als 200 Jahre alten Vampirs umgehen. Allerdings spürte der Stuttgarter selbst bei sich, dass er mittlerweile durchaus mehr als Freundschaft für den blendend aussehenden Mann empfand.
„Ich kenne schließlich bisher nur zwei Vampire näher – und einer davon wollte mich aussaugen und dann seiner Monsterschar verfüttern ..."
Er setzte ein schwaches, Grinsen auf, um seine Unsicherheit zu überspielen. Auch Rolfhardt lächelte. Ein warmes, breites und sehr liebevolles Lächeln war es, welches seine Lippen umspielte. Dann fuhr er

Michael sanft mit der Hand durch sein kurzes Strubbelhaar und zwinkerte ihm dabei zu.

„Und heute Abend ziehen wir durch die Pubs?", fragte er dann, um auf galante Art das Thema zu wechseln, bevor sich sein Gegenüber zu unbehaglich fühlen würde.

„Aber auf jeden Fall! Ein Zug durch die Gemeinde!", sicherte ihm Michael zu.

„Na, was beratschlagt ihr beiden da?" Crystal, die ihr Handy eben wegsteckte, kam zu ihren beiden Freunden herüber.

„Wo wir unsere Männer-Pub-Tour heute Abend beginnen", antwortete Rolfhardt für beide. „Ich wollte Michael den „Prospect of Whitby" vorschlagen, einer meiner Lieblingspubs!"

„Oh, den kenne ich", sagte Crystal. „Der ist schön und wird dir gefallen, Michael!"

„Ich bin für Vorschläge ein offenes Buch", meinte der. „Ich kenne schließlich keine Pubs in London. Was sagt übrigens unser Auftraggeber?"

„Der ist unendlich erleichtert", berichtete Crystal. „Und auch sehr bestürzt, dass sein Firmengebäude praktisch auf einer Leichengrube errichtet wurde. Er hat mir versichert, den gesamten Keller-Untergrund und auch das restliche Grundstück nach menschlichen Überresten absuchen zu lassen und diese dann einer christlichen Bestattung zuzuführen. Da habe ich ihn gleich für eine diskrete Abwicklung an Jonathon und seine Mitbrüder verwiesen. Auf jeden Fall dankte er uns überschwänglich und will zum vereinbarten Salär auch noch eine stattliche Prämie drauflegen!"

„Nobel!", kommentierte Michael beeindruckt.

„Damit hätten wir es mal wieder geschafft, was?" Rolfhardt legte je einen Arm Michael und Crystal um die Schultern.

„Das war fast so hart, wie an Bord der MS SERPENTIA", sagte Michael und schnaufte einmal tief durch.
Und Crystal fragte: „Und – wie sieht es aus? Sollen wir mit ESP-INVESTIGATION weitermachen?"
Michael, der die Blicke beider plötzlich auf sich ruhen fühlte, räusperte sich vernehmlich. „Also bitte, ja? Soll alles an mir hängen?"
Rolfhardt und Crystal tauschten kurz einen Blick, dann schauten beide wieder Michael an und nickten synchron.
Der Stuttgarter schwieg einen Moment.
„Oh, Leute ...", seufzte er dann. „Ich weiß, dass ich es bestimmt bereuen werden, aber, zum Teufel – ja! Wir machen weiter!"
„Na dann ...", rief Rolfhardt, „... auf zu neuen Abenteuern!"
Er hakte Crystal und Michael unter, und zusammen begaben sie sich zu Rissi, Malcolm, Jonathon und seinen Mönchen hinüber, in der Gewissheit, dass ihr nächstes Abenteuer bestimmt schon hinter der nächsten Ecke auf sie warten würde ...

Ende

Die Erlebnisse von Crystal, Michael und Rolfhardt werden fortgesetzt. Band 4, der ebenfalls wieder von A. T. Legrand verfasst werden wird, trägt den Titel:

„Der Todeskuss der grünen Lady"

<u>Bisher erschienen sind folgende Romane:</u>

01. Im Bann dunkler Mächte

02. Kreuzfahrt des Schreckens